SOTUS
2

BitterSweet

CONTENTS

目次

番外編

CHARACTER

登場人物

アーティット(Arthit)

ヘッドワーガーとして新入生を指導する工学部3年生。コードナンバー0206。最初は生意気な後輩として敵視していたコングポップに対し、次第に心を許し…？

コングポップ(Kongpob)

正義感が強く優秀な工学部１年生。コードナンバー0062。厳しすぎる先輩の命令に動じないばかりか、アーティットのことが気になっていく。

▶ コングポップの友達

[**エム**] コングポップとは高校時代からの付き合いで、支え合う仲。

[**ティウ**] コングポップやエムと同じ産業工学科に所属する。

[**ワード**] ラップノーンに懐疑的で、活動にほとんど参加しない。

[**メイ**] 大人しく内気だが、しっかりものの女子学生。
産業工学科の学年代表になる。

[**プレーパイリン**] 可愛らしい容姿から、学部のスターに選ばれる。

▶ アーティットの友達

[**ノット**] アーティットの良き理解者。

[**プレーム**] 血の気が多いが、何かと世話を焼いてくれる優しい心の持ち主。

[**ナムターン**] 中学時代からの仲で、アーティットの過去の想い人。

[**ファーン**] 救護班の先輩。１年生を優しくサポートする。

[**ディア**] 工学部４年生で、元ヘッドワーガー。
コングポップにヘッドワーガーを打診する。

[**タム**] アーティットが１年生のときのヘッドワーガー。
コードナンバー0206の先輩。

GLOSSARY

用語説明

▶ラップノーン
タイの大学に見られる、新入生に対する歓迎活動。
後述のSOTUS制度を盛り込んだ、厳しいものであることが多い。

▶SOTUS（ソータス）
集団行動や責任感などを学ぶための価値観。
本作に登場する工学部では、ラップノーンにおいてSOTUSの精神を学ぶために、
制度として導入されている。

▶チアミーティング
絆を深め、学部の一員となる意識を高める課外活動。

▶ワーガー
チアミーティング、またラップノーンの主な指導者。
学部3年生が務め、リーダーはヘッドワーガーと呼ばれる。

▶ギア
ラップノーンを全て終えた後に先輩から渡される、正式な工学部生となる証。

▶コードナンバー
学籍番号のこと。
各学年、同じ番号同士は「コードナンバーファミリー」として交流を行う。

▶ワークショップシャツ
工学部生が着用する、襟付きのシャツ。
ショップシャツと略して呼ぶのが一般的。

▶スター&ムーン・コンテスト
フレッシーナイトで行われる、大学で一番魅力的な
女性（スター）と男性（ムーン）を決めるコンテスト。

▶ワイ
目上の人に対して挨拶やお礼を言う時に合掌すること。

▶チューレン
ニックネーム。タイ人の姓名は長いため、
呼びやすいようにつけられる。
コングポップの場合「コング」がチューレン、
「コングポップ」が名前、「スチラク」が苗字。

装画
高崎ぼすこ

SOTUS 2

一年生規則第十九条
ワーガーから贈られたギアは大事なものである

「じゃあそれで決まりね！　コング……コングポップ……聞いてる？」

ミーティングに集中できていなかったコングポップは、慌《あわ》てて同級生たちの話に耳を傾けた。

一部の一年生たちは今、リゾート施設にあるバンガローで、新入生歓迎旅行《ラップノーン》の夜に行われるイベントの出し物について話し合っていた。一年生は寸劇をする予定で、コングポップは呼び出され、各学生の役柄や脚本について相談されていたのだ。同級生たちはみんな彼に注目して答えを待つ。

「うん、聞いてるよ。メイの案でいいんじゃないかな」

コングポップの同意を得て、メイは会議を締めくくった。実のところ彼はミーティングの内容を全く聞いていなかった。午後に起きた出来事について考えていたのだ。その出来事のせいで……あの人への認識が変わりはじめていた。

（……アーティット先輩の怒りようは尋常じゃなく、これまでで最も激しかった）

しかし冷静になってよく考えてみると、アーティットがそれほど感情的になったのも理解できる。コングポップ自身も、考えなしに極端な行動に出たことを後悔していた。あの時はただ、自分の中にあった理由のわからない苛立《いらだ》ちを落ち着かせようとして海に潜ったのだ。しかし、その行動が周囲を驚かせてしまった――特に、頭を冷やすようにと命じ、そして真っ先にコングポップを助けに来てくれた彼を。

……アーティットの狼狽《ろうばい》した様子や口調、焦《あせ》りや恐怖が滲《にじ》んだ瞳からは、彼がどれほど必死だったのかが感じられた。

結局、全ては自分の愚かな行動が引き起こした結果で、自業自得だとわかっていた。溺《おぼ》れたのではないかと心配して助けに来てくれたのに、ただの勘違いだったなんて。ヘッドワーガーとしての責任感を踏みにじってしまったかもしれない。

コングポップは謝りたいと思っていた……しかし、「すみません」という一言以外に、なんの弁解の言葉も思いつかない。施設を隅々まで捜し回ったがアーティットを見つけることはできず、そのあとに同級生に連れられて来たこのミーティングでは、彼への罪悪感でいっぱいになり集中できなかった。

コングポップはため息と共に、もやもやした感情を吐き出す。

（……とにかく、今晩のイベントが終わったあと、〝学科のギア争奪戦〟がある。先輩は必ずその場に来るはずだ。それに、この争奪戦は一年生たちが自分の力を証明する最後の戦いだから、一番過酷なのは間違いない）

コングポップは、先輩たちに認められ、学科の一員として受け入れてもらうためにはなんだってできると確信している。

……しかし、一番の願いは、アーティットが彼の言葉を受け入れてくれることだ。

十九時。

学生たちはブッフェ形式の夕食をとったあと、簡単なステージが用意された広場に集まった。各学年が用意した出し物が、上級生から下級生の順に披露される。

そのイベントは四年生のパフォーマンスで幕を開けた。ディアと何人かの学生はギターを弾きながらロマンチックな曲を歌っている。一年生たちは盛り上がり、特に女子からは黄色い声が上がった。

続いて二年生の出し物だ。話題のドラマや映画、さらにはコマーシャルのパロディを披露した彼らに、会場は大きな笑いに包まれる。三年生より先に二年生の出し物が行われたのは、三年生の準備がまだ終わっていないからだ。

二年生の出番が終わると、三年生たちはまたしてもステージ裏へ合図を送った。まだ準備ができていないので、先に一年生が出し物をやるようにと指示する。

コングポップはステージ裏に移動し、脚本通りに自分の役を演じた。メイが脚本を書いた寸劇は、工学部一年生の学生生活や、新しい友達ができた時の様子、大学での新歓活動や貴重なアドバイスをしてくれる先輩たちとの出会いを再現する内容だ。

コングポップは主人公ではなく、ただの目立たない一年生役で台詞《せりふ》はほとんどない。一度か二度ステージに出ただけで、その他の時間はステージ裏で周囲の状況を観察していた。そうしていると、三年生たちが歩いてくるのが見えた。

……その中には、彼が一日中捜していた人物もいる。

コングポップはアーティットをじっと見つめた。予想通り、彼は夜のイベントに姿を現し、他のワーガーたちと一年生の出し物を見ている。その姿にコングポップはほっと安堵《あんど》した。この機会を逃すわけにはいかない。

しかしようやく心の準備ができたその時、聞こえてきた劇の台詞が彼の計画を打ち砕いた。

「この〝ギア〟が見えるか？　このギアは我々工学部の誇りだ。もし我々がこのギアを君に渡さなかったらどうする？」

「あなたから奪います！」

コングポップは驚いてステージにいる同級生を振り返った……この台詞は、彼がチアミーティングの初日に放《はな》った言葉と同じものだ。この反抗的な発言で、先輩の尊厳を踏みにじったとヘッドワーガーの目の敵《かたき》にされてしまったのだ。なぜこのような台詞が入っているのか理解できず、コングポップは近くに立つ監督に尋ねた。

「どうしてこのシーンがあるんだよ、メイ？」

「えっ……さっき確認したじゃない、この場面を再現してもいいかって。コングもオーケーって言ってたでしょう？」

それを聞いて、コングポップは記憶を掘り起こした。おそらく、アーティットのことを考えていたせいで、みんなの話していた内容を聞いていなかった時のことだろう。

（……なんてバカなんだ僕は！　確認もせずに了承してしまった自分が憎い！　僕はともかく、当時自分が挑発した相手が見てるのに。こんなことしたら、一年生に揶揄《からか》われた過去を見せつけているようなものじゃないか）

「今なんと言った？　どうやって奪い取るつもりだ！」

「先輩を僕の妻にします！　よく言うでしょう、『夫婦のものは自分のものでもある』と。だから、あなたを僕の妻にすれば、そのギアは僕のものになります」

　会場は大いに盛り上がり、男子学生の口笛が鳴り響く。今年の一年生を代表するかのような出来事の再現に会場は沸いていたが、この言葉を発した張本人だけは皆と違い、これまでの出来事をまざまざと思い返していた。

（……考えてみれば、初めて会った時から先に挑発して怒らせていたのは、いつも自分だった。こんな生意気な口を利いた相手がアーティット先輩でなかったら、とっくの昔に袋叩《ふくろだた》きにされたり、先輩全員から〝先輩への敬意も知らない生意気な一年生〟として非難されたりしただろう）

　しかし、アーティットからそんな扱いをされたことはない。どれほど重い罰を与えられた時も、最後にはアーティットからの〝優しさ〟を感じていた。コングポップはその〝優しさ〟に惹《ひ》かれ、あまつさえそれを独り占めしたいとすら思ってしまった。

だから、アーティットが他の人と親しそうにじゃれ合っている様子を見ると、コングポップは独占欲の強い子供のようにイライラと感情的になる。なぜなら、彼は大学に入学してから今までのアーティットと自分の関係を痛感していたからだ。

（……僕たちは一度もまともに話すらしたことがない）

今ならまだ間に合うだろうか？　もしやり直せるなら、わざといじわるをして先輩を怒らせるようなことはしないし、これまでの全てのことを謝りたい。アーティットを納得させられたら、彼は自分を受け入れてくれるかもしれない。

（……いつか、僕たちの距離が縮まる日は来るのだろうか）

しかし、今回はもう手遅れのようだ。コングポップは許しを得ていないばかりか、さらに状況を悪化させてしまった。ヘッドワーガーは怒りながらステージに上がって出し物を中断させ、大声で言った。

「これがそんなに面白いか？　私には全く笑えない！　あえてこんなつまらない出し物をやるってことは、学科のギアが欲しくないようだな？　ステージから降りて整列しろ、これから全員に罰を与える！」

ステージ上の一年生たちは怯《おび》えながらアーティットの指示に従うしかなかった。中でも最も怯えていたのは、発案者のメイだろう。劇はこのあと、一年生たちが先輩たちの心境を理解していくという内容だったが、その最も核心的な場面を演じる前に中断させられてしまい、しかも、一年生全員が罰を受けることとなったのだ。

「何を見ている！　全員目を閉じて頭を下げるんだ！　始め！」

一年生は全員地面に座り、顎《あご》が胸につきそうなほど頭を下げた。広場の照明は消され、暗闇に包まれた彼らは恐怖に戦慄《わなな》く。本当に学科のギアを手にすることはできないのだろうか？　仮に、もう一度チャンスがあったとしても、〝学部のギア〟と〝学科の旗〟の争奪戦の時のように過酷な試練を乗り越えなければならないのだろうか。

数分間にわたる静寂は、一年生たちに無言の圧力を与えているようだった。

すると突然大きな声で工学部の掛け声《ブーム》が聞こえてきた。それは中庭にいる人々からではなく、ステージ上のスクリーンからだ。

……そこには、三年生が掛け声《ブーム》の練習をする様子が映し出されていた。

次に、三年生がワーガーになるための訓練を受けている様子……レクリエーション班が歌を練習し、救護班が夜遅くまで荷物を運んでいる様子……ラップノーン初日やチアミーティングのあとに行われたワーガーたちの反省会、一年生たちが歌を練習している様子、フレッシーゲームで汗にまみれながら戦う様子……学部のギア争奪戦で掛け声《ブーム》をかけている様子、スタンドに上がり学科の旗を受け取る様子、そして先輩たちが一年生の腕にお守りを結ぶ様子が順番に映し出される。

全てのシーン、全てのエピソードは、ここにいる全員が一緒に経験してきた思い出だ。

友情、奮闘、団結、この数カ月間に経験した事柄が十分間の映像に凝縮されていた。観ている一年生の心には、言葉では言い表すことのできない感動が込み上げる。

……映像が切り替わり、ワーガーたちが工学部の校舎の隣にある中庭の、大理石のテーブルに座っている様子が映し出された。カメラはヘッドワーガーであるアーティットに近づいていき、彼の驚いた表情をとらえる。まだ準備ができていなかったようで、彼はカメラマンと会話を始めた。

『おい、もう撮ってるのか?』

『そう、撮ってるよ!　話せ話せ』

『えっと、何を話したらいいいんだ?』

『なんでも話したいことを話せばいいんだよ』

いきなりメッセージを求められて困惑しながらも、アーティットはカメラを見つめた。カメラのピントがアーティットにはっきりと合うと、彼は軽く咳払《せきばら》いをして話しはじめた。

『一年生諸君!　これら全てが三年生の出し物だと今はもうわかっていると思う。君たちを一つにまとめるために三カ月もかかった長い芝居だった。とはいえ、君たちを困らせ、落ち込ませたなら本当にすまない。それと最後に、いつも何かあったら君たちは我々に許可を取らなければならなかったよな。だけど一つ、今度は私から君たちに許可を求めたいことがある……』

アーティットはまっすぐにカメラを見つめ、その場にいる一人ひとりの一年生に語りかけるように言った。

『……我々を君たちの〝先輩〟にしてもらえないか？』

広場に集まっていた一年生たちは静まり返った。この言葉は彼らに、この学科の先輩後輩という関係は、強制したり、圧力を加えたり、敬意を要求したりといった一方的な上下関係のもとに成り立っているのではないことを理解させた。

〝両方から互いを受け入れる〟――これによって生まれているものなのだ。

『もし受け入れてくれるなら、ビーチへ来てくれ。みんなを待ってるよ』

最後の一言が流れると、スクリーンは暗くなり、三年生の出し物は終了した。もちろん一年生の誰もがその要求を断るわけがない。皆嬉しそうにすぐ近くにあるビーチへ小走りで向かっていった。そしてそこには、彼らを驚かせる光景が広がっていた。ゴールへ続く通路のように、砂上にキャンドルが二列に並べられている。先輩たちはそれを囲むようにビーチで一年生を待っており、ヘッドワーガーだけが道を塞《ふさ》ぐように立っていた。

アーティットは休めの姿勢で規律正しく立ち、一年生を見渡した後、真剣な口調で話しはじめた。

「一年生諸君！　この先に君たちが受け取る〝学科のギア〟がある。我々は今から君たちをギアのもとへ送る。これが私の最後の役割だ」

彼は話し終えると、他のワーガーやレクリエーション班が座っている列に加わった。彼らは二列になり、互いに向き合って座っている。左手で自分の右腕を掴《つか》み、右腕で正面にいる人の左腕を掴み、一本の橋を作るようにして腕を組んだ。

……一年生たちは、ここを渡り、文字通りこの代の学科の誇りを手にするのだ。

学科の歌が歌われ、ビーチは温かくも神聖な雰囲気に包まれていた。一年生が一人ずつ先輩たちの腕で作られた〝星の橋〟を渡る。わずか五メートルほどの長さだが、先輩たちの腕に自分の全体重を掛けるのはやはり心が痛んだ。

でもこの橋を渡る行為は、先輩たちがこれまでしてくれたことを受け入れるという意思表示でもあると皆よくわかっていた。とはいえ橋の最初の部分を担っているアーティットには、誰よりも大きな負担がかかる。

「すみませんでした、アーティット先輩」

コングポップはヘッドワーガーにそっとつぶやいた。アーティットはコングポップをちらりと見たが、無視して視線を逸《そ》らす。コングポップの声は夜空へと消えていき、彼の胸に強い痛みを残した。アーティットとゆっくり話がしたいのに、今はおそらくその時ではない。

コングポップはまず〝星の橋〟を渡ることにした。左右には先輩たちがいて、橋を渡る不安定な一年生たちの手を支えてくれ、橋は学科のギアを持って待つ人まで続く。そしてその人は最高の地位に就いている人物に他ならない……四年生の学年代表だ。

ディアは銀色に光る学科のギアを持って立っていた。ギアには、学科名と一年生の期の数字が刻まれている。コングポップが橋を渡り終えると、ディアはギアを渡す前に話しかけてきた。

「君の名前は？」

「コングポップです」

「学科の旗の争奪戦の時に、アーティットに感謝することを思いついたのは君？」

いきなりそう言われ、コングポップは戸惑いながらもうなずいた。

「そうです」

「うん、いいアイデアだったな。ところで……ヘッドワーガーをやってみないか？」

戸惑うだけでなく、驚きを隠せない。あまりの衝撃にコングポップはすぐに聞き返した。

「僕ですか？」

「そうだ！　ゆっくり考えてくれ。でも、君のために席は空《あ》けておくからな」

ディアは軽快な口調で言いながら笑った。どうしてヘッドワーガーを打診されたのかわからず混乱しているコングポップとは正反対だ。そしてコングポップに質問する間も与えず、ディアは彼にギアを手渡した。

「これが学科のギアだ。大切にするんだぞ。そうだ……実はこのギアには色々な意味が込められているんだ」

コングポップは真剣にディアの話に耳を傾けた。こうしてギアの秘められた意味が先輩から後輩へと受け継がれていくのだろう。コングポップは彼に感謝の言葉を述べてから一年生の列へと戻り、次の学生がギアを受け取った。

　最後の一人が受け取ると、先輩と後輩たちは全員で肩を組み、学科の掛け声《ブーム》を上げた。これが学科のギア継承式の最終段階であり、三カ月にわたるラップノーンが正式に終了したことを意味していた。

……感動的な儀式のあとは、一年生たちの歓迎パーティが開かれる。アルコールや音楽も用意された、学年の垣根を越えた親睦会だ。

　コングポップも同級生たちとの酒の席に引っ張り出されたが、なんとか隙《すき》を見て抜け出した。先に解決しなければならない重要事項があるからだ。なんとしても、お互いを理解するために話し合いをしなければならない。しかし当事者の姿が一向に見当たらなかった。

……継承式が終わる前からずっとアーティットの姿を目で追っていたのに、いざ解散すると、結局雑踏の中に見失ってしまった。長い時間捜しているのだが、ワーガーたちが集まっている場所にもビーチにも見つからず、コングポップは焦りはじめていた。

　残念なことに、彼はアーティットの電話番号を知らないのだ。もし知っていれば簡単に呼び出すことができただろう。それとも、三年生の先輩たちのところに戻って、番号を教えてもらうべきだろうか？

　ちょうどコングポップが引き返そうとした瞬間、バンガローの方から来るある人物が目に入った。見慣れた姿がビーチをゆっくりと歩いてくるが、いつもと様子が違う気がする。そして彼が近くまで来ると、ずっと姿を消していた理由が判明した。

　アーティットの左腕に包帯が巻かれていたのだ。数百人の学生の体重を支えたのだから、傷を負ったとしても不思議はない。治療を受けに行くほどだったにもかかわらず、アーティットは腕が痛む素振りを誰にも見せることはなかった。

　彼は平気な顔で、コングポップの方を見向きもせずに歩いていく。コングポップはすかさずアーティットの正面へ回って、彼を引き止めた。

「アーティット先輩、話したいことがあります」

　行く手を阻《はば》まれたアーティットは足を止め、何も言わずにコングポップの言葉を待った。

　そしてコングポップは単刀直入に告げた。

「アーティット先輩、すみませんでした」

　言わなければならなかったその言葉を、コングポップは深刻な声音で伝えた。それは、アーティットにわかってもらいたい、そしてもう一度話をする機会が欲しいという思いからだった。

　精いっぱいの期待を込めて相手の目を見る。しかし、アーティットは冷たい口調で聞き返した。

「なんのことだ?」

「先輩を怒らせた全てのことです」

「俺を怒らせるとわかっていたなら、なんでやったんだ?」

　……短い言葉だが、それはコングポップの心に深く突き刺さった。

コングポップはその答えを見つけることができず沈黙した。どうしてあのような行動を取ったのか、自分でもわからなかったからだ。

……考えたことがないわけではない。彼はこれまで何度も自分に問いかけてきた。どうしてアーティットを揶揄ったり、わざと怒らせたりするような言動をしてしまうのか。結局不安になって、毎回アーティットに謝罪する方法を探すことになるのはわかりきっているのに。

「僕は……その……」

コングポップは言葉にできないながらも必死に答えようとしたが、アーティットはついに痺《しび》れを切らし、ため息をついた。

「もういいよ。お前と言い争うのは疲れた」

アーティットは短く話を終わらせると、ビーチに立ち尽くすコングポップを残し、ワーガーたちが集まっている場所へと歩いていった。

(……終わった。アーティット先輩の中には自分に与えるチャンスはもう残っていないのか。でもそれも当然の結果だろう。一度だけではない、アーティット先輩が疲れてしまうほど何度も繰り返してきたんだから。もう、自分と関わるのすら嫌になってしまったのかもしれない)

考えただけで心が痛む。誰かにこれほど影響を受けるとは思わなかったのだ。しかも、知り合ってたった三カ月の相手だ。だが、それほど彼との間に起きた全ての出来事を鮮明に記憶している。

この人は突然、自分の行動の原動力になった。

この人が関われば、どんなに些細なことでも、笑顔がこぼれてしまう。

この人のことを、もっと知りたいのだ。もっと近づきたいと思う。

……初めての人だった。その人が、アーティット先輩だった。

しかし、今後彼とは接点すらないだろう。アーティット先輩がもう顔も見たくないと言うのなら、彼を困らせないようにこちらが姿を消すしかない。

コングポップは心の中の全ての感情を抑えつけ、アーティットとは別の方向からビーチを離れようとした。その時、ふいに首元に冷たいものが触れるのを感じた。背筋が凍りつき、驚きながら振り返る。

そして、飛び込んできた光景に思わず目を大きく見開いた。少し前に自分を無視した本人が目の前にいる。そして彼は冷えた缶ビールを手渡して、短く聞いた。

「飲むか?」

コングポップはビールを受け取ったが、複雑な感情に襲われていた。もう会えないと思っていた人がすぐ隣でビールを飲んでいる状況に、たまらず話しかける。

「先輩は僕と話したくないんだと思っていました」

「言い争うのは疲れたって言ったんだ。でもお前が俺としゃべりたいなら、俺はここで座って話すよ。それとももう話したくないのか?」

「話したいです」

再びアーティットと話す機会を得たコングポップは慌てて返事をして、アーティットのすぐ隣に腰を下ろした。しかしやはり、彼の考えていることがわからない。コングポップにビールを持ってきたくらいなのだから、雰囲気からして怒ってはいないのだろう。

（……アーティット先輩から何度も何度ももらった〝優しさ〟にまた触れた）

コングポップは缶ビールを開け、海を見ながら一口飲む。空には三日月が輝き、星も普段より綺麗に見える。柔らかい海風と波の音に包まれながら、心地よい雰囲気の中で心が凪《な》いでいた。

そして彼はアーティットに話しかけた。どうしても知りたいことがあったのだ。

「アーティット先輩はなぜヘッドワーガーになったんですか？」

「やられたんだよ」

……簡潔だが率直な答えに、コングポップは缶を落としそうになった。しかしアーティットは話を続ける。

「タム兄さん、俺のコードナンバーの先輩な。俺が一年生の時に三年生のヘッドワーガーだったんだ。それで、俺は従うしかなかったってわけ」

……タムとは、コングポップもコードナンバーファミリーの食事会で同席したことがある。その食事会では、タムが数週間後にコングポップのコードナンバーの先輩であるフォンと結婚すると言っていた。だが、タムがアーティットたちの代のラップノーンでヘッドワーガーを務めていたという話は初耳だ。

「正直に言うと、全然やりたくなかった。責任が大きすぎるし、気の短い俺には合わないと思って。チアミーティングの初日にお前の襟《えり》を掴んだこと覚えてるか？　そのせいで俺はヘッドワーガーから降ろされそうになったんだ。暴言を使い、身体に触れたのは規則違反だからな。でも、同級生たちが俺を庇《かば》ってくれた。結局あの時誰も俺を止めなかったから、連帯責任で全員が罰を受けることになったんだ。ディア先輩も、初めての違反ということで見逃してくれたけれど、俺たちはグラウンドを二十周走らされた」

またもや初めて聞くアーティット側の話に、当時起きた全容を理解した。

……そして、その事実はコングポップにあることを思い出させた。初日の一件以来、アーティットが訓練の中で一年生に暴言を使ったことはなかったのだ。アーティットを怒らせたコングポップに対しても、きちんと道理を説いてくれていた。

コングポップは深く反省し、言い訳することなく先ほどと同じ言葉をもう一度繰り返した。

「すみませんでした」

「いいんだ、もうずっと前のことだ。それに、その件についてはもうお前を罰している」

アーティットは何も気にしていないかのように、海を見ながらビールを一口飲んだ。そのまま遠く海を眺める彼に、隣にいるコングポップは突然別の質問をした。

「アーティット先輩、ムーン・コンテストの時に賭けをしたのを覚えていますか？」

忘れかけていたことだったが、有言実行の男であるアーティットは、その質問にうなずく。

「あぁ、覚えてるよ。お願いが決まったのか？」

「はい。今度の土曜日は空いていますか？」

「うーん、多分空いてると思う」

「買い物に行きたいので、付き合ってもらえませんか？」

「それだけ？」

「はい」

アーティットは混乱し、眉《まゆ》をひそめ相手を見た。

……コングポップは実行不可能な難題を吹っかけてくると思っていたのだ。まさか、二カ月間もかけて、やっと思いついた願い事がこんな用件だったとは。

「あぁ、いいよ」

その返事を聞いたコングポップの表情から笑みがこぼれた。

「それじゃあ、電話番号を教えてもらってもいいですか？　あとで待ち合わせの連絡をしたいので」

コングポップはすぐにズボンのポケットから携帯電話を取り出すと、アーティットが教えてくれた十桁の数字を入力した。するとアーティットはあることに気がついた。

「いつまでそれをつけているつもりだ？」

コングポップは動きを止め、顔を上げる。アーティットの目に続いて、携帯電話を持っている自分の左手首へ視線を向けた。

……左腕には白い紐《ひも》でできたお守りが一本結ばれている。

「なんでですか？　結構気に入ってるんです。外すつもりはありません」

コングポップは笑顔ではっきりと答える。その目はアーティットをまっすぐに見つめ、何かが反射して瞳の奥が煌《きら》めいて見えた。

アーティットにはその煌めきがなんなのかわからなかったものの、何か変な感じがして思わず視線を彷徨《さまよ》わせる。すると、遠くから名前を呼ぶ声が聞こえてきた。

「アーティット！　おいアーティット！　どこにいるんだよ、早く来いよ！」

ワーガーの一人がアーティットを探しに来たのだ。アーティットは身体についた砂をはたきながら立ち上がった。

「じゃあな」

「ちょっと待ってください、アーティット先輩」

急いで立ち上がったコングポップに呼び止められる。

「渡したいものがあるんです」

「なんだ？」

「手を出してください」

アーティットはイライラしながら、ビールを持ってない方の手を差し出す。コングポップがポケットから取り出してその手に置いたもの――それは銀色に光る、つい先ほど自分が数百人もの後輩を送り出し、受け取らせたものだ。

……学科のギア。

「なんで俺に返すんだ？」

アーティットは強い口調で聞いた……やっと冷静に話ができるようになったと思ったのに、また面倒事を起こすつもりなのだろうか？　先輩から贈られたギアを先輩に返すという行為は、ヘッドワーガーの威厳を踏みにじってやると宣言しているようなものだ。すると、誤解されたと思ったのか、コングポップは慌てて説明をする。

「返すんじゃありません。ただ、預けるだけです」

「なぜ俺に預けるんだ？」

コングポップは黙ったまま困惑した表情を浮かべた。

「あぁ……先輩はこの意味を知らないんですか？　知ってると思ってました。ディア先輩に聞いてみてください」

曖昧《あいまい》な答えに、アーティットの疑問は大きくなるばかりだ。

（……ギアの意味？　なぜディア先輩に聞かなきゃならないんだ？　ヘッドワーガーを務める俺がギアの大切さを知らないはずがないだろ！）

アーティットがこの勿体《もったい》ぶった厄介な相手に問《と》い質《ただ》そうとすると、再びワーガーの声が遮《さえぎ》ってきた。

「おい、アーティット！　みんなお前を待ってるんだ！　早くしろよ！」

アーティットはコングポップを睨《にら》んでみたがやはり何も聞き出せず、当の本人はただ身体を避けて、アーティットに道を空けた。アーティットはそのままポケットにギアをしまい、ビーチを離れて皆と四年生の先輩が待つ席へ戻っていく。

幸い、アーティットが聞きたかった秘密を知る人物も、皆と一緒に酒を飲んでいる。

「あの、ディア先輩。学科のギアって、何か特別な意味もあったりするんですか？」

四年生の学年代表は眉をひそめながら、隣に座ってきた今年度のヘッドワーガーを見た。

「はっ？　変な質問をするなぁ？　お前、酔ってるのか？　ギアは団結の象徴であり、工学部の学生が手に入れるために払う努力の証しだろ」

その答えを聞いたアーティットは心の中で叫んだ。

（……ほらな！　やはりコングポップはコングポップだ！　他にどんな意味があるっていうんだよ。0062め、また俺を揶揄いやがって。さっきは冷静に話せたと思ったのに、どうやら時間の無駄だったな！）

アーティットは不快な思いをビールで流し込む。しかしその時、ディアは何かを思い出したかのように再び話しはじめた。

「あっ！　……そうだ。ギアはすごく重要なものだから、工学部の心とも言われているんだ。だからこういう言い方もある。〝ギアは心、心はギア、誰かにギアを預けるということは、その人に心を預けるということ〟ってな」

アーティットはビールを吹き出しそうになり、咳き込んだ。隣に座っていたディアが背中をさすってくれる。

「ゆっくり飲めよ！　顔が真っ赤じゃないか、ビール一本だけでマジで酔ったのか？」

ディアは冗談を言いながら笑っていたが、アーティットにとっては笑い事ではない。しかし、その場ではうなずき、曖昧に誤魔化す。

「そうですね、酔っぱらったみたいです」

（そうだ……俺は酔ってるんだ。だから心臓が変にドキドキして、顔も急に赤くなっただけだ）

だが、酔った原因は潮風や缶ビールではなく、あのせいかもしれなかった。

……彼がある人物から預かった、〝ギア《心》〟のせいだ。

一年生規則第二十条
ワーガーに余計なことを考えさせてはならない

「みんなー、自分の友達が揃《そろ》っているか確認して！　乗り遅れた人がいても、迎えには戻らないからね！」

二年生のレクリエーション班の先輩は三号車で何度目かの最終確認をしている。バスはラヨーンの海辺にあるリゾート施設をあとにしようとしていた。

ラップノーンを無事終え、学生たちはパーティで大いに盛り上がり、朝方まで飲んでいた。チェックアウトし、バスに乗り込む頃にはすでに午前十一時近くになっていたが、多くの学生は二日酔いでゾンビのような状態である。他の学生たちがなんとかバスに運び込んだおかげで、ようやく大学まで帰る準備ができたくらいだ。

コングポップは出発時と同じようにエムの隣に座っている。昨晩はアーティットと話した後、部屋に戻って友達と一緒に遊んでからそう遅くない時間に解散して眠りについていた。そのため彼らはバスの中でレクリエーション班の先輩たちと元気いっぱいにはしゃぐ体力が残っていた。カラオケを歌ったり、踊ったり、ゲームをしたりして過ごし、大学までの長い長いドライブの合間に寄ったサービスエリアでは地方のお土産を購入して、再びバスに乗り込む。

……そう、ここまでは一年生たちにとって忘れがたい思い出となるはずの旅行だった。しかし途中でバスに異常事態が発生してしまったのだ。

「コング、なんか焦げ臭いにおいがしないか？」

隣に座る友人の言葉に、音楽を聴いていたコングポップはイヤフォンを外した。彼は顔を上げてエアコンの吹き出し口を覗《のぞ》き、混乱に眉をひそめて同意した。

「するね。どこからにおってるんだろう？」

しかし、においの原因を突き止める間もなく尋常でない揺れを感じ、運転手は減速してバスを路肩に停めた。故障した三号車に乗っていた一年生からは驚きの声が上がり、責任者の二年生は急いで運転手に状況を確認しに行く。運転手によると、計器にエンジンの異常な高温が示されているので、このままバスを走らせることはできないという。まずはエンジンを点検して、原因を調べなければならないらしい。

一部の学生は運転手と一緒にバスを降りた。停車したことでエアコンも止まっているので、車内に残っていると暑くて呼吸困難に陥ってしまうからだ。

幸いにも、故障したバスを停めた場所は近くに大きな木があり、日差しを遮ることができる。しかし一方で、ここは市街地から遠く離れていて一軒の民家も見当たらない。バスが本当に故障していて部品交換が必要になる場合、業者の到着までかなりの時間を待たなければならないだろう。

そして、神様は味方にはついてくれなかったようだ。運転手が車体後方のエンジンを確認するためにパネルを開けると、高温の蒸気が煙のように舞い上がった。明らかにオーバーヒートだ。

「ああ……冷却水が漏れていたのかもしれない。エンジンが冷えるのを待ってからもう一度点検するよ」

四十歳前後の運転手は疲れ果てたように言った。

……この種の想定外のトラブルは不可抗力だ。誰のせいにすることもできない。酷《ひど》い水漏れでなければ、応急処置を施してエンジンの温度と冷却水の量に注意しながらバスを走らせることもできる。しかし、大学まではまだ数時間の道のりがあり、どれだけの距離を走れるかはわからなかった。

そうこうするうち、救世主のように一台のバスがゆっくりと路肩に停車した。

……四号車の乗客は三年生の先輩たちだ。もちろん責任者であるヘッドワーガーのアーティットも乗っていて、状況を確認するためにバスを降りて歩いてきた。

「どうしたんだ?」

「冷却水が漏れていたみたいです」

レクリエーション班の二年生が推測される要因を答える。

アーティットはバス後部にあるエンジンの状態を確認すると、状況を理解したようにうなずきながら背後にいる同級生に声をかけた。

「ファーン……一号車と二号車に連絡してゆっくり走るように言ってくれ。このままだと距離が開きすぎてしまう」

アーティットは目の前のトラブルに対処しつつ、前後に走っている車にも状況を報告し、減速させるように指示する。何台もの車を全て路肩に停めさせるわけにはいかないし、時間ももったいない。

ファーンはすぐに他のバスと連絡を取った。前を走る一号車には二年生、二号車には一年生、そして後ろを走る五号車には四年生や卒業生、教員が乗っている。間もなく、後方を走っていた五号車も路肩に停車した。

レクリエーション班の二年生が五号車に乗り込んで状況を報告する。産業工学科の教授がバスを降りて確認したところ、ものの数分で故障の原因が判明した。

「水漏れじゃなかった。シリンダーのガスケットが破損して、空気が冷却システムを圧迫することでオーバーヒートしたんだ。多分、バスを牽引《けんいん》してもらって修理工場に持っていかないと修理できないよ」

応急処置でなんとかなると考えていたがこれでは大問題、徹底的な修理が必要なようだ。今からバス会社に連絡して、代わりのバスを手配してもらったとしてもかなりの時間がかかってしまうだろう。楽しい旅行は突発的なバスの故障によって、さらに忘れがたい思い出となりそうだ。

「それじゃあ、一年生たちはどうすればいいでしょうか？　先生」

アーティットは深刻な表情で尋ねる。……ラップノーンにおいて最も重要なこと、それは一年生たちを全員安全に帰宅させることだ。教授も眉間《みけん》に皺《しわ》を寄せて考えてから、一つ提案してくれた。

「うーん、とりあえず三号車の学生を四号車と五号車に分乗させて詰めて座って、サービスエリアで他のバスと合流してからまた均等に振り分けるのはどうだ？」

……どうやらその方法しか残されていないようだ。

一同はその提案に従うことに決め、一年生たちはバスから荷物を下ろして四号車と五号車に分かれて乗り込んだ。

通常、バス一台には五十人が乗車できる。しかし定員数を大幅に超えた人数が乗り込んだことで、学生だけでなく荷物、レクリエーションに使った道具、ミネラルウォーターなどの荷物が溢れ、座れずに立っている者もいた。

必然的にワーガーたちは紳士の義務として立ち上がって一年生に席を譲り、女子学生は二人席に三人で座っていたが、それでもバスの中は荷物を置く場所もないほどだった。

アーティット自身はヘッドワーガーらしく、機材の入った箱を持ち、バスの後方に立っていた。その姿はまるで、混雑の中片手で赤ちゃんを抱き、もう一方の手で手すりを掴んでいる父親のようだ。

その時、手助けを申し出る声がした。

「僕に持たせてください」

アーティットが声のする方に目をやると、コングポップともう一人の一年生が座っていた。彼らは座ってはいるものの、足元はミネラルウォーターや他の荷物で一杯だ。それなのにコングポップはアーティットの手から荷物を取って自分の膝《ひざ》の上に置き、しかも席を詰めて、アーティットが座るスペースを空けようとした。

「アーティット先輩、座れますよ。詰めますから」

「大丈夫だ、俺は立っている」

しかしアーティットがきっぱりとその申し出を断ると、コングポップもやむなく引き下がった。アーティットが顔を背け、バランスを取るために手すりに掴まると、バスは再び出発した。

定員以上の学生が乗っているため、バスはスピードを落とし、次のサービスエリアまで亀《かめ》のようにゆっくり走っている。立っている者たちは、バスが停車するまで一時間ほど足の疲労に耐えなければならなかった。

「ここで一部の方にはバスを乗り換えてもらいます！　乗り換える人たちは荷物を持って移動してください。自分が乗るバスの責任者に報告することを忘れないで！」

皆が休憩のために降車する前に、ファーンが連絡事項を伝える。すると、コングポップはエムに声をかけられた。

「どうする？　ティウたちが二号車にいるから、そっちに行く？」

親しい友人の名前に気を引かれる。二号車に移れば友達と合流でき、このバスで先輩たちと一緒にいるよりも楽しいかもしれない。でも……。

「君たちは自分の荷物を持ってバスを降りればいい。他の荷物は置いていってくれ」

アーティットは指示を出しながらコングポップの膝の上に置いていた荷物を移動させ、座席から出られるように道を空けた。

……どうやら彼に選択の余地はないようだ。

コングポップは自分の荷物を持ってエムと一緒にバスを降りた。アーティットは段ボール箱を元の位置に戻し、一年生全員がバスを降りるのを待ってから窓際の席に座り、大きなため息をつく。

……ずっと立ちっぱなしで、ようやく座って休憩することができた。今はバスから降りて買い物をする余力もない。そもそも昨晩は先輩たちと空が明るくなるまで酒を飲んでいてほとんど寝ていなかったのだ。そのうえ、バスの中で仮眠を取ろうと思っていたのにトラブルが発生し、最も会いたくない人物の隣に立つことになった。

……しかも預けられたギアと、それに隠された意味も知ってしまった。

実は、アーティットはコングポップに会った時に返すため、ギアを財布に入れて保管していた。だが突然こんなトラブルに見舞われての再会だったため、どうすればいいかわからなかった。

どうせわざと自分を困らせようとしているだけだと思ったのだ。だから叱《しか》り飛ばしてやるつもりだったのに、結局黙って立ったままだった。そして向き合うことを避けようと相手をバスから追い出した。

（……ああ！　こんなふうに避け続けていたら、いつになってもギアを返すことができないじゃないか！）

アーティットは苛立ちと混乱でガシガシと頭を掻《か》いた。考えれば考えるほど頭痛がしてくる。こんなことで悩むのは自分らしくないと、彼は目を閉じて煩わしさから解放されるために昼寝をしようとした。すると、眠りにつく前にちょうど近くから声が聞こえてきた。

「アーティット先輩、寝てるんですか？」

アーティットは思わず目を開けて声の主を見ると、眠気が瞬く間に吹き飛び慌てて立ち上がった。すぐ傍にリュックを背負い、コンビニエンスストアのレジ袋を手にしたコングポップが立っている。この席に戻ってこようとしているらしい。

「どうして戻ってきた？　忘れ物か？」

「いいえ、このバスに乗ろうと思って」

あっさり返されたものの、アーティットはわけがわからなかった。

（……二号車の同級生のところに行くと言っていたよな？　それなのにどうして一人で三号車に戻ってきたんだ？）

……理由を知りたくなり、とっさに尋ねる。

「同級生はどうした？」

「別のバスに乗っています。先生から、乗車人数が均等になるようにと言われたので、僕はこのバスに戻ってきました。アーティット先輩の隣に座っていいですか？」

アーティットの隣に置かれている段ボール箱に目をやり、コングポップは許可を求める。しかし、当のヘッドワーガーは機材の入った箱を移動させたくなくて、この状況にためらった。

（……どうしたらいいんだよ。会いたくないから避けようとしていたのに。いっそのこと俺が移動して、こいつを一人で座らせるべきか。それならこの状況から抜け出せる……あっ、ちょうどノットが乗ってきたじゃないか）

脱出ルートを見つけたアーティットは声をかけようと口を開いたが、それより先にノットから注意された。

「おいアーティット、なんで一年を立たせてるんだよ。通路を塞いでるじゃないか。早くその箱を移動させて彼を座らせろよ、後ろがつかえているんだ」

……思惑が外れたばかりか、自分を追い込むことになるとは……しかも、バスに戻ってきた学生たちはコングポップが席に着くのを待っている。

結局、異議を唱える権利などないアーティットは渋々箱を足元に移動させ、窓の外に目を向けた。すると、リュックをおろして隣に座ってきたコングポップはレジ袋をガサゴソさせながら声をかけてくる。

「アーティット先輩、おやつを食べませんか？」

振り向くと、コングポップはスナックや海苔《のり》、チップスなどを差し出していた。正直アーティットは空腹だったが、ヘッドワーガーとしての威厳は保ちたい。

「いらない」

だが、親切なコングポップは引き下がらなかった。

「じゃあ飲み物はどうですか？　さっきこれを見かけたので、先輩のために買ってきました」

先輩のために、という言葉にアーティットは再び目を向けさせられたが、相手が手にしているものを見てそのまま大きく見開いた。

……瓶入りのピンクミルク。

「俺を揶揄うために買ってきたのか？」

アーティットはすぐさま相手を叱りつける。

（突然こんなふうにピンクミルクを買ってくるなんて、俺を恥ずかしがらせて揶揄うつもりだろ？　俺の秘密を知っているからといって、調子に乗りやがって！）

しかし、誤解されたコングポップは急いで首を横に振り、説明した。

「違います。先輩が疲れているように見えたので、冷たいものとお菓子を買ってきたんです。でも、どんなお菓子が好きかわからなかったので、色々買ってきました。ピンクミルクは、先輩が好きだって知ってたから買ってきたんです。でももし飲みたくなかったら、緑茶もありますよ。

大学に着くまでまだ時間がありますし。僕はただ、先輩に何か食べてほしいだけです。具合が悪くなってしまいます……から」

その長い理由に、アーティットは固まってしまった。その目、その声音は変わらず真剣で、とても揶揄っているようにには見えない。そしてそれ以上に……。

……言葉に込められた気遣いや思いやりを感じる。

ヘッドワーガーは少しためらいながら相手が手にしているものを見つめ、ピンクミルクを受け取ることにした。挿《さ》したストローを少しだけ吸う。相手から顔を背けて外の景色を眺めると、バスは大学に向かって走りはじめた。

ピンクミルクの甘さは実際に彼を爽《さわ》やかな気分にしたが、このこんがらかった頭の中だけはスッキリさせることができず、悩みは増すばかりだった。

(わからない……ヒーローのようになりたがったり人の世話を焼いたりするのは、コングポップの元来の性格なのだろうか？　それにもう一つ理解できないことがある。ふざけたことを言う時もあれば、誠実な態度で接してくる時もあること。こいつはいったい何を伝えたいのだろうか。どんな意味があるのだろう。それから重要なのは、コングポップが全ての人をこんなふうに扱うのかどうかだ……それとも、俺だけが特別なのだろうか？)

なぜなら、見て見ぬふりをしようとしていても、相手の行動によってアーティットは気づいてしまうのだ。その目には〝優しさ〟だけでなく……〝甘さ〟も入っていることに。だから彼も、つい余計なことを考えてしまう。

学科のギアを渡された意味についてもそうだ。アーティットだって、コングポップが何かを隠していることに気づかないほど馬鹿ではない。今まではっきりさせずにいた結果、コングポップはいつもアーティットを揶揄い、怒らせ、最後には謝罪するということを繰り返している。どうしてこんなことをするのか直接聞きたいが、今その件について言及するのは気まずすぎるだろう。

アーティットは頭を振り、何も考えないことにした。ピンクミルクを飲み終え、容器をゴミ袋に入れて外の景色を眺める。隣で静かに座っているコングポップを無視しているものの、その心には彼への多くの疑問が溢れていた。


……一方でコングポップも、ギアに秘めた意味を教えてもらったかどうか、アーティットに聞く勇気がなかった。

アーティットはまだその意味を知らないはずだ。もし知っていたら、すぐに怒鳴り込んでくるだろう。しかし、アーティットはそれについて何も話さず、自分の善意をすんなり受け取ってくれた。そして相変わらず不機嫌な顔はしているが、これまでより態度が柔らかくなっているように見える。

コングポップは忘れてはいない……アーティットは男で、そして自分も男であることを。また、脈絡もなくいきなり尋ねても、アーティットを怒らせることになるだろう。アーティットにギアを預けたのは、コングポップの中でもかなり大胆な行動だった。自分自身の気持ちをはっきりとは理解していなかったにもかかわらず、ギアを手放したのだから。

コングポップにその決断をさせたのが海の雰囲気のせいなのか、それとも初めてアーティットとちゃんと話すことができたからなのかはわからない。しかし、雰囲気だけのせいにすることはできなかった。

なぜなら、彼の心にはずっと確かな気持ちがある。

彼はただ、アーティットを見ているのが好きだ。アーティットに近づきたい、アーティットの世話をしていたい。この気持ちは疑いようもなくはっきりしている。

だが、それ以上のことは……。

……彼はまだ、心の中で答えを見つけられずにいた。

ふいに肩に重さを感じ、コングポップの思考は遮られた。隣で眠っている人物の頭が寄りかかってきたのだ。コングポップはアーティットの寝顔を見つめながら静かに微笑《ほほえ》む。そしてはっきりと、あることを感じた。

言葉ではうまく説明できないが、コングポップにとって……アーティットは誰よりも特別な存在なのだ。

……ただそれだけだ。

バスは数時間走り続け、やっとのことで大学の近くまで帰ってきた。学生たちは腰を伸ばしたり、伸びをしたりしながら、荷物を確認してバスから降りる準備をしている。しかしアーティットは無意識のうちに眠り込んでいたため、コングポップは彼を起こすためにそっと囁《ささや》いた。

「アーティット先輩……アーティット先輩……起きてください。もうすぐ大学に着きます」

呼ばれた隣人はうとうとしながら目を開けた。目の前にある座席が斜めに見え、枕があるのに首にだるさを感じる。

（……おい待てよ、なんでここに枕があるんだよ！）

アーティットはすぐに跳ね起きたが、〝枕〟は隣に座っている人物の肩に他ならない。いつの間にうっかり眠ってしまったのかわからず、自分自身に腹が立つ。恥ずかしい姿を見られたかもしれない。

しかしコングポップは面白がって笑うこともなく、いつもと変わらない様子で隣に座っている。ヘッドワーガーは両手で顔をほぐし、まぶたをこすって目を覚まそうとした。何もなかったかのように、いつも通りのふりをして、バスが大学の駐車場に停まるのを待つ。

故障のせいで、予定時刻の十八時を二時間過ぎて到着したため、学生たちは疲れきった顔で、いそいそと荷物をバスから下ろしはじめた。

アーティットも立ち上がって機材の入った段ボール箱を持ち上げると、席の下にミネラルウォーターを二パック発見した。彼はかがんでそれらを引っ張り出してみたが、段ボール箱に一緒に入れることはできそうにない。全てを運びきるには、二往復しなければならないだろう。

するとと、伸びてきた腕がアーティットの持っていた段ボール箱を取り上げた。

「持ちますよ」

コングポップが再び親切に申し入れてくる。アーティットはうなずき、先に彼をバスから降ろし、そこから学部棟の下まで一緒に歩いていくことにした。

「アーティット先輩、どこに置けばいいですか？」

「あの太鼓の近く」

アーティットは、そう遠くないところに置かれたレクリエーション班の太鼓を指さした。指示通り荷物を置いたコングポップが同級生たちの乗っているもう一台のバスへ向かおうとすると、アーティットに呼び止められた。

「おい……待てよ」

「はい」

コングポップは足を止めて振り返り、ためらっている様子の相手を見る。

「……いや、なんでもない。手伝ってくれてありがとな」

「いえ、お気になさらず」

コングポップは笑みを湛《たた》え、誠実な眼差しで返した。そして、アーティットが聞きたいことは宙に浮いたまま、彼は同級生たちのもとへ去っていった。

彼が聞きたかったのは……〝お前は俺に気があるのか〟ということだった。

相手の答えを聞くのが怖かったわけではない。だがアーティットは、答えを聞いたあとに自分が何を言うべきなのかわからなかったのだ。

もしコングポップに〝ある〟と言われたら、どうすればいいだろう？　これからどのように接すればいいのだろう？

だけど、もしコングポップに〝ない〟と言われたら……きっと自分は、たった一言を返すだけだ……。


……もうそんなふうに優しくしないでくれ。

一年生規則第二十一条
ワーガーには選ぶ権利がある

コングポップは鏡に映る、いつも通りの自分を見た。

淡い色のTシャツに濃い色の上着、黒いジーンズにレザーのスニーカーを合わせて、髪を軽くセットし、うっかり香水までつけてしまった。

（この香りが気に入っている……それだけ、特別な理由はない！　……わかった、認めよう……これはいつも通りじゃない）

いつもより身なりに気を遣っている自覚があった。それは見た目だけではない。約束したショッピングモールで相手を待っている間、心の中も小鹿が飛び跳ねているかのように興奮していた。今日の目的は買い物に付き合ってもらうだけであるにもかかわらず。

コングポップは普段とは違う自分の姿を見て、やりすぎではないかと心配になった。まるでデートに行くかのような格好だからだ。しかし、今日は初めてのアーティットと二人だけの時間なのだ。なんとかいいところを見せて、アーティットを怒らせないようにしたいと思っている。

でも、また失敗してしまいそうな気がしてならない。

コングポップが心配していると、アーティットは時間通りに現れた。コングポップがすでに待っていたことに気づくと、彼は小走りで近づいてきて、眉をひそめてつぶやいた。

「悪い、待ったか？　なんでこんな朝早くに呼び出すんだよ！」

（……十一時は、〝朝〟とは呼びませんよ）

コングポップはそう言いたかったが、口を噤《つぐ》む。アーティットの服装は、自分と正反対だった。

アーティットはチェ・ゲバラがプリントされたTシャツと淡い色のジーンズにキャンバス地のスニーカーを合わせ、ショルダーバッグを掛けている。カジュアルなコーディネートなのに、なぜかわからないが、それが自然と彼に似合っているように感じ、相手に話しかけられるまで思わず見とれてしまった。

「それで、何を買いに来たんだ？」

コングポップは我に返り、今日の本題を問う質問に答えた。

「大したものではないんですが、ただアーティット先輩に選んでもらいたくて」

かすかな笑みを浮かべたものの、何やら勿体ぶった感じではっきりとは言わない。

コングポップに先導されながら、アーティットは口元をゆがめてついていった。不機嫌な理由は、0062のその態度と、何やらいつも以上にキラキラしていることだ。

（……あぁ……お前はカッコいいって知ってるよ！　ファッション雑誌の表紙から飛び出してきたかのような格好をして、モデルのスカウトマンの目を引こうとしてるのか？　こんなんじゃ隣にいる俺が、貴公子に付き従う庭師みたいじゃないか）

イライラしながらも、アーティットにはわかっていた。見た目のよさは生まれ持ったもので、他人と比べてもなんの意味もないと。

仕方なくアーティットは、大人しくコングポップのあとについてショッピングモールを歩き、何度も上りのエスカレーターに乗り、おもちゃ売り場のフロアへやってきた。

ここにはおもちゃやアイデア商品、雑貨などが売っている。しかし、コングポップは他の商品に目をやることなく、ぬいぐるみ売り場へ直行した。そこでピンク色のレースをあしらったドレスを着た茶色いテディベアと、空色のドレスを着た白いテディベアを手に取り、アーティットに見せながら尋ねる。

「先輩はどっちが可愛いと思いますか？　どちらか買おうと思っているんですが、選べなくて」

アーティットは瞬きをしながら、両手にテディベアを持った大学のムーンを見つめる。さまざまな思考を張り巡らせながら、なるべくオブラートに包んだ表現を見つけようとしたが、結局思ったままを口に出してしまった。

「えっと……お前はこういうのが趣味だったんだな」

するとコングポップは驚き、頭を振りながら誤解を解くべく説明する。

「違いますよ先輩！　明日は姪の誕生日なので、プレゼントを買いに来たんです」

その説明を聞いてアーティットは状況を把握してうなずいた。

「そうか……姪っ子は何歳になるんだ？」

「三歳になります、僕の姉の子供です」

「お前、姉さんがいるのか？」

「はい、十歳くらい歳が離れた姉が二人います。僕は両親が歳をとってから生まれたので。先輩にご兄弟はいるんですか？」

「いない、一人っ子だよ」

……一人っ子だからこそ責任感が人一倍強く、末っ子の自分とは性格が真逆なのかもしれない、とコングポップは感じた。

一方でアーティットもコングポップに歳の離れた姉がいるということを初めて知った。その環境で周りに甘やかされて育ったから、彼は頑固で、時に我が儘に振る舞うのかもしれない。今日のように姪へのプレゼントの買い物に付き合ってほしいと頼むことだってそうだ。アーティットの見た目が、この可愛らしいぬいぐるみ売り場で明らかに浮いてしまうことなんて考えていない。

カジュアルな服装のアーティットは長いため息をつき、さまざまなおもちゃが並ぶ別の陳列棚を見ながらなんとなくアドバイスをした。

「本当にこのぬいぐるみを買うのか？　他のおもちゃもあるだろ、子供の脳を発達させるやつとか。ネットで見たんだけど、ブロックみたいに遊べる粘土があるらしくて、いろんな形を作れるし本物みたいだった。俺が子供の時はレーザーガンくらいしかなかったからな……お前の頃と違うだろ？　おもちゃは毎年進化してるんだ」

二十一歳がまるで昔を懐かしむ老人のように幼い頃を振り返って話している。今の大学一年生とは普段触れている情報も違っているのかもしれない。だからジェネレーションギャップを感じてこんなにも疲れてしまうのか、とアーティットは一人で納得していた。

しかしそれを聞いたコングポップの一言によって、その場の空気が凍りついた。

「でも僕と先輩は二歳しか離れていませんよ！」

その事実にアーティットは動きを止めた。確かにたった二年でそこまで大きな進化があるわけがない。彼とは同世代であるにもかかわらず、十歳も年上のような話し方をしてしまった……。これはかなり恥ずかしかったが、それでもアーティットは押し通そうとする。

「だからなんだよ？　俺はお前より先に生まれたんだ。年上であることには変わりない」

「じゃあ、いつになったら〝俺〟と〝お前〟をやめて〝ピー〔先輩〕〟と〝ノーン〔後輩〕〟を使うんですか？」

この言葉はアーティットを再び悩ませた……その通りである。ラップノーンはすでに終了したのだから、もうここまで他人行儀な言葉遣いをする必要はない。でも、自分を〝ピー〟と称すのも、コングポップを〝ノーン〟と呼ぶのも不慣れで気恥ずかしかったし、そのことを説明するのも馬鹿げている。そのためアーティットは怒ったふりをしてこの話題を終わらせた。

「俺の勝手だろ。何か問題あるか？」

「ありません」

コングポップは白旗を揚げたが、瞳はキラキラと輝き、笑っているようだった。アーティットは怒ったふりを続けながら話題を変える。

「ぬいぐるみを見せてみろ」

アーティットはコングポップに近づき、その手から二体のテディベアを取り上げた。コングポップは一歩下がって、真剣な顔つきで白と茶色のテディベアを手にする彼をこっそり見つめる。どう見ても彼のイメージと合わない、違和感のある姿だとしても、なぜかコングポップの目には可愛く映る。アーティットが自分のために何かを選んでくれているからかもしれない。

（……アーティット先輩は何に対しても真剣な人なんだ）

コングポップはいつも彼の言動を観察しているが、わかるのは表面的なことばかりで、実際に何を考えているのかは知るよしもない……アーティットが何を考え、どんな世界が見えているのかを聞きたかった。そして、彼がたまに漏らす本音と思われる発言を聞くのが楽しいのだ。

年上の人にそんなことを思うのはおかしなことだろうか？　彼自身、自分がアーティットを一人の先輩としてではなく、一人の人間として見ていることを自覚していた。だから自分がただの後輩だという事実を忘れ、出すぎた真似をしてしまう。コングポップはアーティットをこれ以上怒らせることを恐れ、常々自分が後輩であるのだと自らに言い聞かせていた。

……だが、自分でもよくわかっている……それが効き目をもたらしたことはない。

目の前に突き出されたテディベアに、コングポップの思考は遮られた。アーティットが片方のぬいぐるみを差し出しながら意見を述べる。

「茶色い方がいいかな、白は汚れやすいし。どうだ？」

「アーティット先輩の言う通りにします」

コングポップがなんの気なしに言った答えは、アーティットを苛立たせたらしい。

「なんで俺に従うんだよ？　お前からのプレゼントなんだから、ちゃんと選べよ！」

厳しい言葉にコングポップは黙った。……実のところ、このテディベアたちはアーティットを呼び出して二人で会うための口実にすぎなかったからだ。しかし彼は時間をかけて真剣にプレゼントを選ぼうとしてくれている。したがって、コングポップもその気持ちを受け止め、真剣に選ぶことにシフトチェンジしなければならなかった。

「じゃあ茶色のテディベアにします！　ピンクの服を着ているし、女の子にピッタリだ」

この後付けの理由に、アーティットは納得した。結局のところ、選ぶ権利を持っているのは誰でもない、コングポップ自身なのだから。

「会計をしてきます」

コングポップはテディベアを手に、近くのレジへと歩いていった。ここでは無料でラッピングもしてもらえる。

コングポップを待つ間、アーティットは店内を物色していた。この店はおもちゃを手作りする材料や、お祝い事の贈り物を多く取り揃えているようだ。他にもバースデーカード、卒業式や結婚祝いなどのさまざまなグリーティングカードが置かれた棚もある。

（あぁ……そういえば、来週はタム兄さんとフォン姉さんの結婚式がある）

アーティットはまだプレゼントを準備していなかった。タムにはお世話になったので、ご祝儀を渡すだけでは平凡すぎる。だが、何をプレゼントすればいいのかわからない。

アーティットは同じ場所を行ったり来たりしながら商品を見渡したが、これといったものが見つからなかった。すると、会計を済ませたコングポップが、ギフトボックスの入った袋を手に歩いてきた。

「アーティット先輩、何を見ているんですか？」

「タム兄さんへのウエディングギフトだよ。何か贈りたくて」

アーティットはそう説明しながらウエディングの英文字が入ったフォトフレームを手に取る。結婚式の記念写真を何枚も撮るに違いないと思ったからだ。

写真立てなら、必ず使う機会があるだろう。アルバムも一緒に渡すとちょうどいいかもしれない。アーティットが悩んでいると、突然コングポップがアドバイスをした。

「メッセージカードもいいと思いますよ」

「それじゃ芸がなくないか？」

アーティットはわざとコングポップに嫌みを言ってみせた。またテディベアの時のように、適当に決めようとしているんじゃないのかと思ったのだ。しかしコングポップは首を横に振りながら否定する。

「そんなことないですよ。プレゼントはカードそのものじゃなく、書いてあるメッセージが重要なんです。アーティット先輩が心を込めて書けば、それだけでタム先輩はきっと喜んでくれます。それに、ロマンチックだし」

一つ目は確かに説得力のある意見だが、アーティットは最後の一言に引っかかった。

「先輩たちの結婚祝いなのに、俺がロマンチックになってどうするんだよ。ラブレターじゃないんだぞ！」

「じゃあ、代わりに僕宛てに書いてもいいですよ」

ただの冗談にも聞こえるそれは、アーティットが黙ってしまうほどに充分な破壊力がある言葉だった。

普通は男同士でこういう冗談を言うものだろうか？　アーティットにはわからなかったが、一つ確信できることがある。男が男に向ける眼差しは、こんなふうに何かを期待するかのようなキラキラしたものではないはずだ。

そしてアーティットは、聞き出せなかった質問――歓迎旅行で抱いたあのことを思い出した。

……コングポップが、自分に気があるのではないかということを。

（おそらく今がそれを聞く時だろう。はっきりさせて、この件を終わらせるべきだ。どんな答えが返ってくるかはわからないが、いつまでもそのことで悩み、もやもやしていなければならない

よりずっといい）

深呼吸をして、重要な質問を口にしようとしたその時、甘やかな声に遮られた。

「……ウン〔アイウンの愛称〕……あなたなの？」

アーティットが振り返ると、馴染みのある人物が視界に入る。

「ナムターン」

小柄な女性はにっこりと笑うとすぐにこちらへまっすぐ歩いてきて、アーティットをまじまじと見つめた。

「やっぱりそうなのね。髪が伸びて髭《ひげ》が生えてるから人違いかと思ったわ。何してるの？」

「後輩の買い物に付き合ってたんだ。彼は学科の後輩のコングポップ。彼女は友達のナムターンで、理学部だ」

コングポップは両手を合わせてワイをし、ナムターンも笑顔でコングポップに応《こた》えた。彼女は美人というよりはとても可愛く友好的で、笑うと頬《ほほ》に小さなえくぼができるチャーミングな女性だ。二人が懐かしそうに話している様子に、コングポップは一歩離れて耳を傾けた。

「ナムターンは？　何をしてるの？」

「うろうろしてたのよ。ジェイに記念日のプレゼントを買おうと思って」

「ああ、もう三周年になるのか？　妬《や》けるな」

「何言ってるのよ！　ウンが誰にも心を開かないからでしょ？」

「まだナムターンのことが諦めきれないからね」

「もう……ほんとに口が上手ね。そうだ、暇な時に電話してよ、最近連絡取ってないもんね」

「そんなことできないよ！　もしジェイが嫉妬《しっと》して俺を殴ったらどうするんだ？」

「バカね、みんな友達でしょ。そんなことするなら怒るわよ」

「そのあとは？　ジェイを捨てて俺と付き合ってくれるの？」

「もう～、行くわね。いつもその調子なんだから。後輩と買い物に行ってらっしゃい。これからジェイと映画の約束があるから、これ以上話してたら待たせてしまうわ」

アーティットはうなずき、会話が終わる。ナムターンは別れ際に、時間がある時に連絡するよう再び促した。そして彼女が去り、アーティットとコングポップ二人が残されると、沈黙を保っていた彼が口を開いた。

「彼女はアーティット先輩の友達ですか？」

アーティットは、さっき紹介したじゃないかと思いつつ、もう一度言う。

「ああ、高校で同じクラスだったんだ」

ウエディングカードを選びながら説明すると、コングポップは問い詰めるかのように質問を続けた。

「知り合って長いんですか？」

「中学で知り合ったから七、八年かな」

「笑顔が素敵な人ですね」

「うん、そうだな」

「アーティット先輩は彼女が好きなんですか？」

アーティットは手を止め、コングポップを見た。彼は答えを窺うような表情をしている。

（ナムターンとのやり取りを見てそう感じたのか？　それとも別の理由があるのだろうか）

アーティットは少し沈黙してから真実を告げる。

「そうだ」

……たった一言だが、それはコングポップにとって、心を長い縄《なわ》で締め付けられるようなものだった。

彼が黙り込んでいると、アーティットは軽くため息をついてから長い説明を始めた。

「でも、もう昔のことだ。それに友達が先に告白して、今も彼女と付き合ってる。ずっと二人が別れるように祈っているけど、もう三年も続いてるよ」

アーティットは昔のことを思い返しながら、懐かしさに思わず笑ってしまうのを我慢していた。なぜならナムターンの相手は他でもない、彼のクラスメートだったジェイだからだ。ジェイとはバスケットボールをやる時も、食事をする時も、宿題を写す時もいつも一緒だったのに、彼がいつからナムターンにアプローチをかけていたかは知らなかった。高校の卒業式で、二人が一緒に座って手を繋《つな》いでいるのを見るまで全然気づかなかったのだ。おまけに、よりによって同じ大学に通うことになり、それが彼をまた悩ませた。

「でも……実際、どうこう言えないけどな。俺がナムターンに告白しなかったんだ。なんで抱え込んでいたのか、自分でもわからないよ」

アーティットの脳裏にさまざまな思い出がよみがえる。まだ恋心に目覚めたばかりの頃、ナムターンと同じクラスになり、いつも彼女を揶揄っていた。そのせいで彼女は彼をただの友達として接し、真剣に向き合うことはなかったが、実はそういった行動に彼女への想いを隠していた。告白する機会はあったが、勇気がなかったのだ……ジェイがナムターンにアプローチをかける前に想いを伝えるべきだったのに。

それか、まだ幼かったから、そこまで考えてなかっただけなのかもしれない。

「僕にはわかります」

突然コングポップが口を開いたので、アーティットは眉をひそめて聞き返した。

「何が？」

「なぜ告白できなかったのか」

コングポップは具体的な理由を口にはしなかったが、アーティットには相手の言わんとすることがはっきり伝わってきた。

同時にさっきまで自分が言及しようとしていた質問について、思わぬ形で彼から答えが得られたように感じ、アーティットは当惑した。

「バカバカしい」

アーティットは話を終わらせることを選び、カードを手にレジへ向かった。

コングポップはその場に置き去りになり、ため息をつきながらアーティットの後ろ姿を見つめることしかできなかった。新郎と新婦のイラストが描かれたウエディングカードが目に入り、彼が口に出せずにいた理由に、より胸が痛んだ。

そう、コングポップにはわかる……どうしてアーティットが一歩踏み出せなかったのか。なぜならそれは、きっと彼がアーティットに一歩踏み出せない理由と同じだろうから。

ある一つの感情が、踏み出そうとする全ての行動を阻んでいる。

……今の二人の関係を……失うことが恐いのだ。

一年生規則第二十二条
ワーガーの目を見つめるべきではない

「……0062……0062……」

……おかけになった番号をお呼びしましたがお出になりません。

アーティットの眉と手がわなわなと震える。相手の背中を叩き、大声で名前を叫んだ。

「おいコングポップ！」

「はっ！」

……ついに我に返ったようだ。コングポップはこっそり近づいて自分を引っぱたいてきた人を呆然《ぼうぜん》と見つめながら言った。

「どうしました、アーティット先輩？」

（どうしました……じゃないだろ）

アーティットがウエディングカードの会計を済ませて戻ってくると、コングポップはずっと黙り込んだまま、まるで一人で世界を背負っているかのようにひどく思いつめた顔をしていた。

アーティットは何度も名前を呼んでいたのだが、彼には何も聞こえていなかったようだ。

コングポップがこうなったのは自分のせいなのか、それとも他の誰かのせいなのかはわからないが、重苦しい雰囲気で買い物を続けると自分がだんだんとイライラしてしまうに違いない。このままお互いの時間を無駄にするよりも、さっさと切り上げて家に帰った方がいい。

「もう用が終わったなら先に帰れ。しょぼくれた顔して俺と一緒に歩き回る必要はないぞ」

我慢できなくなったアーティットの文句に、暗い顔をして思いつめていたコングポップはハッとした。

確かに上の空だった。いろんなことが頭の中をぐるぐると駆け巡っていたからだ。特にさっき買い物をしている時に、偶然会ったナムターンのこと。アーティットがかつて密かに好きだった人だ……アーティットがもう昔のことだと言っていたとしても、それでもコングポップの心に秘めた気持ちと混ざり合って、彼を苛立たせていた。

今の気持ちを口に出してしまったら、アーティットはいつものように話を聞かずに去るだけでは済まないだろう。これまでにないほど怒りを爆発させ、二人の関係がますます悪化してしまうはずだ。もうアーティットと喧嘩をしたくなかったコングポップは、嘘《うそ》で誤魔化して回避することにした。

「違います。帰りたいからじゃないですよ。えっと……僕はただ……お腹が空いてしまっただけです」

この言葉を聞いてアーティットは足を止めた。時計を確認すると、時刻はすでに十二時半を回っている。

（……あぁ、何かと思った。空腹のせいで機嫌が悪くなっていただけか）

状況を理解したアーティットは気分が軽くなり、会話を続ける。

「なんだ、だったらなんで言わないんだよ。何が食べたい？」

「なんでもいいです。アーティット先輩は何が食べたいですか？」

質問を返され、アーティットはショッピングモールを見渡した。日本料理店の並ぶ一角以外は、フードコートとファストフードしかない。味はまあまあだが、どれも新鮮みに欠け、しかも割高だ。街中にある屋台の料理には敵《かな》わないだろう。店選びを任されたアーティットは、あるアイデアを思いついた。

「えっと……美味《おい》しいクイッティアオ〔麺・スープ・具を選べる形式のヌードル〕屋があるんだけど、ここからちょっと遠いんだ。行くか？」

「行きます」

コングポップは何も考えずに即答した。実のところ、まだ大してお腹は空いておらず、どの店でもよかったのだ。だが、誘ってくれたのがアーティットなら喜んで一緒に行く。それに、コングポップもショッピングモールにある店は食べ飽きていた。

コングポップはギフトボックスの入った買い物袋を持ってアーティットについていく。ショッピングモールから出て間もなくしてエアコンのないバスに乗り込み、わずか三駅後のバス停で下車した。

アーティットはコングポップを連れて路地に入り、小さなクイッティアオ屋の前で立ち止まった。しかし、店内は座っている客やテイクアウトを待って並んでいる客でぎゅうぎゅう詰めだ。アーティットの言った通り、ここのヌードルは美味しいのだろう。幸い、二人はなんとか空いている席を見つけることができた。

コングポップは壁にかかっているメニューを見上げた。そのほとんどはクイッティアオのメニューで、オプションのバミー〔中華麺〕や、サイズもレギュラー、スペシャルに分けて価格が記載されている。スタッフが注文を取りに来る前に、アーティットはすぐに自分の食べたいものを大きな声で注文した。

「すみません、バミー・トムヤム・ムートゥン〔煮豚のトムヤム中華麺〕のスペシャルをください。お前は？」

「僕はセンレック・ナムサイ・ルックチン〔つみれのすましライスヌードル〕をお願いします」

考えすぎかもしれないが、コングポップは自分の注文を聞いたアーティットが笑いを堪《こら》えるみたいに眉を動かしたように感じた。二人分の水を注文してオーダーを終わらせると、程なくして料理が運ばれてきた。

コングポップは箸《はし》とスプーンを手に取り、いい匂いの湯気を放つセンレック・ナムサイを食べようとした。しかし、スプーンがスープに触れる前にアーティットの声に遮られる。

「おい、ちょっと待て。こっちがお前のだ」

中断するような言葉と共に、コングポップが注文した料理が相手に取り上げられ、なぜか代わりにアーティットのものと交換された。有無を言わさず渡されたコングポップは急いで顔を上げた。

「アーティット先輩、また僕にいじわるするつもりですか？」

コングポップがそう尋ねたのは、以前にも同じようなことがあったからだ。当時ヘッドワーガーを務めていたアーティットが、コングポップのカオ・カイジアオ・ムーサップ〔豚肉入りタイ風オムレツ載せご飯〕と自分のカオ・パッガパオを交換し、その上に皿全体が真っ赤になるほどの大量の激辛唐辛子《とうがらし》をかけた件である。そしてさらに、食事ができることへの感謝の気持ちを表せと、米を一粒も残すことなく食べさせたのだ。それに従った結果、コングポップの口は辛さ《から》で腫《は》れ上がり、大変なことになった。

コングポップは、当然のことながら今回も同じようなことが繰り返されるのではないかと疑っていた。

（クイッティアオ屋の真ん中で、食事の前にまた大きな声でお祈りを唱えろなんて言わないでくださいよ……）

しかし、相手は知らん顔をしてすぐに否定した。

「俺がいじわるするって？　ここのトムヤム・ムートゥンは美味いから、お前に試してみてほしいだけだよ。それとも俺が信じられないのか？」

挑発のような意味も込められた言葉に、コングポップは疑惑を取り下げ、唐辛子がスープに浮かんでいるヌードルの器《うつわ》を見下ろす。辛いものが苦手だとアーティットが知っているのは確かだが、どういうつもりでこんなことをしているのかはわからない。

とはいえ、コングポップは従うほかない。辛い思いをする心の準備をして、ゆっくりとスプーンでトムヤムスープを掬《すく》って口に入れた。

ところが驚くべきことに、舌に触れた味は予想とは反するものだった。見た目ほど辛くなく、まろやかでちょうどいい味付けだったのだ。しかも、大ぶりのムートゥン〔煮豚〕も美味しそうな匂《にお》いがしている。

「どうだ？　美味《うま》いだろ？」

驚きを隠せないコングポップに、彼の表情を観察していたアーティットが感想を求めた。

「はい。どうして最初から言ってくれなかったんですか？」

「お前が普段何を注文するのか知りたかっただけ。なのにお前が頼んだのは……センレック・ナムサイかよ。クッソつまんねぇな、ははは！」

馬鹿にしたようなくぐもった笑い声を聞いて、笑われたコングポップは無表情に相手を見つめた。

（……結局反応を見て揶揄ってるじゃないか）

コングポップがセンレック・ナムサイを注文したのは好きだからというのも一つの理由だが、

実はこの店が本当に美味しいのかどうか知りたかったからでもある。クイッティアオ屋の基本の味を知るには、定番メニューを食べてみなければ始まらないのだ。

でも、そんなことを長々と説明しても、アーティットに理解してもらえるかどうかわからない。それどころか、幼稚な言い訳をしていると思われるだろう。器を相手に返すことで問題を片付けることにして、疲れたような口調で言った。

「それならご自分のを食べてください」

「なんだよ、こんなことで拗《す》ねたのか？　交換しなくていい、お前が食えよ。味がするものを食べる練習だ」

アーティットはわざとコングポップを揶揄いながら器を押し返した。そして、笑顔でもう一言付け加えた。

「それに……これはお前のために注文したんだ」

言い終えると、アーティットは何も言わずにセンレック・ナムサイを一口、また一口と食べはじめた。コングポップは目の前にあるバミー・トムヤムを見つめる。これは〝レギュラー《ありきたり》〟ではない、具が大盛りで麺がほとんど見えないほどの〝スペシャル《特別》〟だ。

（……まただ……アーティット先輩はまたこんなことを……）

コングポップは、口は悪くても優しいのがアーティットの性格であると理解している。だが、わからなかった。アーティットはどうして頻繁にそういう姿を見せるのだろうか。特に自分に対して……。はっきりと面《おもて》には出さなかったものの、コングポップは常に、アーティットにそういう気持ちを抱いていることを示してきた。それとも、アーティットは気づいていないのだろうか？

（わかっていますか……先輩は……僕に期待をさせるようなことをしているって）

そして問題をさらに複雑にしているのは、アーティットの小さな気遣いを嬉しく思っている一方で、それをダメだと感じていることだ。こんなことをされてはアーティットへの想いからますます抜け出せなくなってしまう。コングポップは二人の関係を大事に育《はぐく》みたかった。そして、ゆっくりと少しずつ進みたかったのだ。

いまや彼の気持ちを抑え込んでいる心の壁は少しずつ崩れはじめ、そして気持ちは日に日に成長し……大きくなるばかりだ。

「0062……0062……」

コードナンバーに反応しない相手に、アーティットは箸で器をそっと叩く。

「おい、コングポップ！　何ぼーっとしてるんだ。早く食べないと麺が伸びるぞ！」

上の空だったコングポップは、調味料を手に取り、センレック・ナムサイに唐辛子を加えるアーティットを見た。イライラとしかめっ面で自分を睨みつけている。彼は慌てて顔を下げ、自分のバミー・トムヤムを口に運び、さっきまで考えていたことを打ち消していく。それは重苦しい心を軽くしてくれるほどの美味しさだった。

それぞれが食べ終わる頃には、お腹も充分満たされていた。会計を済ませて店を出る。昼下がりの強い日差しはまだ容赦なく肌に照りつけ、アーティットが眩《まぶ》しさに目を細めていると、隣を歩いているコングポップが尋ねた。

「アーティット先輩、次はどこに行きたいですか？」

「こんなに死ぬほど暑いのにどこに行くんだよ」

「じゃあ映画を観に行きませんか？　座れるし、冷房もありますよ」

コングポップはそう提案したが、映画を観るにはまたバスに乗って三駅戻らなければならない。だが、炎天下を歩き回って汗を流しているよりはいいだろうと思い、アーティットはその提案にうなずいた。

「ああ、わかった」

さっきまでいたショッピングモールに戻るため、彼らは通りに出てバスを待った。次の目的地は最上階にある映画館だ。二人はフロアの約半分を占める映画館に到着し、今日の上映作品と時刻を確認した。

「アーティット先輩、どの映画を観たいですか？」

「今どんな映画があるか知らないんだよな。最近チェックしてなかったから」

アーティットは肩をすくめて正直に言った。というのも、ラップノーンの期間が過ぎるまでの間、他の情報を仕入れる時間なんてほとんどなかったのだ。ラップノーンが終わると今度は中間試験をやっつけなければならず、つい最近まで自分の自由な時間が取れなかった。それにアーティットは、普段からあまり映画を観るタイプでもない。話題作や評価の高い作品をダウンロードするか、友人にＤＶＤを借りて楽しむ程度である。彼は読書も好きだが、大抵は漫画を読んだりオンラインゲームをして遊んだりすることが多い。

しかし、隣にいるコングポップは正反対で、映画情報に非常に詳しいようだ。

「この映画はどうですか？　数億の製作費をかけた作品です。アメリカでは二週間連続の興行収入一位で、ネット上の評判もとてもいいですよ」

コングポップが指さす方向を見ると、上映中のアクション映画だった。実のところ、アーティットはこの映画が話題になっていることも、その題名を聞いたことすらもなかった。しかし熱心に伝える相手の様子を見て、断ることなく受け入れた。

「それにしよう」

「それじゃあアーティット先輩はここで待っていてください。チケットを買ってきますね」

コングポップはそう言うと、アーティットを残して小走りでチケットを買う列に並びに行く。

アーティットは待っている間、行き交う人々を羨《うらや》ましげに眺めた。ほとんどは恋人同士で、デートらしく腕を組んでいる。自分もそんな雰囲気を味わってみたい。

でも考えてみれば、コングポップと一緒に出かけたのは悪くなかったと思う。初めはこの口実を使ってまた揶揄われるのかと思ったが、ただ会って、普通に買い物して、食事して、映画を観るだけだった。

（まるでデートみたい……っておい！　何を考えているんだ。ただ約束を守って買い物に付き合っているだけじゃないか。デートでもなんでもない！）

アーティットは頭を振りながら余計な考えを消し去った。こんなふうに考えてしまうのは、コングポップが変なことをするせいだ。でも彼は、自分とコングポップはいったいどんな関係なのかとはまだ聞けないでいた。

アーティットが思うに、コングポップは自分を苛つかせてくる時もあるが、全体的には責任感のある後輩で、ディアからも二年後のヘッドワーガーを打診されているくらいだ。アーティットもそのポテンシャルを感じることはあったし、反発するのをやめて二人でちゃんと話してみたら、期待できる後輩だと思えたのだ。

でも、話せば話すほど、違う何かを感じる。コングポップのアーティットに対する一つひとつの行動は、全てが先輩後輩という関係を超えた、特別な感情を孕《はら》んでいるように思える。それが何を意味するのか確かめたいと何度も考えたが結局はとどまることを選び、何もなかったかのように振る舞って全部放置してきた。

こういうことには時間が必要だとわかっているからだ。早すぎても、遅すぎても……二人の関係を壊してしまうかもしれない。

コングポップがチケットを手に戻ってきたので、アーティットはひとまず何も考えないことにした。映画は間もなく上映されるようだ。二人は急いでスクリーンシアターに入り、席に着いた。これから二時間半の映画が始まる。

さすがは二週間連続で興行収入一位の映画だ。映画館から出てきたアーティットはずっと興奮気味に語っている。

「あの大爆発のシーンやばかったな。お前はどう思う？　でも、最後のところは結局どうなったんだろう。あいつってマジで死んだのかな？　よくわかんなかったよ」

「僕は死んでないと思います。アーティット先輩気づきましたか？　冒頭の部分にヒントがあったんです。この監督は映画の導入部分に伏線を張りがちなんですよ。それに続編があるらしいので、最後に謎を残しているのかもしれません。でも、大爆発のシーンのＣＧは本当にすごかったですね。僕が一番気に入ったのは音楽です。とてもテーマに合っていて、間違いなくオスカーを獲《と》ると思います！」

コングポップの長い映画評論は、これまで映画を分析したことがなかったアーティットを深く納得させた。

「映画に詳しいんだな」

「観るのが好きなんです。アーティット先輩は何か特別に好きなことはありますか？」

「俺は……特に」

アーティットは頭を傾け、自分の日常生活を思い返した……ごく普通の人間で、見た目も普通。ショッピングモールの大きな鏡に映った二人の姿が視界に入るたび、見るに堪《た》えないと感じる。隣に立つ大学のムーンの輝きが、アーティットの存在感を完全にかき消していたからだ。

(……ちょっと待て！　俺はいつから自分の外見に無頓着《むとんちゃく》になったんだ！)

「お前、もう帰るか？」

その言葉にコングポップは慌てて顔を上げると、驚いて問い返した。

「どうしてですか？　アーティット先輩はもう帰りますか？」

「いや、俺は髪を切りに行こうと思って。先に帰っていいぞ、待ってなくていい」

そう聞いてコングポップはほっと息を吐いた。アーティットが退屈だから帰りたくなったのかと心配したのだ。正直なところ、彼はまだアーティットと話がしたかった。今は十六時で、アーティットがばっさり髪を切ったとしても一時間もかからないだろう。

「じゃあ待ってます。モール内で美容院を探しましょう」

アーティットはためらった。ショッピングモールにある美容院は外よりも高いからだ。だが、今から別の場所に移動して探すのも面倒だし、チアミーティングはすでに終了していて来週の土曜日にはタムの結婚披露宴がある。身なりを整え、先輩を立てなければならない。

コングポップの提案に同意はしたがどの店がいいかわからないので、人気があるらしく、比較的混み合っているヘアサロンにすることにした。スタッフは彼らを親切に迎え入れてくれ、座って順番を待つ間アーティットはスタッフが持ってきた雑誌を眺めた。

「どんな髪型がいいと思う？　坊主はどうかな？　長いのは鬱陶《うっとう》しくて、ずっと切りたかったんだ。思い切って短くしてもらおうかな？」

コングポップは自分の希望を語っているアーティットを一瞥《いちべつ》し、思わず口を開きかける。

（……坊主でいいんですか？　だって、アーティット先輩には全然似合わないですもん……）

しかしコングポップがそう言うよりも早く、スタッフが近づいてきて声をかけた。

「ヘアカットをされたい方はどなたですか？　こちらにどうぞ」

「どこかぶらぶらしてこいよ。座って待ってなくていいから」

アーティットはそう言い残して、アシスタントと一緒に髪を洗いに行ったが、コングポップは彼の言葉には従わず、どこにも行かないでずっと同じ場所に座っていた。すでに姪へのプレゼントも購入していたし、他に見るものもなかったからだ。

店内に置かれた雑誌を読んで時間を潰していると、自分の名前を呼ぶ声が近づいてくる。顔を上げると、予想通り一時間以内にカットを終えたアーティットが目の前に立っていた。

「コングポップ」

今回は名前で呼ばれた。コードナンバーの〝0062〟ではない。そして彼の顔を見上げると、コングポップの目は釘付《くぎづ》けになり、呼吸することさえ忘れてしまった。

アーティットの長い髪はうなじが見えるくらい短くカットされ、前髪は眉下から耳までさっぱりと梳《す》いてあり、キリッとした目がよく見える。伸ばしていた髭も剃《そ》り落とされ、清潔感と小綺麗さが出ていた。これまでとは全くの別人で、先輩だとは信じられないほどに年齢より幼く見える。

アーティットは新しい髪型に慣れない様子で、髪をいじりながら尋ねた。

「長すぎないか？　もっと短くしたかったんだけど、似合わないって言われて」

するとアーティットのカットを担当したと思《おぼ》しき派手な格好をした〝お姉さん〟がお釣りを手に、甲高《かんだか》い声で話しながら近づいてきた。

「もぉ～！　いじったらダメよボク。せっかく綺麗にセットしたんだから。今一番流行《はや》りの韓《はん》流《りゅう》スタイルよ、とても似合っていて素敵。疑うなら恋人に聞いてみなさい！」

褒め言葉はよかったものの、最後の一言にアーティットは必死に誤解を解こうとした。

「いや、違います！　彼は大学の後輩です！」

「あら、ごめんなさいねぇ。恋人かと思ったわ～！　ずっと座って待ってるし、あなたを見つめるとろけた瞳ときたら……んふふ！」

謝った意味がまるでない。その言葉で、二人の間には気まずい空気が流れた。アーティットはコングポップに目を向けたが、相手はわざとらしく目を逸らしてみせた。それ以上誰も何も言わずにいると、店内にいるスタッフの声が響いた。

「ネーニー姉さん、お客さんが待ってるわよ！」

「はぁ〜い！　……また来てね、これは会員証よ。次来る時はアタシを指名するのを忘れないでね。二人ともイケメンだから、特別サービスしてあげるわよ！」

ネーニーはアーティットにカードを手渡すと、ウインクをして次の客のもとへ走っていった。残された二人は店の外に出る。アーティットはまだ、ひっきりなしに髪をいじって気にしていた。

（……正直どんな髪型にしてもカッコいいはずだ！　だけど長すぎる。サイドを刈り上げた方がカッコいいと伝えてみたのに、美容師に同意してもらえなかった。しかも髭剃りサービスまで施されるなんて。まあ髭は元々剃る予定だったけど、髪の長さはマジで気に入らない！）

「まだ長すぎると思うんだけど、どうかな？」

アーティットはまたボヤいたが、隣を歩くコングポップは美容師のネーニーと同じ感想を述べた。

「素敵ですよ」

「ほんとのことを言えよ！　お世辞とかじゃなくて、意見が聞きたいんだよ」

アーティットは足を止め、真剣な口調で尋ねた。コングポップも足を止め、もう一度じっくりと観察しながら一つため息をつくと、静かに口を開き、本当のことを口にした。

「ダメですね」

「はっ⁉　そんなにダメか？」

アーティットは驚き、慌てて尋ねた。彼自身は新しい髪型が気に入っているわけではなかったが、そこまで酷く見えるとは思っていなかったのだ。ところが、コングポップは頭を横に振って否定し、そして本当の意味を言った。

キラキラと輝く眼差しで、アーティットの目をじっと見つめながら。

「違います……僕がダメになっちゃうんです」

その瞬間、アーティットは美容師のネーニーが言っていたことを理解した。コングポップがどんな目で自分を見ていたのかを。

アーティットは再び早足で歩きはじめた。これ以上、髪型について尋ねることはできない。下を向いたまま、一歩、また一歩と進みながら、自分の顔が異様に熱くなり、左胸で何かが鳴り響いているのを感じた。

わかっている……特定の言葉は二人の関係を揺り動かしてしまうということを。

だが、今初めて知った。彼のその眼差しも……。

……自分の心を揺り動かしてしまうのだ。

一年生規則第二十三条
ワーガーに真実を打ち明けること

……帰ろう。今はもう帰るしかない。

「アーティット先輩、他に買うものはないですか？」

アーティットは振り返り、不思議そうな表情をしてあとをついてくるコングポップを見た。彼は何も感じていないようだ。

その表情は余計にアーティットを苛つかせた。美容室を出てからというもの、彼とたった数回言葉を交わしただけでアーティットは気まずくなり、逃げるようにショッピングモールの前にあるバス停まで歩いてきた。ただ自分の気持ちを落ち着かせたかったのだ。

（いったいなんなんだ……美容師に褒められた時は何も感じなかったのに、あいつの目を見る時にだけ奇妙な感情が湧《わ》き上がってくる。同じ〝男〟からで、しかも回りくどい言葉だったのに、俺は動揺しすぎじゃないか。しかも、雰囲気がよりデートっぽくなってきた……これ以上一緒にいるのはダメだ。とりあえずコングポップと距離を取ろう）

「俺は寮に帰るよ」

用事は全て済み、もうすぐ十七時になろうとしている。そろそろ解散してもいい頃だろうと思ったアーティットだったが、コングポップが隣に来て告げた。

「じゃあ僕も帰ります」

……そうだ、結局逃げる方法はない。帰り道が同じだからだ。

アーティットは我慢してバスを待った。寮までの道のりには、渋滞することで有名な区間がある。ようやく大学前のバス停に着き、彼はコングポップに別れの挨拶《あいさつ》をすることもなくバスを降りて寮の方へ直行した。

しかし、歩けば歩くほど誰かの影がくっついてくるような気がする。アーティットはついに我慢できなくなり、振り返って叱り飛ばした。

「女子じゃないんだから一人で帰れる！　送る必要はない！」

「違いますよ、寮に帰ってるだけです。チャイヤプルク寮なので」

そう言われてアーティットは驚いた。

（……チャイヤプルク寮か、あぁ……確かに俺の住むロムルディィ寮の近くだな。どうりで近所の飯屋でよく見かけたわけだ。それにしても、コングポップが近くに住んでるなんて初耳だな。わざと隠していたのか？）

コングポップを睨みつけると、相手がにっこりと微笑んでいることに気づいた。おまけに彼はわざとらしく聞き返してくる。

「なんで僕がアーティット先輩を送ろうとしていると思ったんですか？」

「そんなんじゃない！」

「でも、もし先輩がそうしてほしいなら、喜んで送りますよ」

眼差しだけでなく、彼のこの曖昧な言葉もアーティットにとっては問題だった。より悩ましいのは、言葉の端々に含みのあるニュアンスがどんどん多くなっているように感じることだ。だが、今のアーティットは向き合う準備などできていない。問題をそのままにして、振り返ってただ寮の方へ歩きはじめるしかなかった。

（コングポップがついてくるつもりなら好きにすればいい。さすがに部屋までは来ないだろうから、寮に帰ればこのバカバカしいやり取りは終わりだ）

アーティットはそう遠くない目的地へ足早に向かった。だが、エントランスの階段に足をかけた瞬間、ほっと息をつく暇もなく寮母が大声で話しかけてきた。

「アーティットくん！　あぁ～、帰ってきてよかった。今電話しようとしていたの」

「どうしたの？　ポーンおばさん」

この寮の管理を任されている五十歳近くのポーンおばさんはとても親切で、ここで生活する大勢の大学生に対し、自分の子供や孫のように接している。

彼女は非常に慌てた様子で話しかけてきた。

「六階の廊下が水浸しだって連絡があったの。それも、六一八号室から水が溢れているそうよ。アーティットくんの部屋でしょ？　急いで上がって様子を見に行きましょう。水道管が破裂して部屋が水浸しになってるんじゃないかって心配なの」

「えっ！　水道管が破裂⁉」

アーティットは目を丸くして叫んだ。すぐにエレベーターに乗り込んで六階のボタンを押し、フロアに着いたことを知らせる音が鳴ると、ドアが開ききるのも待たずに自分の部屋へ走っていく。廊下が水浸しになっているのを見て、気が遠のいた。どうやら本当に六一八号室から水が漏れているらしい。

アーティットが急いでポケットから鍵を取り出し部屋のドアを開けた途端、部屋の水はくるぶしの位置まで到達するほどで、部屋全体が水浸しになっていた。しかも、水はまだ漏れ続けているようだ。

洗面台の下の水道管から勢いよく水が噴出していたため、漏れている場所を見つけるのは難しくなかった。まずは水道管のバルブを閉め、部屋の状態を確認する。破裂した水道管は修理できる状態ではなく、全ての部品を取り換える必要がありそうだ。

「ポーンおばさん、修理業者を呼んでもらえますか？」

アーティットはそう頼んだが、寮母は申し訳なさそうに答えた。

「さっき電話したんだけど、今日は忙しいみたい。もうこんな時間だから……近くの金物屋さんも閉まってるでしょ。明日の朝には修理業者に来てもらうようにするから、今夜は友達の部屋に泊まってもらえる？」

そう言うと彼女はアーティットの背後に立っている人物にうなずいた。その時やっとアーティットは気づいた……コングポップは本当に部屋までついてきていたのだ。ついてきたといっても、おそらく入り口でのポーンおばさんとの会話が聞こえて、何か手伝うつもりで六階まで上がってきたのだろう。コングポップは心配そうな口調で申し出た。

「そうですね。アーティット先輩、今晩は僕の部屋に泊まってください。すぐ近くですから、明日の早朝にまた部屋の様子を見に来ましょう」

アーティットは静かにうなずいた。

（今は誰の助けでも大人しく受け入れよう。正直言って、他の解決策を考える余力がない。こんな状態の部屋を見ても気が滅入るばかりだ）

普段から部屋が散らかっているうえ、水道管が破裂したせいで被害は二倍になってしまった。いくつかの荷物は濡れて完全に使えなくなっている。中には床に置いていたままの本もあって、今更水から避《よ》けても意味はないだろう。

しかもアーティットは、よく使うものをベッドの傍に積んでいた。講義のレジュメから、レンタルしていた漫画、図書館の参考書、延長コードに挿していたノートパソコンや携帯電話の充電器まで水没している。幸い、延長コードをプラグに挿していなかったため大事には至らなかったが。それに、扇風機、リュック、靴、今朝干してまだアイロンがけしていなかった洗濯物や、床に置いてあった他のものもダメにしてしまった。

散らかっているものを次々と片付け、モップで水を浴室やベランダへ流す。それから、水が流れ出た廊下を掃除し、迷惑をかけた近くの部屋へお詫《わ》びに行った。近くの住人たちも、このトラブルに理解を示してくれ、彼らの部屋への被害は大きくなかったこともあり事なきを得た。とはいえ、自分の部屋は徹底的に片付けなければならない。そんな片付けをコングポップは手伝ってくれていた。

「アーティット先輩、このカゴに入っている服はどうします？　洗ってきましょうか？」

「いや、いいよ。それは洗ったばかりだから。濡れている服はとりあえず乾かしておいて、あとでもう一度洗うよ」

「じゃあ濡れていない服にアイロンをかけますね！」

コングポップはそう言うと慣れた様子でアイロン台とアイロンを取り出した。アーティットの部屋でアイロンをかけるのはこれが初めてではない。コングポップもこんな形で再びアーティットの服にアイロンをかけることになるとは思わなかった。

しかし、アーティットはそんなことに構っている余裕もなく、濡れてしまった服をベランダに移動させていた。室内に戻ってきて水に浸かった本の山を見つめる。こめかみを押さえたくなる思いだった。

レジュメは友人から借りたり、コピーしたりできる。漫画は店主に相談して買い取らなければならないだろう。しかしレポートのために図書館で借りた参考文献は……司書に怒鳴られるに違いないし、弁償するにもかなりの高額になる。

だが、誰も責めることはできない。部屋を散らかしっぱなしにして、大切なものを床に置いていたアーティットのせいだからだ。彼が机の上をもので溢れさせ、床に置くしかないほど整理整頓していなかったことが原因だ。

（前から母親に注意されていたのに……何よりも痛いのは、月末で金欠だってことだ！）

アーティットは長いため息をつき、この悲惨な運命を受け入れるしかなかった。明日、図書館に行って相談するしかない。

その時、アイロンをかけ終えたコングポップが、服をクロゼットにしまいながらある方法を提案してきた。

「水に濡れた本を冷蔵庫に入れると、皺になったり膨《ふく》らんだりしないで元の状態に戻るらしいですよ」

「本当か！」

見えてきた希望の光にアーティットが慌てて確認すると、コングポップはうなずいた。しかし、冷蔵庫を開けると同時にその光は消えた。

……この部屋の冷蔵庫が小さいことを忘れていた。ペットボトルを入れるだけですぐいっぱいになってしまうのに、さらにお菓子をたくさん詰め込んでいる。この大きい本をどうやって入れるというのだ。

「アーティット先輩、僕の部屋の冷蔵庫を使ってください！　今晩は僕の部屋に泊まりますし。そろそろ行きましょうか？　荷物を運ぶの手伝います」

コングポップからの二度目の提案は、すでに彼の助けを受け入れてしまった手前、断りがたい。それに、彼の申し出を断って友人たちに頼み込むのも面倒だ。ノットは〝週末は実家に帰る〟とSNSに投稿しているし、プレームの寮はここから遠い。

結局、アーティットは諦めてコングポップの部屋に一晩泊まることにして、着替えをリュックに詰めざるを得なかった。コングポップは水に濡れた本を手にアーティットの前を歩く。そして二人は彼の寮のエレベーターに乗って六階まで上がり、六〇八号室にやってきた。

広さや間取りはアーティットの部屋と大して変わらないが、その綺麗さは雲泥の差だった。全てのものが完璧に整理整頓され、住人の性格を物語っているようだ。コングポップは室内に入り、玄関に立ったままのアーティットに声をかけようと振り返りながらエアコンのスイッチを入れた。

「アーティット先輩、自由に使ってくださいね。僕はちょっと出かけてきます」

そう言うと、初めて来る部屋に戸惑う来客を部屋に残し、ドアを閉めて出ていってしまった。家主に自由にしていいと言われたアーティットは、自分の濡れた本の山をなんとかすることにした。コングポップに言われた通り、本を入れようと見渡した先に冷蔵庫を見つけると、自分のものよりもかなり大きい。しかも、中には飲料水が三本入っているだけで、だいぶ空きスペースがある。これでは電気の無駄だろう。

アーティットはたった今、自分と彼との生活習慣が大きく違うことを理解した。コングポップを知れば知るほど、これまで想像もしなかった新しい一面を発見する。

……そしておかしなことに、アーティットはいつもコングポップから距離を取ろうとしているのに、気がつくと離れるどころか、自分から近づいてしまっている。

アーティットは余計なことを考えないように濡れた本を冷蔵庫に入れていると、ほどなくして玄関のドアが開く音が聞こえ、コングポップが外出した理由を知った。

「アーティット先輩、これを買ってきました」

彼はいい匂いのする、出来たての弁当を買ってきていた。匂いをかいだだけで胃が刺激され、アーティットはようやくお腹が空いていたことに気がついた。今は二十時で、昼にクイッティアオを食べて以来何も口にしていない。

「何が好きかわからなかったので、僕の好きなものを買ってきました」

弁当を渡され、アーティットは蓋を開けると、彼のお気に入りメニューらしい白飯の上にカイジアオ〔タイ風オムレツ〕が載っているだけの中身を見て顔をしかめた。

「わざわざ出かけて、こんなものを買ってきたのか？　自分じゃ作れないようなものにすればいいのに。カイジアオ・ムーサップくらい自分で作れないのかよ？」

「店のより美味しくは作れませんよ。毎回焦がしちゃうんです」

「は？　毎回焦がす？　大人なのにまだ焦がすのか？　王子様かよ！　はは」

アーティットはくつくつと笑いながら揶揄った。そして、冷蔵庫が空っぽだった理由に気がついた。この部屋の住人は、大人になっても料理が全くできないのだ。

ここまで言われても何も言い返そうとしないコングポップは、もう一つの袋から何かを取り出して彼に渡した。

「でも、先輩が好きな飲み物は知っていますよ」

……アーティットのお気に入りの店のピンクミルクだ。

以前のアーティットなら、コングポップが自分を揶揄うためにピンクミルクを買ってきたと思っただろう。でも、今はそうは思わない。

――コングポップが自分に与えてくれる気遣いを毎回感じられるからだ。

今日もそうだった。部屋中が水浸しになった苛立ちはいつの間にか消えていた。彼が手伝いに来て解決策を考えてくれたことで、気持ちが軽くなったようだった。そのおかげで、こういった些細なことでも笑顔になれるようになった。

「ありがとう」

アーティットは、空腹を満たすべくカオ・カイジアオ〔タイ風オムレツ載せご飯〕を口に運ぶ。

コングポップもテレビを点《つ》けると、アーティットの隣に座って弁当を食べはじめた。

テレビドラマの音声が流れる中、二人の間に会話はなかった。理由はわからないがアーティットは妙に緊張し、いつもより早いペースで弁当を食べる。コングポップより先に食べ終えると、空になった弁当とピンクミルクの容器をレジ袋にまとめ、彼に尋ねた。

「ゴミ箱はどこ？」

「ベランダにあります」

アーティットはカーテンのかかった窓を開けて、ゴミを捨てにベランダへ出た。

外はすでに暗くなっていたが、向かいの棟から漏れる光で周りが見える。あれがおそらく自分の住んでいるロムルディ寮なのだろうが、寮同士がこんなに近かったとは。向かいの様子もわりと見えていて、目を凝らすとベランダに干している服も確認できるほどだ。

（……おい……ちょっと待てよ、あの服は見覚えがある。さっき部屋で干した服と同じじゃないか。しかも、室内の様子も俺の部屋にそっくりだし。……そうだ。どうして今まで気づかなかったんだろう？　コングポップの部屋も同じ六階だぞ）

「コングポップ、俺の部屋を知ってたのか？」

振り返ってコングポップに問い質すと、彼は食べ終わった弁当の容器を片付けながら、戸惑った表情で答えた。

「もちろん知っています。さっき行ったばかりですし」

「そうじゃない！　俺たちの部屋のベランダが真向かいにあるって前から知っていたのかと聞いてるんだ！」

片付ける手を止め、コングポップは彼を見上げた。

……長い間、自分が隠してきた秘密を知ったばかりの相手を。

知らないふりをして誤魔化すこともできる。しかし、世の中には永遠の秘密などない。遅かれ早かれ明らかになるものだ。コングポップはうなずいてその事実を認めた。

「はい」

「いつからだ？」

「入学して二週間経った頃です」

「どうやって知った？」

「アーティット先輩が洗濯物を干しにベランダに出てきたのを見かけました。他にも何回か」

アーティットは、その答えを聞いて怒りの波が押し寄せてきたのを感じた。

（三カ月近くの間……まだ俺がヘッドワーガーをしていた頃から、日常の様子を見られていたのか？　コングポップは他に何を知ってるんだ？　まさか初めに突っかかってきた時からわざとだったのか？）

「なんで言わなかった？」

「先輩に知られたくなかったからです」

「なんで俺に知られたくないんだ？　あぁ……さては、陰で友達と俺のことを笑うつもりだったんだな？」

「違います。誰にも話してません」

「じゃあ、なんでだよ！」

「僕以外の誰にも先輩に近づいてほしくないから！」

……部屋の中は静まり返った。

アーティットの怒りは驚きに変わった。コングポップ自身も口を滑らせてしまったことに困惑し、黙り込む。言ってしまったことは取り消せない。同時に、この言葉はアーティットがずっと聞きたくても聞けなかった疑問の答えでもあった。

（……何度も気にしてないふりをすることを選んできた。でも今向き合わなければ、二人の関係はもっとあやふやになってしまうだろう）

アーティットは深呼吸をして、考えをまとめてから口を開いた。

「コングポップ、はっきり聞くぞ。今までお前が俺にしてくれたことは……俺に気があるからなのか？」

短い問いがコングポップの心の底まで響き渡る。それはまるで、二人の間にあった壁が崩れはじめたかのようだった。

重たい空気が広がり、沈黙が数分間続いたが、コングポップからはなんの返事もない。二人はお互いを見つめ合い、相手の目からその答えを探っているかのようだった。

その時コングポップが視線を逸らし、低い声でそっと聞き返した。

「アーティット先輩……それはどういう意味ですか？」

……質問の答えではない。はぐらかしたのだ。

先に始めたのはコングポップだったのに、彼はこの曖昧さを置き去りにして全てを保留することを選んだのだ。

「もういい！　シャワーを浴びてくる」

今話しても無駄だと考えたアーティットは切り上げることにした。ベランダの窓を閉め、リュックから着替えを取り出し、その場に立ち尽くすコングポップを残してバスルームへ入っていった。

……コングポップは、自ら機会を逃してしまった。

深いため息をつくと、コングポップは引き出しからタバコとライターを取り出し、ベランダに出て火を点ける。心の中にある憂鬱《ゆううつ》を、煙と一緒に吐き出したかった。

アーティットが自分の言動を度々気にしていることはわかっていた。だが自分がどんなに気持ちを隠そうとしても、どうしても眼差しや言葉から溢れ出てしまう。それらを見たり聞いたりすれば、コングポップにとってアーティットが特別な存在なのは明らかだった。察したアーティットは戸惑いを覚え、あの質問でコングポップの気持ちをはっきりさせようとしたのだろう。それなのに、コングポップは逃げてしまった。

そう……一人の男として情けないのかもしれない。臆病で前に進む勇気がないのは、間違っているのかもしれない。相手から拒絶されることに向き合えないのも、正しくないのかもしれない。

……しかし、失うことを恐れるのは間違いだと言えるだろうか……彼にとって、一番に大事な存在なのだ。

バスルームのドアを開ける音がベランダにも響いた。アーティットがシャワーを終えたようだ。コングポップは窓を開けて室内に戻った。彼がどういう気持ちなのかはわからないが、きっと怒っているに違いない。目を合わせようとしなかったからだ。しかし、アーティットは唐突に動きを止め、振り返って尋ねた。

「お前、タバコを吸うのか？」

「はい」

コングポップはうなずいた。タバコの匂いを感じたのだろう、アーティットも吸いたいのかと思いタバコをポケットから取り出そうとしたが、それは大きな勘違いだったらしい。アーティットは厳しい口調で命令した。

「やめとけ、両親に申し訳ないだろ。お前のために一生懸命働いて学費を払ってるのに、肺を悪くするな」

（……アーティット先輩はやはりアーティット先輩だ。これまでも感情に任せて怒ったことはなく、いつだって優しい。そして、さっきの出来事などなかったかのように接してくれる）

「はい、やめます」

コングポップはそう答えると、半分も残っているタバコを箱ごと握り潰し、ゴミ箱に捨てた。

それから、タオルと着替えを持ってバスルームに入り、シャワーを浴びて心を落ち着かせることにした。

しかし、約十五分近くバスルームに引きこもったが効果はなく、結局出るしかなかった。

アーティットはTシャツに短パン姿で、ベッドに座ってテレビを観ていた。チャンネルをいくつか変えていたが、何も面白い番組がなかったのかテレビを消す様子を見て、コングポップは尋ねる。

「アーティット先輩、もう寝ますか？」

「うん」

幸いなことに彼のベッドは二人で快適に眠るのに充分な広さがあった。そして、予備の枕もいくつか置かれている。アーティットは横になり、ベッドの左側に身体を伸ばした。コングポップが電気を消すと、部屋全体が真っ暗になる。そして、ゆっくりとベッドに上がって横になったが、静けさと重たい空気に押し潰されそうだった。

（……手を伸ばせば届く距離にいるのに、とても遠くに感じる）

どれくらい時間が過ぎたのだろうか。今が何時かわからない。コングポップはまだ眠りにつけず、隣にある背中を見つめて小さな声で囁いた。

「アーティット先輩、もう寝ましたか？」

なんの反応もなく、規則正しい呼吸音だけが聞こえる。アーティットは熟睡しているのだろう。

考え続けているコングポップだけが一人、眠れないでいた。彼は天井を見上げ、ずっと心に引っかかっていたことを口に出した。

「さっき先輩が聞いたこと……どういう意味で聞いたのかはわかりませんが、もし僕が考えてる意味と同じなら……」

コングポップは視線を天井から隣で眠っている人物へ移し、その言葉に全てを込めて告げる。

「……あります……もうずっと前から想ってます」

それはかすかな声だったが、コングポップが誰にも言えずにずっと隠し続けていた、溢れるほどの想いだった。相手は聞いていないとわかっていても、心にわだかまっていたものを吐き出すことができた。コングポップは相手に背を向けて、目を閉じて眠ろうとした。


……ベッドのもう一方で、アーティットは暗闇の中、目を開けた。

アーティットも全く眠れていなかったのだ。そして、話しかけられた言葉を全て聞いていた。

……それは、彼がずっとはっきりさせたかったことへの答えだった。でもそれに反応することはできず、眠ったふりを続けてしまった。……どれだけ頑張っても何も言えないと、自分でもわかっていたのだ。

……現にこの夜、アーティットはどうしても自分の心をコントロールできず、一晩中眠れなかったのだから。

一年生規則第二十四条
いつだってワーガー次第である

アーティットはぱちぱちと瞬きをし、目を覚ました。

初めに目に入ったのは見慣れない部屋の天井、そして聞こえたのは誰かがシャワーを浴びている音だった。アーティットはぼさぼさ頭で、まだ眠たげにベッドの上で身体を起こした。カーテン越しに差し込む光が、朝の訪れを告げている。しかし、彼の脳みそはまだシャットダウン状態で、新しい一日を始める準備はできておらず、もう一度横になって眠ろうとしていた。その時、コングポップがバスルームのドアを開けて出てきた。

「アーティット先輩、目が覚めましたか?」

まだ寝ぼけている人物は軽くうなずき、大きなあくびをしながら答えた。

「うん、今何時だ?」

「八時半です」

時刻を聞いたアーティットは眉をひそめた。いつもなら日曜日は昼まで起きないのに、今日はシャワーの音に起こされてしまったじゃないか。眠気にベッドへ押し倒されそうなアーティットは小声でぼやく。

「まだ八時半？　こんなに朝早く起きてどうするんだよ？」

「今日は姪の誕生日パーティに行くんです」

その説明に、アーティットは固まった。それから頭が徐々に覚め、昨日の出来事を思い出しはじめる。

……そうだ。昨日はコングポップに付き合って誕生日プレゼントを買いに行ったのだった。それから寮に帰ると洗面台の下の水道管が破裂して部屋が水浸しになってしまっていて、コングポップの部屋に一晩泊まらなければならなくなった。そして、自分の部屋のバルコニーが彼の部屋のちょうど真向かいにあると知ることとなり、ずっと気になっていた件を尋ねる決意をしたのだった。そして、最後にはその答えをも聞いた。

……心を揺り動かされるような答えを。

余計なことを考えないよう必死に眠ろうとしたが、うとうとしてきた時にはすでに空が明るくなりはじめていて、ほとんど眠れなかった。しかし今、少しずつ意識がはっきりするにつれてある事実もよみがえってきた。

……それはコングポップが自分に気があるのは確かだ、というもの。

そのことを考えただけで、アーティットの心は錯乱し、奇妙な症状が現れるほどだった。ベッドにじっと座ったまま動けず、どうすればいいのかわからないまま、相手の目を見ることすらできない。

しかしアーティットが無言で座っているのは眠いせいだと解釈したコングポップは、気配りを示した。

「アーティット先輩、急がなくていいですよ。合い鍵を渡すので、まだ寝ていてください」

それを聞いてアーティットは驚き狼狽え、慌てて断った。

「いらない、シャワーを浴びたら部屋に帰る」

そう伝えると彼はすぐにベッドから立ち上がり、タオルを手にバスルームに駆け込んだ。洗面台に直行し、蛇口をひねって水を出して顔を洗う。視界に入ってしまった、鏡の中の睡眠不足で弱った自分に言い聞かせる。

(……なんでもない、普段通りにするだけだ。シャワーを浴びたら自分の部屋に帰って、水道管の修理屋を待つ。それでこの面倒なことから解放されるはずだ)

アーティットは覚悟を決め、深呼吸をしてから急いで身支度を済ませた。しかし、バスルームから出ると、出かける準備をしているコングポップに尋ねられた。

「アーティット先輩、お腹は空いていますか? 今朝、パートンコー〔中国式揚げパン〕とナーム・タオフー〔豆乳〕を買ってきたんです。帰る前に食べてください」

アーティットはテーブルに置かれた熱々のナーム・タオフーとパートンコーに目をやった。彼が目覚めた時にはコングポップはシャワーを浴びていた……つまり、シャワーを浴びる前に買いに行ったということだ。言い換えればコングポップは、屋台に買いに行く時間があるほど早起きしたことになる。アーティットは内心早く帰りたい気分だったが、せっかく買ってきてくれた朝食に全く手を付けず帰るのは申し訳ないような気がした。それに、突然帰るのも不自然だろう。

（よし……朝食を食べるだけじゃないか……あれこれ考えすぎだ）

そしていい香りのするナーム・タオフーの袋を受け取ることにして、何かを探して辺りを見回しながら尋ねた。

「なぁ、コップはどこにある？」

「冷蔵庫の横の棚にあります、僕持ってきますね」

コングポップは棚からコップを取り出し、ナーム・タオフーの袋をほどいているアーティットに渡した。

「どうぞ、アーティット先輩」

アーティットがコップを受け取ろうと手を伸ばしたその時、相手が手を差し出したタイミングと重なり、コングポップの手を直接握ってしまった。

……ほんの少し触れただけだったが、アーティットはひどく驚いて両手を離した。コングポップが左手に持っていたコップはまだ握られていたが、右手に持っていた袋は床に落ち、中身をぶちまけてしまう。

「わ、悪い！　すぐ拭くから」

アーティットは何度も謝った。幸い、熱々のナーム・タオフーはコングポップの服にはかかっていないが、床全体に広がってしまっている。それでも彼は首を横に振り、落ち着いて言った。

「大丈夫です。アーティット先輩、もう一つの方を飲んでください」

コングポップは全く気にする素振りもなく、ベランダからモップを取ってきて床を拭きはじめる。アーティットはただその場に立ち尽くし、不安定に揺れる感情とは裏腹にその様子を静かに眺めた。手が触れた瞬間、わかってしまったのだ。どれだけ頑張っても、心も身体も……。

（……全然、普段通りじゃいられない）

ＴＲＲＲＲＲＲ！

大きな呼び出し音が静寂を破る。コングポップの携帯だ。彼は手を止めてポケットから携帯を取り出すと、画面には見慣れた名前が表示されていた。

「もしもし……母さん、うん……これから出るところ、着いたら電話するよ」

「俺帰るわ」

コングポップが通話を終えるのを待たずにアーティットはそう告げ、荷物を掴むと挨拶をする間も与えずに部屋から出ていってしまった。コングポップは呼び止めようとしたが間に合わず、電話を切ったあとドアを開けて廊下を見たが、もうその人の姿はなかった。

室内に戻ると、テーブルに残されたパートンコーとナーム・タオフーが目に入った。朝早くからアーティットのために買いに行ったが、彼はこれらに手をつけることもなく帰ってしまった。

実のところ、昨晩はコングポップもほとんど眠れていなかった。今の関係を失うことへの恐怖から、アーティットに伝えるのをためらい、保留のままにしてしまった質問について考え続けていたせいだ。こっそり想いを囁くことで心が少し軽くなったが、それでも、朝起きて隣で眠っているアーティットの顔を見ていると、どうしても抑えられなくなってしまった。

……理解しているつもりで理解しきれていない感情。靄《もや》の中にあるそれらにも、ただぼんやりとした輪郭はある。その輪郭が教えてくれたのだ……アーティット先輩は、自分にとって特別な人だということを。

(でも今は、その特別な人が何を考えているのかわからない。突然出ていってしまうほど、自分はアーティット先輩を怒らせるようなことをしてしまったのだろうか)

答えの出ない疑問を何度も自分に問いかけ、コングポップは軽くため息をついた。そしてテーブルに残された物をあとで食べるために冷蔵庫に入れようとしたところで、アーティットの忘れ物が目に入った。

(……ああ、アーティット先輩、冷蔵庫に入れていた本を忘れていってる。まだ自分の部屋には着いていないだろうから、今電話すれば取りに戻ってくるかもしれない)

コングポップはすぐに電話をかけたが、留守番電話サービスセンターへ転送されてしまった。眉をひそめてもう一度かけてみるが、結果は変わらず応答はない。電波の問題なのか、それとも今アーティットの近くに携帯電話がないのかはわからない。

しかし、コングポップには長々と待っている時間はなかった。姪の誕生日パーティに急いで向かわなければならない。一日置いて、月曜日にまたアーティットに本を届けることにすればいいだろう。

コングポップは元通りに乾いた本を机の上に置き、プレゼントを持った。このプレゼントを一緒に選んでくれた人の顔を思い浮かべ、思わず微笑んでしまう。

（……まあいい。昨晩言った言葉……僕がアーティット先輩を想っているということ……今はまだ勇気がないけれど、ちゃんと伝えてはっきりさせたい……）

……いつの日か。


しかし、事態はコングポップが期待した通りには進まなかった。月曜日の朝、何度もアーティットに電話をかけたが出てもらえず、折り返しもなかった。いきなり音信不通になったかのようだ。

（どうしたんだろう？　なんで連絡が取れなくなったんだ？　何かアーティット先輩を怒らせるようなことをしてしまったから？　でも何をしてしまったんだろう？　先輩の部屋の真向かいに住んでいたことを秘密にしていたこと？　それとも先輩が尋ねた質問のことだろうか……）

ピコーン！

携帯電話の通知音にコングポップは飛び上がった。待ちに待った人からの連絡だろうかと期待に胸を膨らませながら表示を見たが、それはエムからのチャットだった。

『今どこ?』

『工学部棟の下の一番奥のテーブル』

返信するために久々にアプリを開いたところ〝知り合いかも?〟の欄に、ある人物の名前が表示されているのが目に入った。

アーティットが普段チャットを使っているかどうかはわからなかったが、少なくともこれは一つの連絡手段になるかもしれない。コングポップはすぐにタップして彼を友達に追加し、メッセージを送っておくことにした。

『アーティット先輩、コングポップです。僕の部屋に本を忘れています。今日は空いていますか?　渡しに行きます』

アーティットがメッセージを見ることを願いながら送信ボタンを押したその時、親友の声が聞こえてきた。

「おい!　こんな隅っこに座って何してるんだよコング。捜したんだぞ、化学の課題を写させてくれよ。昨日は遅くまでゲームをしていて、課題ができなかったんだ。ゲームも負けたし!　くそっ!」

エムがぶつぶつ文句を言っている。高校の時から彼のゲームの話を聞かされてきたから、もう慣れたものだ。コングポップは鞄から化学のレポートを取り出し、彼のために机に置いた。

しかしエムの話は止まらず、今朝の出来事を話しはじめる。

「あ……そうだ、さっきアーティット先輩を見かけたんだけど、新しい髪型がすげーカッコよくて一瞬誰だかわからなかったよ！　メイたちが黄色い声を上げて騒いでいたんだ」

コングポップは課題を渡そうとしていた手を止め、慌てて顔を上げて唐突に尋ねた。

「どこで見たの？」

「バイクの駐輪場前で」

「ちょっと行ってくる」

コングポップはすぐに立ち上がると混乱している友人の視線を無視し、工学部の校舎の前にある学生用の駐輪場に走っていった。左右を見渡してアーティットを捜す。同じ学科の学生たちの人だかりを見かけたが、その中に捜している人物の姿はない。彼が近づいていくと、眼鏡をかけた女子学生・メイがこちらを向いた。慌てた様子で汗を流しているコングポップを見て、彼女は話しかけた。

「あらコング、そんなに急いでどこに行くの？　朝から全身汗だくじゃない」

「メイ、アーティット先輩を見なかった？」

「あ、見たわよ！　授業があるみたいで、今さっき急いで教室に行ったわ」

ほんの数分の差で、アーティットに会うことはできなかった。今から追いかければ追いつけるかもしれないが、彼が何階のどの教室で授業を受けるのかがわからない。

コングポップは携帯電話を手に取り、もう一度電話をかけたが、今までと同様鳴るのは呼び出し音だけだ。通話を切って先ほどアーティットに送ったチャットのトーク画面を開く。

……既読はついていたが、それだけだった。

コングポップは携帯電話を握りしめた。心にいろんな感情が押し寄せてくる。

（アーティット先輩はどうしてこんなことをするんだろう？　自分を意図的に避けているのだろうか？　そうだとしても、明確な理由がわからない）

とにかく、アーティットがなぜ自分と話したがらないのかがわかるまで、このまま放っておくわけにはいかなかった。


昼休みになると、大学の食堂は学生でいっぱいになる。しかも、その大半は工学部生だ。工学部は他の学部よりも学生数が多く、もはや工学部専用の食堂になりそうなほどだった。

産業工学科三年のいつものメンバーも例外ではない。彼らは午前の授業が終わり、賑やかに雑談をしつつ昼食をとりに来た。しかし、その中の一人はぼーっとしていて、見かねた友人はわざわざ声をかけてやらなければならなかった。

「アーティット……アーティット……おい！　聞いてんのか？」

「は？　どうした？」

ハッと我に返ったアーティットはすぐに顔を上げ、しかめっ面で尋ねてくる相手を見た。

「大丈夫か？　朝から静かだな」

アーティットの異変に気づいていたノットは、実はずっと彼の様子を気にしていた。電話に出たくなかったら切ればいいのにわざわざマナーモードにして、切れるまで放置している。授業中もぼんやりしているし全く話さない。見るからに何かあったに違いない。しかしアーティットの性格を考えると、何かあったとしても自分から口に出すことはないだろう。現に、尋ねられても話をはぐらかそうとしている。

「あぁ……眠いんだよ……昨日の夜、ちょっと遅くまでサッカー中継を見てたから」

「そうなのか？　どの試合だ？　昨日サッカーの生中継なんてあったっけ？」

ノットがわざと突っ込むと、逃げ場を失ったアーティットは目を泳がせながら慌てて話題を変えた。

「あぁ？　まあ、こっちの話！　腹が減ったな、何食おうかな？」

アーティットは自分の嘘を誤魔化すために食事を選んでいるふりをして、急いで前を歩いていく。

……眠いのは事実だが、サッカーを観て夜更《よふ》かししたからではない。あれから二晩続けてほとんど眠れていないからだった。

昨日は自分の寮に帰ったあと修理業者が来て、朝の十時には水道管の修理を終えて帰っていった。だが、アーティットは自分の不注意でコングポップの部屋の冷蔵庫に本を忘れてきたことを思い出してしまった。彼と距離を置こうとしているにもかかわらず、いつも逃げきれずに結局また会わなければならない状況を作ってしまう自分の不注意さを責めてやりたかった。そして、予想通り夕方にはコングポップから電話がかかってきた。だが、アーティットは出なかった。なぜそうしたのかは自分でもわからないが、まだコングポップと向き合う心の準備ができていないのは確かだ。

アーティットはため息をついて、頭の中のもやもやを振り払おうとする。ところが、ふと顔を上げると見覚えのある人物が近づいてくるのが目に入った。

ショップシャツを着た三年生のグループを見かけたコングポップは、その中に捜していた人物の姿がちらっと見えたような気がした。確信は持てないが、それでも食堂に溢れる学生をかき分けて彼らのもとへ歩いていく。あまりの人混みに見失いそうになりながら、ようやく傍にたどり着くと、手を上げてワイをした。

「こんにちは、ノット先輩。アーティット先輩を見ませんでしたか？」

「アーティットならここに……あれ、どこ行った？　お前らアーティットを見たか？　さっきまでここにいたんだけど」

ノットは戸惑った表情を浮かべた。見渡してみたが、隣を歩いていたはずの友人は見当たらない。しかしコングポップに驚いた様子はなく、その瞳には覚悟を決めたかのような煌めきが瞬いた。それからすぐに普段の表情に戻り、別の質問に切り替える。

「ノット先輩、今日はまだ授業ありますか？」

「午後には実験があるな。六時には終わるよ」

「わかりました、ありがとうございます」

彼はそう言い残すと、友人と後輩の行動に困惑する三年生たちを残して立ち去った。どうやら一連の奇妙な行動は繋がっているようだ。

……おそらくコングポップはなぜアーティットが変な態度を取るのかをすでに知っていたのだろう、とノットは察した。


「今日はここまで、さようなら！」

教室に全学生が待ち望んでいた言葉が響く。アーティットが自分の持ち物をまとめ、レジュメを鞄に入れていると、隣に座っている友人から声をかけられた。

「飯食いに行こうぜ」

「俺は帰って寝るよ」

アーティットは手短に答えた。今日は座って授業を聞いていただけなのに、眠くてたまらない。それに、友達とふざけたり冗談を言ったりする気にもなれず、ただ寮に帰って眠りたかった。ゆっくり休めば少しは気持ちが晴れるかもしれない。

ノットはアーティットの惨状を察していたため、無理には誘わず教室をあとにする。しかし、唐突に足を止めて振り返り、後ろを歩くアーティットに言った。

「アーティット、お前に客だ」

ノットが身体をずらし、アーティットが顔を上げて確認したその瞬間、彼は教室に戻りたい気分になった……が、時すでに遅し。一日中ずっと対面を避けていた人物が目の前に立っている。どうやら授業が終わるのを待っていたようだ。

「アーティット先輩」

コングポップはいつものように礼儀正しい口調で彼の名前を呼んだ。しかし、なぜだかわからないが、アーティットは彼を取り巻く空気が深刻さに満ちていることを感じ取っていた。特に自分を映す彼の瞳には、溢れそうなほどの感情が詰め込まれている。その目に気づかないふりをしながら、アーティットはわざと普段通りに振る舞うように努め、素っ気ない素振りで短く尋ねた。

「なんの用だ?」

「本を返しに来ました」

コングポップは図書館で借りた参考書、レジュメ、漫画を差し出した。しかも、全て完璧に元通りになっていて、水に浸かった形跡は全くわからない。アーティットは手を伸ばして本を受け取り、一連のやり取りを終わりにしようとしたが、相手が手を離そうとしなかったため、厳しく命じなければならなかった。

「離せ」

「離します。でも先に先輩と話したいことがあるんです」

「俺にはお前と話すことは何もない」

口調だけでなく態度までもが無関心で、アーティットは目すら合わせようとしない。コングポップは一瞬怯《ひる》んだがそれでも引き下がらず、できる限り柔らかい口調で相手の名前を呼んだ。

「アーティット先輩……」

「離さないなら、いらない」

せっかちなアーティットは我慢の限界に達し、会話を無理やり終わらせて本から手を離すと、待っている友人の方へ相手を気にすることなく向かった。ノットは残されたままの一年生を一瞥して、思わず傍らのアーティットに尋ねる。

「後輩と揉《も》めてるのか？」

「別に揉めてない」

明らかに現状とは異なる返事に、ノットはうんざりしたようにため息をついた。

「ふん、そんなの俺が信じると思うか？　あいつは昼からずっとお前を捜してたんだぞ。顔を見れば話があるのはわかるだろ。なんであいつを避けるんだよ？」

その言葉がアーティットの胸に突き刺さる。何か言い返したかったが、何も出てこない。

……まさに正論だからだ。しかしアーティットはコングポップの目を見るたび、普段通りに行動できなくなってしまう。呼吸もままならないほどに息苦しくなるのだ。だから彼を避け、逃げようとした。コングポップからできるだけ遠くに離れたら、きっと逃れられるかもしれない……。

……自分自身の心の揺らぎからも。

「ノット、さっきどこに行くって言ってた？　俺も行くよ」

突然気が変わったアーティットに、隣を歩くノットは顔を向けたが、それ以上何も言わなかった。

そのままついていくと、偶然会ったプレームたちも一緒に食事に行くことになった。しかしそのあと酒を飲みに行くことはせず、彼はピンクミルクを片手にカフェで女の子を眺めるだけだった。楽しくたわいのない彼らの会話は雨が降り出すまで続いた。

そしてノットがモーターバイクにアーティットを乗せて寮に帰る頃にはもう二十一時になっていて、アーティットは全身びしょ濡れの姿でふらつきながら自分の部屋に入った。このままでは風邪を引いてしまう。シャワーの準備をするためベランダのガラス戸を開けた瞬間——雨でできたカーテンの向こう側、向かいのベランダに誰かが立っているのが見え、動きを止めた。

ベランダでタバコを吸っているのだろうと思いながら、窓のカーテンの隙間から覗くも、コングポップはぼーっと立っているだけで、雨の降る空をただ見つめている。何か考えごとをしているようだった。

……アーティットは複雑な気持ちでその光景を窺った。彼を悩ませる複雑な感情が、まだ心の奥深くにわだかまっている。

（……アーティット先輩が帰ってきたみたいだ）

それでもコングポップはその場から動かず、ただ真正面の部屋に明かりが点《とも》るのを見つめた……何時なのかわからない……今、自分がどうすべきかさえもわからない。心の中にはずっと同じ思いがぐるぐると回っているが、どうしてもあることに向き合いたくなかった。

……それは、アーティットを失ってしまうかもしれないという恐怖だ。

（どうして気づかなかったのだろう）

今日だけではなく、日曜日の朝からアーティットはコングポップの顔を見ることを拒否していた。それとも土曜日の夜から始まっていたのだろうか……アーティットの質問に、彼が答えるのを拒んだ時から。

もしかすると、アーティットはずっと前から答えがわかっていたのかもしれない。コングポップの気持ちを受け入れたくないから怒っているのだ。だが、もしそのことが原因で怒っているのであれば、正直に断ってくれた方が何も言われないよりはずっといい。理由すらわからないまま避けられているなんて、耐えられない。

脳内にストレスがかかり、彼はタバコを吸いたい衝動に駆られたが、アーティットとの約束を思い出す。タバコはやめると約束し、残っていた分はゴミ箱に捨てたのだ。だから今、誰かのミュージックビデオの主人公のように、何もせず雨の降るベランダに立っている。十五メートル先にある向かいのベランダがとても遠くに感じた。

コングポップはため息をつき、向かいの部屋から溢れる明るい光から視線を逸らした。そろそろシャワーを浴びよう。冷水を浴びれば、この気持ちを静めることができるかもしれない。

そしてコングポップが室内に戻ろうとすると突然、ポケットの携帯電話が振動した。表示されている発信者の名前に、信じられず目を大きく見開く。慌てて電話に出て、今日一日中自分を避けようとしていた人物の名前を呼んだ。

「アーティット先輩……」

『図書館に本を返しておいてくれ。漫画はお前が持ってろよ、延滞金は俺がレンタルショップに払いに行くから。それだけだ』

アーティットは素早く指示をして話を切り上げようとしたが、電話を切る前にコングポップが慌てて口を開いた。

「待ってください！　アーティット先輩は、僕に怒っているんですか？」

『別に』

「それなら、なんで僕と話してくれないんですか？　それともあの日のことを怒ってるんですか？　僕が先輩の質問にちゃんと答えなかったから」

彼の正直な問いかけに、地面を叩く雨音以外の応答はない。辺りは再び重苦しい空気に包まれた。答えることが二人の関係を脅かすのはわかっている。だが、今はもうそんなことを気にしてなどいられなかった。

「先輩が本当に知りたいなら答えます」

コングポップは向かいのベランダをまっすぐに見て、その言葉が届くことを願った。

「いつからなのかわかりません。でも、どうして始まったのかもわかりません。先輩は男で、僕も男なのに。でも、どうしても自分の気持ちを抑えられません……」

電話からは相手の呼吸する音も聞こえず、静まり返っている。それから、コングポップは全ての感情、全ての意味を込めて言葉を続けた。

「アーティット先輩、ずっと言いたかったんです……僕は――」

ツー、ツー……。

伝え終える前に通話を切られてしまった。コングポップは切られた自分の携帯電話を見てまたかけ直したが、何度か呼び出し音が鳴ったあと再び切れてしまう。繰り返しかけ直すも、留守番電話サービスセンターに転送された。相手が携帯電話の電源を切ったということだ。

……無情にも拒絶されてしまった……コングポップは想いを伝えることすらできなかった。

（……僕とアーティット先輩との関係は、これで終わってしまうのですか？）

雨の奥に霞《かす》む向かいのベランダを見上げた彼の心は空っぽになっていた。

今この時、これまでずっと感じていた恐怖が現実のものとなってしまった……アーティット先輩を失ってしまう。

しかしコングポップは知るよしもなかった。地面に叩きつけるように降り注ぐ雨、それはアーティットの心に降り注ぐたくさんの感情と変わらない。

向かいのベランダの奥で、アーティットは電源を切った携帯電話から手を離し、疲れ果てて床に崩れ落ちた。

コングポップが何を言おうとしていたか、わからないわけではない。だが、今は聞きたくなかった。まだ向き合う準備ができていない。何より、自分自身の質問に自らが答えられない……。

自分はコングポップのことを……想っているのだろうか？

一年生規則第二十五条
ワーガーとは距離を置くこと

TRRRRRR!

「コング……」

TRRRRRR!

「コング……」

TRRRRRR!

「おいコング! 携帯!」

……彼の名前を呼んだ人物だけではなく、全ての視線がコングポップに向けられる。彼らは今、静かな雰囲気の中で座っていたのに、コングポップの携帯電話から絶え間なく鳴り続ける着信音によって静寂が壊されたのだ。持ち主はまだぼんやりと座ったままで、エムは彼の腕を小突いた。

コングポップは慌ててリュックの中にある自分の携帯を探したが、手にした時には切れてしまった。そしてため息をつくと、友人に手短に言いながら立ち上がった。

「電話してくる」

「あぁ、行ってこいよ。でも、お前大丈夫か?」

エムは心配して尋ねた。魂が抜けたようなコングポップからは、ムーンとしての輝きが完全に失われている。睡眠不足の原因の一つはきっと、彼に憑依《ひょうい》している勤勉な幽霊のせいかもしれない。

なぜならコングポップは、グループで作成するレポートを一人で仕上げると自ら買って出たのだ。

レポートにしてもプレゼンテーションにしても、やらなくて済むなら他のメンバーは楽といえば楽だが、一人で七人分の作業をするのはさすがに無理がある。コングポップ一人に任せっきりにするわけにもいかないため、エムの呼びかけで他のメンバーも一緒に資料を探すことになったのだ。だが、レポートの作成を請け負ったコングポップの様子がおかしい。電話の着信にも反応できなかったほどだ。

「マジで休憩してこいよ、コーヒーか何か買って飲んでさ。俺たちは大丈夫だから」

「俺も一緒に行くよ！」

「やめておけよ、ティウ。お前のトピックはもう終わったのか？」

コングポップは、エムがティウに文句を言う声を聞いて参考書が山積みになっているテーブルから立ち上がった。彼らは十五時から十七時まで、約二時間も本の山に埋もれていた。

コングポップは最近とても忙しい。正確には、彼は〝忙しくしようとしている〟。そうすることで三日前の出来事を考えないようにしていた。この三日間はまるで三カ月間のように長く感じられた。

コングポップが心の中の想いを打ち明ける前に、アーティットに電話を切られてしまった。それが何を意味しているのか、どんな馬鹿でもわかる。

（……アーティット先輩はきっと僕を嫌っている）

だとしても不思議ではない。アーティットは男で、コングポップ自身も男だ。男性を好きになるなんてこれまで考えもしなかったのだから。でも、アーティットに出会ってから特別な感情が芽生え、それが徐々に大きくなって、自分が何を考えているのかさえもわからなくなった。

だが一つだけ、確信していることがある。それは、彼のアーティットに対する感情は単なる先輩と後輩のものではないということだ。

……コングポップがアーティットに向けてしまう視線……それだけでなく、具体的な気持ち全てもどんどん強くなっていく。

アーティットの近くにいたい、アーティットの世話をしたい。アーティットを見ると、つい笑顔がこぼれてしまう。そして、相手に避けられているだけで、コングポップの心は酷く痛む。自分自身に〝大丈夫だ〟と言い聞かせていても、この何日間は眠ることができず、疲れきっているのは同級生の目にも明らかだった。

コングポップは、考え過ぎるのを自分自身で禁じようとした。しかし、気がつくと向かいのベランダを眺めてしまい、自分の部屋に帰りたくなくなっていた。それだけではなく、携帯電話を見るたびに苦しくなるので、リュックにしまわなければならなかった。それが、彼がとっさに電話に出られなかった理由だ。

　コングポップは図書館内の階段付近に移動し、携帯電話を手に取って着信履歴を確認する。先ほどの電話は、同じコードナンバーの二年生の先輩であるプルからのもので、かけ直すとすぐに繋がった。

「もしもし、プル先輩。電話に出られなくてすみません」

「いいのよ。今週末のフォン先輩とタム先輩の結婚披露宴の件で聞きたいことがあって。コングくん、私と一緒に行く？　私は大学から車で行く予定なの。ヌムヌン先輩とパーク先輩とタッチ先輩と、それからリンちゃんも一緒だよ」

　一台の車にそれほどの人数が乗れるのかは疑問だったが、タムたちの結婚披露宴には行くつもりだったし、式場の場所がよくわからなかったので、コングポップは誘いに応じることにした。

「ご迷惑でなければ、僕も同乗させてください」

「じゃあ五時に迎えに行くね。どこの寮？」

「チャイヤプルク寮です」

「オーケー、じゃあまた日曜日にね」

　コングポップはプルとの電話を切った。そういえば、提出しなければならないレポートの作成で、披露宴のためにはまだなんの準備もしていなかった。だが、忙しくしていた方が余計なことを考えずに済んで都合が良い。とはいえ一方で、かなりのエネルギーを消耗していた。

コングポップは自分の顔をこすり、眠気を飛ばそうとする。エムに言われた通り下でコーヒーを買うべきか迷っていると、四階から見知った先輩が下りてくるのが見えて、急いで手を合わせてワイをした。

「ノット先輩、こんにちは！」

「おう」

ノットは挨拶を返したが、相手が誰か認識する前に、ただ身体が反射的に反応したかのように見えた。彼は図書館で借りたばかりの本のタイトルを見下ろしながら歩いていたのだ。相手が馴染みの後輩のコングポップだとわかると、特に立ち止まって話すこともなくそのまま通り過ぎようとしたが、相手に呼び止められた。

「待ってください先輩、お願いしたいことがあるんです。ちょっとここで待っていてもらえますか？」

コングポップはそう言い残し、ノットの返事も聞かずに図書館の三階の奥へと走っていく。少しすると、彼は片手にレジュメを持って駆け足で戻り、頼み事をしながら手渡した。

「ノット先輩、これをアーティット先輩に返しておいてほしいんです」

ノットは手渡された資料に目をやった。どうやら今三年生が受けている力学についてのようで、そこにはミミズが這ったような字の手書きメモや落書きがある。記憶違いでなければ、これはアーティットの字だろう。なぜこのプリントの束を一年生が持っているのか理由はわからなかったが、彼は後輩の頼みを快く聞き入れた。

「わかった、返しておくよ」

「ありがとうございます」

コングポップはノットが階段を下りていく姿を眺めた。それから友人たちのもとに戻り、レポートの作成を続ける。

（アーティット先輩が自分を嫌っているのなら、顔を合わせたり、話したりしないようにしよう。少なくともその方が先輩も落ち着くだろう）

そして何より、その方がコングポップの心の痛みが和らぐのだ。

（……多分）


「タム兄さんの披露宴のご祝儀いくらにする？　俺とお前で共同にする？　月末で金欠なんだ。お前は？　アーティット、いくら包むんだ？」

「もうプレゼントは買ったよ」

「えぇ！　プレゼント？　お前はタム先輩のお気に入りだからな」

アーティットたちは図書館にいることも意に介さずに大声で話している。というのも、ここは図書館の一階にある小さなカフェエリアだからだ。読書や勉強に疲れた学生たちに冷たい飲み物を提供し、気分をリフレッシュさせるために開かれた店でもある。

幸運にも一番大きなテーブルが空いていたので、三年生たちはレジュメを見ながら、翌日に行われる小テストの勉強をしている。とはいえ彼らはここで真面目に勉強をしているわけではなく、ただしゃべっているだけだった。

アーティットも例外ではなく、机の上に教科書を広げてはいるが、真面目に取り組んでいるわけではない。眠くてたまらないからだ。すでに何コマも授業を受け、明日には小テストがあり、週末にはタムの披露宴もあり、さらにはこの数日間眠れていなかった。昼間に寝不足を補う必要がある。

眠れない原因はわかっている。彼の心にずっと引っかかっていることのせいだ。気にしないようにしていても、気がつくとぐるぐると頭に浮かんでくる。

……あの日、コングポップの電話を切ってしまったことに罪悪感を抱いていた。彼を傷つけてしまったかもしれない。だが、あの状況でどうすればよかったのかアーティットにはわからなかった。なぜなら、未だに自分自身の問いに答えることができないからだ。

（……自分はコングポップに気があるのか？　……この、知り合ってわずか三カ月の相手に）

冷静に考えてみると、アーティットはコングポップのことをよく知らない。コングポップは単なる学部の後輩で、反抗的で、挑発的で、よくアーティットを怒らせ、面倒事を引き起こしてくる。今もそうだ。アーティットにとって生涯最大になるだろう厄介事に巻き込まれている。ひどく頭が痛い。

（いっそのことバカになりたいよ！）

アーティットはこめかみを押さえた。考えれば考えるほどストレスが増す。再び机に伏せて仮眠を取ろうとしたが、誰かに小突かれて目を開けなければならなかった。

「アーティット、お前のだ！」

アーティットは俯《うつぶ》せになりながら、レジュメを手にしたノットを見た。どうやら数日前に水に浸かって、ある人物の冷蔵庫で乾かしたまま忘れていってしまった力学のものだ。だが、それが今目の前に戻ってきている。アーティットは驚いて起き上がった。

「これどうしたんだ？」

間抜けな質問だと思ったが、手を伸ばしてレジュメを受け取る。水に浸かったはずのそれは完全に元に戻っていた。そして、ノットからは予想通りの答えが返ってきた。

「コングポップから預かった。ちなみに、なんであいつがお前のを持ってるんだ？」

「ちょっとな、でもどうだっていいだろ」

アーティットは小声で答えて、手の中の自分のレジュメを眺めた。

……これを忘れていったのはどうでもいい。大事なのは、わざわざ返してくれたという、自分が今でも触れることができる彼の行動だ。

コングポップは、彼の頭痛の種になるような行為ばかりしてきたが、時には不思議と安心させることもあった。頼んだわけでもないのに優しさや気遣いを送られるとなおさらだ——そう、昨日のように。

というのも、昨日アーティットがレンタルショップに漫画の弁償をしに行くと、それらはすでに返却されていた。店主によると、ある学生が返却に訪れ、漫画が水に浸かった経緯を説明し、彼の代わりに破損した本を買い取ったという。火曜日にアーティットが図書館に行った時も、借りていた参考書が全て本棚に並べられていた。

アーティットはコングポップと距離を置こうとした。接触を避け、出くわすのを何度も回避してきたのに、彼が自分のためにやってくれたことを毎日見聞きした。何より心が痛むのは、それらを引き起こした原因は自分自身にあるということだ。

考え過ぎるのを自分自身で禁じるほど、心の中の気持ちははっきりとしていた……。

……今でも恋しく思《キットゥン》っていると。

十九時になった。

コングポップと同級生たちは図書館を出て、それぞれ帰路に就く。今日の作業で必要な資料は全て揃っていた。あとは各自が担当するトピックの台本を暗唱できるようにして、明日にはプレゼンテーションの練習をする予定だ。コングポップはスライド資料の作成を申し出たため、今晩中に全ての資料をまとめる必要がある。仕事量を考えると朝方まで作業することになりそうだ。

コングポップは寮に帰る前に近くの屋台が集まるエリアに立ち寄り、エネルギーを補充できるものを探した。今晩の重い作業に備えて、特に必要なのは眠気覚ましだ。

行きつけのドリンクスタンドに立ち寄ると、そこは普段より混み合っているようだった。今日は店主が一人で切り盛りしていて、いつも働いているスタッフの姿が見当たらない。それでも店主は大声で接客していた。

「何にするか決まったら、そこの注文書に書いてくださいね。それから並んで待ってて。ちょっと待たせちゃうけど、ちゃんと順番に作るから！」

注文書とペンが店の前に置いてある。コングポップは注文書を手に取り、昼に飲まなかったアイスコーヒーを注文しようとした。これで眠気対策はバッチリなはずだ。

しかし、突然気が変わった。ほとんど書き終わっていたが、ふとある考えが頭をよぎり、ためらいで手が止まる。結局〝コーヒー〟の文字を消し、代わりに他のドリンク名を書き込んだ。

……無意味な行動かもしれない。でも彼にとって、それは長い夜を乗りきり、レポートを仕上げるパワーを与えてくれる唯一のものになるかもしれなかった。

コングポップは注文を終えると、ドリンクスタンドをあとにして、寮で食べるための夕食を物色しはじめた。

数分後、ある人物が不機嫌そうにドリンクスタンドにやってきた。いつもの店には七、八人並んでいて、ドリンクを無料で配っているかのように混雑している。だが、どれだけ混んでいてもアーティットという男にはなんの影響もない。彼は人混みを突っ切って店の前へ進み、慣れた様子で店主に話しかけた。

「ニッドさん、いつものピンクミルクください。あとで取りに来ます」

常連客のアーティットはVIP待遇なので、注文書に記入する必要がないのだ。店主はアーティットの顔を見るとすぐに何を注文するかを思い出す。アーティットがほぼ毎日この店で同じドリンクを注文するため、自然と親しくなっていた。それに彼は、スタッフが休みを取って実家に帰省しているからこんなに忙しくなっているということも知っていた。

しかし、いくらVIP待遇だとしても、店主は先着順という原則を守っている。そのため自分のピンクミルクにはかなり長い時間がかかるだろうと予測できた。アーティットは、先に夕食を買ってからピンクミルクをピックアップし、寮で明日の試験勉強に備えることにする。午後は図書館にこもっていたというのに、脳が吸収できた知識量はほんの少しだけだったからだ。

アーティットはパッタイ〔タイ風焼きそば〕、ムーピン〔豚の串焼き〕、カオニャオ〔もち米〕の屋台に立ち寄り、フルーツの屋台では袋に入ったグアバフルーツを購入した。両手いっぱいに購入したものを持ってドリンクスタンドに戻ってくる頃には、そろそろ注文したメニューが出来上がっているだろう。

スタンドに並んでいる人もさっきよりは少なくなっていて、二、三人といったところだ。アーティットは店主の前まで歩いていって確認した。

「お姉さん、俺のピンクミルクは——」

言葉を終える前に突然声が途切れた。彼の隣に立っていた人物と目が合ったのだ……避けてきた相手と、こんな場所で遭遇するとは。

コングポップは驚きを隠せず動揺しているようで、その目は泳いでいた。しかし、すぐに落ち着きを取り戻し、無言で店主の方を見る。

アーティットもどうしたらいいのかわからず沈黙した。最後にコングポップと話した時に、とても酷い態度を取ってしまったからだ。そしてアーティットが再び店をあとにしようとすると、店主の声が響いた。

「はい、ピンクミルクお待たせ」

アーティットはこの気まずい状況からいち早く逃れようと、手を伸ばして自分の注文したものを受け取ろうとする。しかし彼の手が容器に触れる前に、店主に止められてしまった。

「ああ、アーティットくんのじゃないわよ！　この子の。彼が先に注文していたから。それと、今さっきアーティットくんに言おうと思ってたんだけど、姿が見当たらなくて。実はピンクミルク用のシロップがなくなっちゃって、これが最後の一杯なの。普通の冷たい牛乳に変更してもらってもいいかしら？」

アーティットはその言葉にびっくりして無意識のうちに振り返り、信じられないというように自分と同じメニューを注文した人物を見た。しかし、コングポップは落ち着いた様子で店主に伝える。

「大丈夫です、この方にお譲りします。僕はまた別の日に来ますね。すみません」

そう申し出ると、別のドリンクを注文することもアーティットを見ることもなく、向きを変えて立ち去った。

普段から世話好きのコングポップにとっては普通の行動かもしれない。しかし、なぜだかわからないが、今回は何かが違うような気がした。

……無関心……。恐ろしくなるくらいに、アーティットは彼との距離を感じていた。

「じゃあ、このピンクミルクはアーティットくんのものね。十五バーツよ」

アーティットは店主の声にハッとして、急いで手を伸ばしピンクミルクを受け取り、支払いを済ませた。それから店を出て、自分の寮に向かってゆっくり歩きはじめる。だが、なぜか踏み出す一歩一歩がとても重い。心の中に重くのしかかる感情のようで、そんな自分に混乱していた。

（……だって、こうなりたかったんじゃないのか？　コングポップと距離を置けば挑発されることもない、反抗されることもない。自分を怒らせる人も、思わせぶりな言葉もない……）

……それが普通の、学部の先輩と後輩の関係で、本来あるべき姿ではないのだろうか。

アーティットはピンクミルクを持ち上げ、一口飲んだ。舌にその味が広がる。しかし驚いたことに、うまく喉を通らなかった。いつものように美味しく感じられない。

……彼の日に映るものが何もかもぼやけている時に、美味しいはずがない。

涙入りのピンクミルク。
たった今知った……それは全然、甘くない。

一年生規則第二十六条
ワーガーに決断を委ねること

アーティットは鏡に映る自分の姿を見た。

黒のスラックスに白いシャツ。一見すると大学の制服のようだが、いつもと違う赤いネクタイを締めていることで、特別な格好だとわかる。招待状に書かれた〝赤〟というテーマカラーに合わせるためだ。

アーティットはタムとフォンの結婚披露宴に出席する準備をしていた。二人とも尊敬する先輩で、在学中には可愛がってもらったので、これは喜ぶべきめでたいイベントだ。

しかし、鏡の中の青ざめた顔は、お祝いの席に出る気分ではないことを物語っている。

……金曜日に小テストを終えたばかりで、彼のクロゼットには赤いものが全くなかったため、土曜日は着るものを探して走り回った。結局手に入れることができたのは一本の赤いネクタイだけだったが、せめてものそれは、ないよりはマシだ。あとは疲れきった身体や、頭痛の悪化で生じた目の下のクマを隠すべく、頑張ってカッコよくヘアセットをしなければならなかった。

だが、一番大きなあの問題のせいで頭の中はどんよりと曇り、心にも何かが重くのしかかっているのだった。

ＴＲＲＲＲＲ！

呼び出し音が静寂を破り、アーティットは急いで携帯電話を手に取る。画面を見て応答をタップすると、ノットからだった。

「用意はできたか？　お前の寮の下で待ってるぞ」

「うん、今行く」

アーティットは短く答えて電話を切り、疲労を吐き出すようにため息をついた。

（よし……とにかく、今日はめでたい日だ。敬愛する先輩二人に礼儀を尽くすためにも、落ち込んだ態度でいるわけにはいかない）

準備を整えた彼は、最後にダークカラーのジャケットを羽織り、自分の身なりをしっかりとチェックして、お祝いのプレゼントを忘れずに手に取ってから部屋の鍵をかけた。

アーティットが外に出ると、寮の入り口にはノットの黒い車が停まっていた。そして運転手は、車内の友人たちにアーティットを揶揄わせようと車の窓を開けた。

「ようやくお越しになられましたね、アーティット様。バチバチに決めちゃって、韓国のスーパースターが来たかと思ったわ」

「俺が韓流ならお前はなんなんだ、プレーム？　中華街のおっさんみたいなマンダリンカラーの赤いシャツなんか着やがって。何考えてんだよバカ」

いつもの仲間たちと一緒に、車内から口汚く茶化してくる友人に、アーティットは言い返す。

全員タムに鍛え上げられた精鋭たちだ。

プレームに関しては学科が違うにもかかわらず、よく飲み会に顔を出していたので、産業工学科の同級生やタムとも仲が良い。それに今日はカメラマンというミッションを与えられていたため、披露宴のテーマカラーに合わせて赤い服を着てこなければならなかったのだ。

アーティットに服装を突っ込まれ、プレームは無理のある言い訳を始めた。

「用意するのが間に合わなかっただけだよ！　これは旧正月の時に着たやつ」

それを聞いてアーティットは眉を上げる。プレームはいかにもタイ南部の出身のような濃い顔立ちをしていて、中国人の血が流れているとはとても思えない。もう一度言い返してやろうとすると運転席のノットに口を挟まれた。

「いつまで立ち話してんだ？　アーティットも乗れよ。じゃないと遅刻するぞ！」

その言葉で彼らの会話は中断され、冗談を言い合っている暇はないと思い出した。今日の目的地は非常に遠い。アーティットが空いていた助手席にそそくさと乗り込むと、車は発進し、夕方の渋滞車両の一員となった。

しばらく経って太陽が沈んだ頃、車はチャオプラヤー川に架かるラーマ八世橋の近くにある、川沿いの高級ホテルに停まった。

テーマカラーである赤に合わせて会場の至るところに赤い薔薇《ばら》が飾られ、華やかな雰囲気に包まれている。工学部で学んでいた者同士の結婚披露宴らしく、出席者はお馴染みの面々ばかりだった。ほとんどが卒業生で、さらに各学年の在校生も出席しているので、まるで学部の親睦会のようだ。

新郎新婦は入り口にあるアーチの前で、まだ出席者を笑顔で出迎えていた。アーティットは彼らに挨拶した。

「タム兄さん、フォン姉さん、おめでとうございます！」

白いスーツに赤い蝶ネクタイを締めた今日の新郎は、いつもよりスマートに仕上がっている。元より美人な新婦は、オーラが増して驚くほどの美しさだ。

それでも、二人は後輩たちにとってタム兄さんとフォン姉さんのままだ。アーティットの声が聞こえると、新郎は振り返ってきらきらした笑顔で手を振りながら彼らを呼び寄せた。

「おい！　アイウン、こっち来いよ。お前たちも一緒に写真を撮ろう」

ワーガーたちは新郎新婦を取り囲んでさまざまなポーズを取り、プレームがシャッターを切った。すると、他の出席者の声が聞こえてきた。

「タム先輩、フォン先輩、こんばんは！」

「わー！　私のファミリーが来たわ！」

フォンは嬉しそうな声を上げ、アーチから出て自分と同じコードナンバーの後輩を歓迎した。先に入ってきたのは美しいドレスを身に纏《まと》ったプルとヌムヌンの女性二人で、それに続いて四年生のパークと二年生のタッチ、そして最後に一年生のリンとコングポップが歩いてきた。

コングポップはテーマカラーに合わせて赤いシャツの上に黒のスーツを着ていて、きちんとした黒いネクタイを丁寧に結んでいる。全体的なコーディネートはアーティットや他の出席者とよく似ているが、大学のムーンらしく完璧で、会場の女性陣の注目を集めてしまうほどだった。新婦でさえも表情に出るほど喜び、後輩たちをアーチに呼び寄せた。

「コングポップくん、まずは私と一緒に写真を撮りましょ！　タムはちょっとあっち行っててくれる？　自分のコードナンバーファミリーと撮るから」

代わりに追いやられた新郎は、男の後輩が自分の花嫁と写真を撮っている様子を、ワーガーの後輩たちから面白おかしく揶揄われながら見させられていた。何枚も撮影していたプレームが最後の一枚にと、新郎を呼び戻して写真を取ろうとすると、タムは思いついたかのように言った。

「そうだ、二つのファミリーの写真はまだ撮ってないな……ほら、0062と0206はここに集まって、一緒に写真を撮ろう」

彼は自分のコードナンバーの後輩たちを手招きし、0062メンバーと並んで花のアーチの前に立つよう呼びかけた。アーティットも行かざるを得なかったが、総勢十人近くの大所帯になる。カメラマンは、全員をフレームに収めようと指示を出した。

「皆さん、もう少し詰めてください」

アーティットが一歩前に出ると、左側からかすかに香水の匂いがした。無意識に振り返り、近くにいる人物が誰であるかを知って黙り込む。その人物——コングポップも自分の立ち位置に気づいたようだ。彼の目は一瞬止まったが、カメラマンへと視線を逸らし、素っ気なく前を見た。

「準備ができたらにっこり笑ってくださいね～、三……二……一……」

アーティットはカメラに向かって笑おうとしたが、なぜかぎこちなくなってしまった。何枚写真を撮られても、喜んで笑っているのは顔だけで、心の中は正反対だ。忘れようとしていた感情が再び込み上げてくる。

……すぐ隣に立っているのに、とても遠くにいるような気持ち。

「オーケー、撮影終了です」

終了の合図が出て、集まっていた人々はその場から移動した。薄れた香水の匂いと、その場を去ろうとする背中は、アーティットの心に虚しさと寂しさを感じさせた……耐えられないほどに。

「コングポップ」

気がつくとアーティットは手を伸ばし、目の前の人のスーツを掴んでしまっていた。すぐに手を離さなければと思ったがもう手遅れで、呼ばれた本人は驚いて振り返る。

「はい？」

心の準備ができていなかったアーティットは、次の言葉を待っているコングポップの前で問《つか》えながら話題を探そうとする。

「え、えっと……あの……元気か？」

アーティットにとっては馬鹿げた質問だったが、その瞬間、彼は会話の始め方を何も思いつかなかったのだ。コングポップは短くうなずいた。

「はい」

「そっか……えっ……と……で、でさ、今日の披露宴の飾り付け、綺麗だよな。そう思わない？」

「はい」

「でも、えっと……なんか……赤って服を見つけるのが大変だよな。だから俺このネクタイしか見つけられなかった。ははは……」

不自然な会話とぎこちない笑い声しか発することができず、コングポップもその様子から何かを察したようで、静かにため息をついた。

「アーティット先輩、悩ませてしまったのはわかっています。でも、無理をしているのならこんなことしなくていいんです」

その言葉に、アーティットは顔を上げコングポップの目を見た。いつものようにまっすぐ逸らすことなくこちらを見つめていて、アーティットは今日初めて彼の両目をはっきりと直視した。

……それは冷たい視線ではない。だが疲れや心の傷、苦痛が隠れていた。そしてコングポップがつぶやいた声は独り言のように小さかったが、彼の気持ちをはっきりと表しているようだった。

「先輩がそんなことをすればするほど、僕は期待してしまいますから」

そう言い残すと、コングポップは踵《きびす》を返した。アーティットはそれ以上引き止める言葉をかけることができなかった。

……引き止めたくなかったわけじゃない。でも、引き止められるだけの理由がなかったのだ。今になってやっとわかった。こんな思いをしているのは自分だけではない、コングポップ自身も同じだ。

……二人の間のあやふやさに、お互い苦しみ、傷ついている。

「おい、アーティット。なんでまだここにいるんだ？　中に入ろうぜ」

一緒に会場に入って席を探そうと、ノットはぼんやりとしている彼を呼ぶ。コングポップが去り一人残されたアーティットは静かに友人についていき、ステージからあまり遠くない、彼らのために用意された円卓に座った。さまざまな料理が前菜として出され、しばらくすると披露宴が始まった。

スクリーンにはタムとフォンの幼い頃からの成長の記録が映し出され、会場は甘い雰囲気で満たされる。続いて新郎新婦が敷かれた絨毯《じゅうたん》の上を歩いてステージに上がり、長い夫婦生活を送れるよう、両親たちからのガーランドセレモニー〔花輪を新郎新婦の首にかける儀式〕が行われた。

そのあと、司会者が二人の愛がどのように育まれたのかインタビューしはじめた。

「お二人は元々ご友人同士でしたよね？　そこからどうやって恋に落ちたのですか？」

「当時僕はヘッドワーガー、フォンは救護班のリーダーでした。僕の訓練はとても厳しく、倒れてしまう後輩も多かったんです。それで、フォンにいつも〝一年生をいじめるな、これ以上倒れる人が出ると救護班の人手が足りない〟と叱られていました。しかも、これ以上酷くなるなら学長に報告するとまで言われたんです。皆さんも考えてみてください……自分から救護班のリーダーになったのに仲間を裏切ろうとするなんて！　僕も引き下がらなかったので、いつも喧嘩をしていました」

タムの口から出たこの話は、目撃者がたくさんいる。特に、タムがヘッドワーガーを務めていた時代に一年生だったアーティットや他の同級生にとって、本当に酷い扱いを受けていたことは未だに忘れられない記憶だ。しかし学生の一部には、仮病も多くあった。そうすれば休むことができるだけでなく、美人で有名な救護班のフォンに看病してもらうチャンスにもなったからだ。

「でもまあ、なんだかんだで結局、気づいたらお互いなしではいられなくなっていました」

最後の一言を話すと、新郎は新婦の手を握りしめた。タムは胸がいっぱいになり、感動が二人を包み込む。友人から始まった二人の関係は恋人へと変わり、そして今日、人生のパートナーとなったのだ。

（……俺とコングポップの関係とは大違いだ）

アーティットはステージの光景を眺め、胸が苦しくなった。自分は三年生のヘッドワーガーで、コングポップは一年生、しかも二人とも男性だ。以前のように先輩後輩の関係で話をしたくても、何かが起きてしまってからでは元に戻ることは難しい。

（……きっともう、手遅れかもしれない）

「さぁ皆さん、新郎新婦への祝福として乾杯しましょう！」

司会者の声が、彼の重苦しい思いを遮った。アーティットは気分を変えて明るくいられるよう努め、この場に集中しようとグラスを挙げかける。その時ふいにタムへのプレゼントを思い出し、披露宴のあとに渡すことにしようと決めた。

歓喜に満ちた宴が終わる頃には、時刻は二十一時近くになっていた。ほとんどの出席者はいつの間にか帰っていて、残っているのは工学部の学生たちくらいだ。新郎新婦が出席者を見送っている会場外のところへ皆で行くと、そこにいたのは美しい新婦一人だけだった。新郎の姿は見当たらず、アーティットは尋ねた。

「フォン姉さん、タム兄さんはどこに行ったんですか？」

「ああ、彼ならトイレに行ったわよ」

幸い、トイレの場所は入り口からそう離れていない。アーティットがトイレの中を捜そうとすると、ちょうど手を洗い終えたタムが彼を見かけて声をかけた。

「おう、アイウン」

「兄貴、僕渡すものがあって」

アーティットはそう言いながらピンク色の封筒を差し出した。祝儀袋だと思ったのか相手は一瞬困惑した表情を見せたが、その場で封筒を開けると、中には世話になったことへの感謝の言葉が綴《つづ》られた綺麗なメッセージカードだけが入っていた。書かれた言葉全てに心が込められていて、それは読んだ相手にもしっかりと伝わったようだ。

「ありがとな。でもお前がメッセージカードをくれるなんて信じられないな」

感謝しながらも、新郎は揶揄わざるを得なかった。こんな細やかで可愛らしいことをするなんて、自分が知っているこの後輩の性格からは想像もできなかったからだ。そしてアーティットもあっさりそれを認めた。

「何を贈ったらいいかわからなくて。でもある人が、メッセージカードを贈ったらロマンチックでいいって言ったんです」

「はっ！　ロマンチックだって？　どの子に教わったんだよ、女でもできたんだろ？　成長したなぁお前」

「違いますよ。あの……今は僕とその人の関係がなんなのかよくわからなくて」

その口調は徐々に暗く沈んでいく。何か問題を抱えているのは明らかだったが、新郎が問い質すより早く、当の本人が口を開いた。

「兄貴、ちょっと聞きたいことがあります。フォン姉さんと一緒にいる時、兄貴は幸せですか？」

「おい、当たり前だろ！　なんでそんなこと聞くんだ？」

「その……自分にふさわしい相手と一緒にいると、居心地がよくて幸せでいられると聞いたことがあります。でも、もし一緒にいて居心地が悪かったり苦しんだりするのなら、それは僕の相手じゃない。そうですよね？　兄貴」

アーティットの理論に、何かを理解しはじめたタムは大きく息を吐き出し、真剣な口調で答えた。まるで後輩をヘッドワーガーに育てる訓練の時を思い起こさせる光景だが、今回は違う。人生経験を教えるのだ。

「アイウン……よく聞くんだ。俺はフォンといる時、いつでも幸せなわけじゃない。俺たちは喧嘩してばかりだ。信じられるか？　今朝だってウエディングケーキのことで揉めたんだ。でも、俺とフォンは全部乗り越えてきた。イライラしたこと、腹が立ったこと、嬉しいこと、悲しいこと。それに、これから先もまたそれに遭わなきゃいけないってこともわかってる。それでも俺はフォンを選ぶよ。なぜだかわかるか？」

アーティットが首を振ると、タムはわずかに微笑んで、聞き手の心に響く答えを語った。

「……今まで誰にもこんなふうに感じたことがなかったから。俺を変えてくれたのはフォンだけだからだ」

〝自分を変えてくれた人〟

……互いに気遣い合い、元気にしてくれる人。

……傍にいると、心が温まる人。

……冷たくされると、苦しくなる人。

……失うことを思うと、涙を流してしまう人。

アーティットにとって、その答えは明らかだった。

……コングポップが、その人だ。

しかし、それでもまだ気がかりなことがある。

「でも……どうして確信できるんです？　僕とその人との関係が以前と同じじゃなくなってしまったら、どうしたらいいんですか？」

「じゃあ今、お前とその相手との関係はずっと同じなのか？」

その言葉に、アーティットは何も言えなくなった。

……同じではないと、わかっているからだ。特に今日、その変化を目の当たりにした。彼がどんなに元に戻そうとしても、二人の関係は決して以前のような雰囲気にはならない。タムの言う通り、アーティットとコングポップの関係はすでに変化している。

「俺たち人間はね、アイウン……気持ちが生まれてしまったら……元に戻すのは難しいよ。できることといえば、時間を置くくらいだ。でも、何もしないで時間が過ぎるのを待つのか、それともその時間を使って、自分の心がやりたいことをするのかは、自分でよく考えるんだ。じゃあ俺はみんなを見送りに行かないとだから。頑張れよな」

タムはアーティットの肩を叩いて励ますと、振り返ってその場を離れようとした。だが、一歩踏み出す前に再びアーティットに呼び止められる。

「待ってください、兄貴」

「おい！　まだ何かあるのかよ」

自分の結婚披露宴中で、後輩の悩み相談に乗っている場合ではない。タムは度重なる質問に些《いささ》か苛立ちを覚えたが、それでも三度目の問いに耳を傾けた。

「それじゃあ、僕がその人に感じている気持ちはなんなんでしょうか？」

「はぁ？　俺にわかるわけないだろ！　自分で考えろ。ただし、頭じゃなくお前の心で考えるんだ。考えてもわかんなかったら放っておけ。自分がやりたいようにやるんだ！　お前はヘッドワーガーだろ、勇気を出せ。その肩書きを汚すなよ！」

新郎はアーティットに自分のポジションを思い出させ、去っていった。夜の静けさの中に、アーティットは一人残される。

……自分の鼓動が響いて聞こえるほどの静寂だ。

アーティットは拳《こぶし》をぎゅっと握りしめて、急いでトイレから出た。プレームに大声で呼ばれると、彼は友人たちのいる場所に向かう。

「おい！　アーティット、どこに行ってたんだ？　もう帰るよ、お前を待ってたんだぞ」

「一年たちはどこだ？」

「なんのことだ？」

プレームはその質問と彼の急いでいる様子に困惑し、眉をひそめる。しかし、隣に立っていたノットは誰のことか推測できたようで、プレームに代わって答えた。

「コングポップなら、さっき出たところだよ。多分ホテルの前で車を待ってるはず」

「わかった、ありがとう」

アーティットはその方向に走って向かおうとしながら短く礼を言った。未だに状況を呑み込めていないプレームがもう一度問い質す。

「え……じゃあお前、一緒に帰らないってこと？」

「先に帰っててくれ、俺は自分で帰る！」

アーティットは叫んで答えた。友人たちを気にかけることなく置き去りにして走っていく。なぜなら、今彼がしなければならないのは〝走る〟ことだけだからだ……手遅れにならないために。

この瞬間から、彼は決断した。

……自分の心に従うのだ、と。

一年生規則第二十七条
ワーガーはいつでも隣にいる

自分が最後に全力で走ったのはいつだっただろうか。

四年生に命じられ、自らへの罰として雨の中、グラウンドを五十四周走った二カ月前かもしれない。その時の彼は、一年生全員にヘッドワーガーとしてのプライドを示すために走っていた。だが今は……自分自身のプライドを捨て、たった一人の一年生のために走っている。

アーティットはエレベーターで降りると、ドアマンが立っているガラスの扉を急いで通り抜け、階段を走り下りてホテル前の駐車場に向かった。二十一時の暗闇で視界が悪くとも、彼に会いたいという思いで懸命に辺りを見回す。

……しかし駐車場はがらんとしていて、彼を待っている人は誰もいない。

明日大学に行ってからコングポップと仲直りする方法を探してもいい、電話番号も登録してあるんだし、と自分に言い聞かせたが、心の奥深くは違った。本当はもう二度とチャンスがなくなってしまうことを恐れている。ほんの一瞬でも遅れたら、何もかもが変わってしまい、取り返しのつかないことになる場合もあるのだから。

そう考えただけで、言葉にならない感情が込み上げ、アーティットはその場に立ち尽くした。

全力で走ったせいで完全に息が上がり、その場に座り込んで呼吸を整えたいくらいだ。次に何をすべきか考える余裕すらない。

今頃ノットたちがロビーまで降りてきているかもしれない。合流して一緒に帰った方がいいだろうか。一人でタクシーとバスを乗り継ぎ、長時間かけて寮に戻るよりもずっといい。

疲れ果てたアーティットが携帯電話を取り出した時、聞き慣れた声に心臓が止まりそうになった。

「アーティット先輩、ここで何をしているんですか？」

アーティットはすぐに振り返り、呼びかけてきた人物を見た。自分が諦めかけた相手が目の前に立っていたのだ。信じられないというように目を大きく開き、思わずつぶやいてしまった。

「コングポップ、まだ帰ってなかったのか？」

コングポップは困ったような表情を浮かべた。振り向き驚いているアーティットはおそらく自分がもう帰ったと思ったのだろう。また何か迷惑をかけてしまったのかもしれない、と身構えたが、彼は正直に返事をした。

「はい、今はまだ帰りたくなかったので」

彼の〝今〟は、結婚披露宴が終わったあとすぐという意味だった。新郎新婦の愛を心から祝福していても、自分の状況を顧《かえり》みると胸が痛くて仕方がなかった。

コングポップにはわかっていた……自分が抱くあの人への想いを受け入れるのは難しい。社会的にだけでなく、自分自身でもまだよく理解できていないのだ。そんな状態で、想い人にこれ以上のことを求めようなど無理に決まっている。かといって、この想いをなかったことにするのはできなかった。

　だから彼は、プルたちに先に帰るよう伝えたのだ。寮に寝に帰りたくなかった。向かいの部屋のベランダを独りで眺めているより、静かに歩きながら自分の考えに向き合う方がいい。

　駐車場でプルたちを見送った直後、彼はホテルから走ってきて誰かを捜しているように見回しているアーティットの姿を見つけた。

　最初はノットの車に乗るために急いでいるのだろうと思ったが、アーティットがその場で立ち尽くしている姿を見ると心配でたまらなくなり、話しかけてしまったのだ。

　もしかしたら、本当に自分のせいでアーティットに居心地の悪い思いをさせてしまったのかもしれない。さっき式場で会った時も、アーティットはまだ緊張しているような態度だった。自分のことを嫌っているからなのか、それとも何か別の理由があるのかは定かではないが、これ以上アーティットを困らせるような真似はしたくない。

　それなのに、またやってしまった……アーティットに声をかける前によく考えるべきだった。現にアーティットは何も話そうとせず、重い空気が流れている。それが誰のせいなのかは明白なのだから、自分から立ち去るべきだ……。

　コングポップは小さくため息をついて、さよならも言わずに背を向けようとした。しかし、動き出す前に、彼が尋ねてきた。

「お前、腹は減ってるか?」

脈絡のない問いかけにコングポップは戸惑い、眉を上げる。

……確かにコングポップは少し空腹だった。披露宴では中華式のディナーが振る舞われ大量の料理が並べられたが、ほとんど食べていなかったからだ。だが彼が理解できないのは、アーティットがなぜ尋ねてきたのかだった。それは、写真撮影の際に「元気か?」と尋ねてくれた時と同じようなものだろうか。

こんなふうに気にかけてくれているような態度を取られると、また期待してしまうということを全くわからずにいるのだろうか。

コングポップはもう一度説明しようと口を開きかけたが、相手は先に勝手な結論を出した。

「俺は腹が減った、何か食いに行こうぜ」

それだけ言うと、彼はすぐに踵を返して駐車場から出ていった。放置されたコングポップは混乱しながらも、今の言葉を理解しようとする。それはつまり、相手は自分と一緒に来いと誘っているということだ。

アーティットの行動が理解できないのに、コングポップは自分の足が先輩の後ろをついて歩いていくのを止めることができなかった。ホテルの路地から出て、車がまばらに走っている幹線道路に沿ってかなりの距離を歩いていくと、道路脇にワンタン麺の屋台を見つけた。歩道にいくつ

郵便はがき

STAMP
HERE

170-0013

東京都豊島区東池袋3-22-17
東池袋セントラルプレイス5F
（株）フロンティアワークス

Daria［ダリア］編集部 行

ダリアシリーズユニ読者係

〒□□□-□□□□ 住所 都道府県			
	電話 （　　）　－		
ふりがな 名前	男・女	年齢 歳	
職業 a.学生（小・中・高・大・専門） b.社会人 c.その他（　）	購入方法 a.書店 b.通販（　） c.その他（　）		
この本のタイトル			

ご記入頂きました項目は、今後の出版企画の参考のため使用させて頂きます。その目的以外での使用はいたしません。

ダリアシリーズユニ　読者アンケート

● この本を何で知りましたか？

A. 雑誌広告を見て [誌名　　　　　　　　　　　　　　　　　　]
B. 書店で見て
C. 友人に聞いて
D. HPで見て [サイト名　　　　　　　　　　　　　　　　　　]
E. SNSで見て
F. その他 [　　　　　　　　　　　　　　　　　　　　　　　]

● この本を買った理由は何ですか？(複数回答OK)

A. 小説家のファンだから　**B.** イラストレーターのファンだから
C. カバーに惹かれて　**D.** 好きな設定だから
E. あらすじを読んで
F. その他 [　　　　　　　　　　　　　　　　　　　　　　　]

● カバーデザインについて、どう感じましたか？

A. 良い　**B.** 普通　**C.** 悪い　[ご意見　　　　　　　　　　　　　]

● 日本語書籍化してほしい海外作品はありますか？
(小説・漫画問いません)

● この本のご感想・編集部に対するご意見をご記入ください。
(感想などは雑誌・HPに掲載させていただく場合がございます)

A. 面白かった　**B.** 普通　**C.** 期待した内容ではなかった

ご協力ありがとうございました。

か椅子とテーブルが並べられ、二、三人の客がいる。

コングポップはアーティットと同じテーブルに着き、店主を待つ。そして店主が注文を取りに来ると、アーティットが先に注文した。

「バミー・キアオ・トムヤム〔ワンタン入りのトムヤム中華麺〕をスペシャルで」

「じゃあ僕は、センレック・ナムサイ・ルックチン〔つみれのすましライスヌードル〕をください」

いつものメニューを注文したコングポップはまたこっそり笑われるかと思ったが、アーティットは何も言わなかった。ただ、手を動かしてシャツからネクタイの結び目を緩めるだけだ。

コングポップはその様子を見て、自分がスーツを着て、道端でヌードルを食べようとしているという状況に気づいた。どうりで他の客からの視線を感じるはずだ。しかしアーティットは何も気にしていないように見える。コングポップを誘ったのは、本当に腹が減っていたからだけなのかもしれない。

コングポップの脳内にはたくさんの疑問が生まれていたが、どこから解消していけばいいのかわからず、二杯のヌードルがテーブルに運ばれてくるまでただ待つことしかできなかった。

バミー・キアオ・トムヤムと、センレック・ナムサイ・ルックチン。それは、初めてアーティットと一緒にクイッティアオを食べに行き、メニューを交換させられた時のことを思い出させた。あの時、コングポップに食べたことのない味を試させてあげたいという理由で、アーティットは彼のために注文したのだ。

……そんな単純な理由は、コングポップの心をときめかせ、そのときめきはだんだん胸の高鳴りへと変化した。

でも今回は……デジャビュを感じさせるようなことはおそらく起こらないだろう。アーティットは自分の注文した料理に大量の粉唐辛子を入れ、一言も話さずにすぐに箸で麺を掴み、口に入れはじめたからだ。だからコングポップは自分の頼んだヌードルを食べるしかなかった。

コングポップは好物のルックチン〔つみれ〕から先に食べはじめた。一番好きなものを最後に残す人もいるが、彼は他の物と一緒に食べ進める派だ。ルックチンを食べているコングポップの姿がアーティットの興味を引いたようで、彼はようやく口を開いた。

「お前、ルックチンが好きなのか？」

「はい」

コングポップがうなずいて器の中の麺を食べ続けていると、アーティットは箸で突然、自分のルックチンを彼の器に入れた。

「ん、これやるよ」

（……まただ……アーティット先輩がこんなことをするのは、これで何度目だろう）

いつも気にかけていないような素振りをするからコングポップは諦めようとするのに、結局また期待してしまう。普段は厳しいのに時折優しさを見せてくるこの性格は、決して直らないだろう。そんなアーティットに慣れなければならないのに、いつまでも学ばないままで、色々なことを考えすぎては最終的に自分を傷つけてしまう。

……決して答えが出ることのない虚しい期待のせいで、勝手に傷ついてしまうのだ。

「アーティット先輩、どうして僕にこんなことをするんですか？」

「こんなことって？」

「本当にわからないんですか？　それともわからないふりをしているんですか？」

箸で麺を掴むアーティットの手が少し止まる。しかしすぐに動き出し、その質問を別の話題にすり替えて流した。

「早く食べないと麺が伸びるぞ」

話を逸らしたアーティットをコングポップはじっと見つめたが、彼は無視してヌードルを食べることに集中している。この話題を避けようとしているらしい。その行動がもう質問に対する明確な答えだった。

コングポップがした質問にはどんな意味があるのかなんて、アーティットはすでにわかっているはずだ。それなのにこんな真似をして、コングポップを困惑させることを選んだ。アーティットは、彼が傍にいるのを許可することもあれば突き放すこともある。だから、コングポップは自分がどういう立場にいるべきなのかわからない。

この質問に答えることができるのは彼だけだというのに。

コングポップは知りたいのだ……アーティットが何を考えているのかを。

しかしアーティットが耳を傾けようとしない限り、いくら問い詰めても、なんの意味もないだろう。それがわかっていたので、コングポップも再び食べ続けた。食事を終えてそれぞれ会計を済ませると、アーティットはテーブルから立ち上がって先に店を出ていく。

コングポップは、てっきり彼がタクシーかバス停を探しに行ったのだと思っていたが、違ったようだ。

アーティットは歩き続け、その後ろをコングポップもついていく。どれだけ長い距離を歩いてきただろう。気がつくと目の前には、バンコクの夜の闇を切り裂くように美しい明かりを点すラーマ八世橋があった。

しかし、アーティットはまだ止まろうとせず、橋に足を踏み入れた。左側にはチャオプラヤー川が見え、右側の道路には時折車が行き交っている。風が身体を吹き抜けて少し冷えるが、幸い二人ともジャケットを着ているためそれほど寒さは感じない。目的もなく歩き、橋を四分の一ほど渡ったところまで来た。

言葉を交わすことのない静かな散歩は、彼らが質問に改めて向き合い、自分自身の答えを見つけるためには充分だった。

そして、先に答えを見つけたのはアーティットだ。彼は足を止め、どこにも行かずにずっとあとをついてきた人物を見て、短く尋ねる。

「疲れたか？」

また相手を気にかけているような言葉に、コングポップは首を振りながら答えた。

「いいえ」

アーティットは話を終わらせることなく、顔を上げてコングポップの目を直視しながら、真剣な口調と表情で続けた。

「正直さ……こんなふうに俺のあとをついてきて、本当に疲れないのか？　どこに行くのかも、いつ終わるのかもわからないままで」

コングポップはハッとした。ただ体力を気にかけて尋ねてきたのではなく、その言葉には隠されたメッセージがあるのかもしれないと今更理解する。そしてそのメッセージは、コングポップが何度も自分自身に問いかけていたことだった。

……この道を歩む覚悟ができているだろうか。こんなはっきりと定義することもできない、終着点もわからないような関係を。

（もしいつか僕らの境界線を越えてしまったら、決して元の関係に戻ることはできない。もっと傷つくかもしれない。最終的にアーティット先輩と赤の他人にならなければならないとしたら、自分は耐えられるだろうか？　現実を受け入れられるだろうか？）

……勇気を出すのは簡単なことではない。しかし、自分の心をときめかせた人を手放すのも、簡単ではなかった。

コングポップはアーティットの目を見つめながら、はっきりと自分が下した決断を伝えた。

「何が起こるかわからなくても、そこがどんなに遠くても、僕はアーティット先輩の隣を歩きたいです」

コングポップは自分の想いを明確に伝えた。あとは相手の答えを待つだけだ。

アーティットは背を向けて川を眺めながら、何かを考えているかのように沈黙していた。それから、改めてコングポップの発言の意味を確かめるように話し出した。

「わかってるだろ？　俺は男で、お前も男だ」

「はい」

「わかってるだろ？　俺は先輩で、お前は後輩だ」

「はい」

二人とも互いの性別や立場を理解している。アーティットは、自分がヘッドワーガーとしての尊厳を重んじる男であることを常に示してきた。男の後輩に分不相応な想いを寄せられることは受け入れがたいものだろう。それでもコングポップはどうしようもなく惹かれてしまう感情を抑えることができない。もしアーティットがこの理由で自分を嫌い、拒絶するのならば……。

（……それを受け入れるしかない）

自分たちの間の距離の遠さを思い知り、コングポップの心は沈んでいった。アーティットはこのまま二人の繋がりを断ち切るつもりだろうとコングポップが判断したその時、彼がもう一度尋ねた。

「わかってるだろ？　俺がピンクミルクを好きだってこと」

奇妙な質問に、コングポップは顔を上げてアーティットを見た。ちょうどアーティットもコングポップの方へ振り向く。そして心の奥底に押し込んでいたものを吐き出すように口走った。

「俺は時々超アホだし、短気だし、うるさいし、寝坊するし、くだらないことをするってわかってるか？　わかっていても、そんな俺を本当に受け入れられるのか？」

コングポップはアーティットの言葉に驚いていた。彼が心配していたことを、アーティットも同様に心配しているとは思いもしなかった。二人ともこの関係において、互いの本当の姿を受け入れてもらえるのかどうかを確かめたかったのだ。しかし、コングポップにとって、それはためらう必要などないことだった。なぜなら、彼はアーティットが言ったその全てを、すでに知っていたからだ。

「はい、受け入れられます。アーティット先輩はどうですか？　僕を受け入れられますか？」

コングポップは胸に期待を抱きながら尋ねたが、次の言葉でその期待は再び萎えてしまう。

「俺はお前のことを多くは知らない」

アーティットがためらうのもおかしくない。知り合ってまだ三カ月しか経っておらず、相手を知るには短すぎる。しかし、コングポップが何か弁解をするよりも先に、本人が答えを出した。

「だけど、もっと知りたいと思っている」

ほんの短い言葉だが、コングポップが目を見開くほどの威力だった。今耳にした言葉が信じられず、思わずもう一度聞いてしまう。

「アーティット先輩、それどういう意味ですか？」

その瞬間、コングポップのネクタイは相手の身体に引き寄せられ、唇に柔らかさを感じた。

……そのくちづけはかすかなものだったが、心の中ではずっと残り続けた。

相手は一瞬の後《のち》に手を離し、そしてコングポップの耳に、短く囁く声が聞こえた。

「俺の答えだ」

そう言うと、アーティットはすぐに橋を降りる方へ向かって歩いていった。何が起きたのかを理解しはじめたコングポップの顔には満面の笑みが広がり、急いで振り返ると相手を呼び止めるように大声で叫んだ。

「待って、アーティット先輩！　先輩の答え、よく聞こえませんでした。もう一回お願いできますか？」

「やだよ！」

喚《わめ》くような大きな叫び声が響く。コングポップは笑いながら、足早に彼の隣に並んだ。そして、いつものように何も言わずに歩き続けた。

彼らは何も話さなかったが、言葉ではない何かが彼らを結びつけているようだった。

少なくとも今、言葉なんてなくても彼らは心の中でよくわかっている。この関係において、お互いがあるべき確かな場所がどこなのかを。

ただこうして〝隣り合って歩く人〟でいられるだけで……。
……それだけで充分だ。

一年生規則第二十八条
一年生の心はワーガーの心である

……そして、日々が過ぎてゆく。

タムとフォンの結婚披露宴から約一週間が経過し、彼らは日常を取り戻していた。

しかしコングポップにとっての日常とは、地獄の小テスト祭りや、グループでのプレゼンテーション、面倒なレポートや宿題に追われることだった。三週間後には期末試験が迫っていて、それと共に前学期が終わる。時は瞬く間に流れていき、一年の活動の約半分がもう終了することになるのだ。

コングポップは同級生たちと昼食をとったあと、レポート作成のために借りていた参考書を図書館に返却してから寮に帰る予定だった。今日は午後の授業がない。

しかし昼食を終えて、食器を片付けようと一同が立ち上がった時、ちょうど電話を切ったエムが話しはじめた。

「コング、今ワードから聞いたんだけど、微積の中間試験の結果が出たらしい。学部棟下のエレベーター横の掲示板に貼ってあるって。一緒に見に行こうぜ」

〝微分積分Ｉ〟は誰もが認める超難関科目で、成績が発表されるのも一番あとだ。一年生たちは皆不安に包まれながら成績発表の日を待っていて、例外なくコングポップ自身もそうだった。問題の半分以上には回答できたが、それでも心配せずにはいられない。この科目は普段から点数を稼げる小テストが設けられていないため、成績の五十パーセントは中間試験、残りは期末試験で決まる。

したがって中間試験の結果発表には、新入生が大学一学期目から不合格であるF評価を抱いて眠ることになるかどうかの運命がかかっているのだ。

コングポップは予定を変更し、友人たちと急いで工学部に戻り、学部の掲示板へ向かった。予想通り掲示板の前には大勢の学生たちが集まっていて近づくことすらできない。そこで、比較的小柄なエムが皆に代わって成績を確認しに行き、コングポップたちは近くで待つことにした。

そんな時、廊下が塞がれるだけでなくエレベーターの乗り降りにも影響するほどの混雑状況に、ついに我慢できなくなったある人物が声を上げた。

「ここで何をしてる！」

飛び上がった一年生たちは声の主を確認するとすぐ、ショップシャツに身を包んだ三年生たちに急いで道を空けなければならなかった。彼らは未だにそれぞれワーガーとしての残忍なオーラを放っている。

特に先頭に立つ人物、重要ポジションである元ヘッドワーガーのアーティットは、顎髭を剃り、長かった髪を整えてはいたが、その鋭い目つきには充分な殺傷能力があった。一年生たちの脳裏にラップノーンの時の恐ろしい記憶がよみがえり、皆怯えはじめる。一人を除いて……。

「僕たちは微分積分の試験結果を見てるんです」

お馴染みのヒーロー、コードナンバー062が一年生を代表して答えた。しかしその説明はその場を解決するどころか、むしろアーティットに鋭い怒号を飛ばさせた。

「ならなぜきちんと並ばない！　私たちが教えたマナーを忘れたのか？　もう一度教えなきゃいけないようだな！　いいだろう……一年生整列！　始め！」

その場にいた全員が、予想外の命令に唖然《あぜん》とした。産業工学科の一年生たちは整列することに慣れていたが、他の学科の学生たちはただ驚きながらその場に立ったまま顔を見合わせている。

ところが一年生たちが動きはじめる前に、ヘッドワーガーの隣に立っていた友人が彼の肩を強く叩き、助け船を出した。

「おい！　お前はワーガーの亡霊にでも取りつかれてるのか？　普通に言えばいいのに……見てみろ、後輩たちがお前を怖がって萎縮してるだろ」

「お、俺……ずっとこうしてきたから、他の言い方は慣れてないんだよ」

アーティットは友人にぼやいた。実のところ、彼は一年生たちに端に寄るように言いたかっただけだった。しかしヘッドワーガーという立ち位置に慣れすぎてしまい、普通に伝えるのにどう言ったらいいかわからず、話し方も動作もこんなふうになってしまったのだ。

一年生は三年生のやり取りを見て、さっきのが本気ではないと知り、ほっと安堵した。だが、先ほどの命令はちゃんと効いていて、他の人たちが通りやすいように道を空けはじめる。すると、同じ学科の一年生がクレームを言いながらコングポップの近くにやってきた。

「もう、アーティット先輩！　僕たちすっかりビビッて、本当に整列するところでしたよ」

一年生からの冷やかしに、怖い顔から一転、ワーガーたちは爆笑しはじめた。

……それは不思議な光景だった。入学当初、一年生はワーガーたちの顔を見ることすらできなかったが、今では先輩後輩の立場を弁《わきま》えたうえで親しく話すことができている。

「それで、うちの後輩たちの微積の成績はどうだったんだ？」

アーティットは掲示板を見やってから、話題を変えた。

「僕たちの学科は不合格者が一番少なくて、それに最高点を取った人もいます」

みんなを代表して成績を確認しに行ったエムが答える。このニュースは叫び出したいほどに三年生たちを喜ばせた。

「よくやった、さすが俺たち産業工学科の後輩だ。それにお前のさっきの命令から見ても、一年生たちの成績が悪いわけがないもんな」

同級生の言葉に、アーティットは振り返って困惑したように尋ねた。

「命令となんの関係があるんだよ？」

「一年生はワーガーが考えた超高レベルの命令を乗り越えてきただろ。だからこれから先、たとえ火の中、水の中、どんなことでも乗り越えられるだろうよ。あれ以上に酷い地獄はないからな」

　その褒められているのか貶《けな》されているのかよくわからない言葉は、やはりどう考えてもおかしい気がする。アーティットが反撃しようとすると、ある声が割り込んできた。

「でも、僕はワーガーになってみたいです」

　先輩だけでなく同級生たちも驚いたようにコングポップを見る。その最も残酷な立場に就きたい人がいるとは思いもしなかったのだ。アーティットでさえ聞き返さずにはいられなかった。

「よく考えたのか？」

「はい、考えました」

　そのはっきりとした答えと真剣な表情は、その場にいた全員に彼の本気を感じさせた。すると、先ほどと同じ友人が喜びながらアーティットの肩を叩いた。

「よかったなアーティット。悪魔の後継者ができたじゃん」

　いつもと変わらない冗談だったが、アーティットは友人に何も言い返さなかった。きっと本当に実現すると思ったからだ。自分に代わって彼が新しい波を起こす時が来る。それに、それがコングポップであれば、意志の継承を安心して託すことができる。

　こうして先輩たちと後輩たちとの間に芽生えた友情に感傷的な空気が満ちている中、しばらく黙っていたノットが彼らに真実を突き付け、突然空気ががらりと変わった。

「あ、今さっきスダー教授がエレベーターに乗ったのが見えたぞ」

「おい、マジやばいって！　遅刻したら教室に鍵かけられるんだ、最悪！」

三年生たちは午後の授業に急がなければならなくなり、会話は一瞬にして途切れた。混雑しているためエレベーターを待っている暇などない。三階までなので、階段を走って上がれば間に合うかもしれない。

アーティットも振り返り、走って友人のあとを追おうとしたが、まだ一歩も踏み出さないうちにコングポップが彼の腕を掴んで引き止めた。

「待って、アーティット先輩」

アーティットが彼の方を向くと、その瞳はキラキラとまばゆい光を放っていた。コングポップは笑顔で二人だけに聞こえるように小さく、そして短く囁く。

「……勉強、頑張ってくださいね」

たったそれだけのありきたりな言葉だったが、それは不思議と彼に震えるような感覚を生み出し、アーティットは思わず手を引き戻さなければならなくなるほどだった。相手もあっさりと手を離し、彼は急いで友人のあとを追って階段を駆け上がっていく。

……ラーマ八世橋での記憶が鮮明に残っている中……あのあともアーティットとコングポップは未だに先輩と後輩のような立場で居続けていた。彼らは互いの生活に干渉することも、二人の関係を公にすることもない。もっと言ってしまえば、二人が直接会うことは滅多になかった。どちらも勉強で忙しく、一見すると二人の関係性すらも元に戻ったかのようだった。

それでも、アーティットは心の奥深くではっきりと自覚していた。自分たちの関係は、説明するまでもなく何かが少しずつ変化しはじめている。なぜなら、時々起こるこういう〝ありきたり〟な出来事でさえも……彼らにとっては充分すぎるほどに〝特別〟なことだったのだから。


……こうして一日の授業が終了した。

午後の授業と、十八時頃まで延々と続いた実験を終えて、アーティットはゾンビのような状態で寮に向かう。彼の身体はすぐにでも柔らかいベッドに寝転びたいと願っていたが、その前にお馴染みの飯屋にエネルギー補給のために寄らなければならず、いつものドリンクを買うことも忘れてはならなかった。スタンドには普段通り大勢の人が並んでいる。だが、店員はＶＩＰ客を見かけるとすぐに声をかけてきた。

「あら、アーティットくん。いつものピンクミルク？」

「えっと……今日はアイスコーヒーにします。あとで取りに来ますね」

……何がきっかけで、今まで飲んでいたメニューをいきなり変えようと思ったのかはわからない。身体が疲れているからなのか、それとも午後、彼に会ったせいなのか……。

何考えているんだ、とアーティットは少女漫画のヒロインのように頭を振ってボーッとした状態を追い払った。どうやら自分はかなり重症のようだ。コングポップが自分の心にどれほど影響を及ぼしはじめたのか自覚する。

アーティットは慌てて飯屋に向かった。注文していたカオ・パッガパオが十分ほどで出来上がり、会計を済ませてから隣のドリンクスタンドに戻ると、並んでいる人が少なくなっていたため彼は店員に尋ねてみた。

「ニッドさん、さっき頼んだのってできま――」

言葉が途切れてしまった。彼の視線が飲み物を待っているある人物にぶつかったからだ。アーティットは、思わず名前を呼んだ。

「コングポップ」

呼ばれた人物は振り向くと、運命のような本日二度目の偶然の出会いに満面の笑顔を輝かせ、すぐに話しはじめた。

「アーティット先輩、夕食を買いに来たんですか？」

「うん」

アーティットはうなずいて答えた。コングポップも弁当の袋を持っているから、同じ目的でここに来たのだろう。それから、アーティットは再び会話を続けた。

「そうだ……試験の結果はどうだった？」

「どうにかなりました」

〝どうにかなった〟とは言ったが、コングポップの点数は実際には全体で二番目の好成績だった。だが、コングポップが高得点を取ることができたのは、アーティットが彼に試験の傾向を教えてくれたおかげだ。そして、彼はそのアドバイスを同級生たちとも共有していた。しかしアーティットは異なる解釈をしたようで、心配そうな口調で言った。

「でも、本当にどうにもならないなら、転部してもいいんだぞ。経済学部に行きたかったんだろ？　それがお前の夢なら、転部は全然悪いことじゃないよ」

数カ月前とは正反対のアドバイスだった。冷静になって考え直した結果、コングポップの夢を止めることはできないとアーティットは理解したのだ。コングポップが本当に何かを学びたいのであれば、自分に引き止める権利はない。工学部でないのは残念だが、少なくとも彼が自分の好きな分野を学べるなら、それを後押しするべきだと。

しかし、彼は厚意を受け取る代わりに頭を横に振り、その理由を説明した。

「経済学は大学院で勉強できますから。今はまだ転部しません。だって僕は……ここが好きなんです」

ここが好き、という言葉……。〝ここ〟がどの範囲を指すのかは、アーティットにはわからない。けれど、まだこちらを見つめているコングポップの煌めく瞳は、思わず逸らしてしまうほどに彼を火照《ほて》らせた。同時に、胸の高鳴りを抑えることができず、しかもそれがどんどん頻繁《ひんぱん》になっていて、自分で自分がいたたまれなくなるほどだ。しかし、幸いなことにドリンクスタンドの店主の声が状況を遮った。

「ピンクミルクができたよ、アーティットくん」

甘い色の飲み物がＶＩＰに手渡されそうになり、アーティットはすぐに否定した。

「僕は注文してませんよ、ニッドさん。アイスコーヒーを頼んだので」

今度は店主が戸惑ってしまった。オーダーのメモには確かにピンクミルクと書かれていたため、混乱しながら尋ねる。

「あら、じゃあこれはどなたのかしら？」

「ピンクミルクを注文したのは僕です」

コングポップが手を挙げて伝え、ニッドはアーティットの代わりに、隣に立つコングポップに手渡した。

「まぁ！　ごめんなさいね、間違えちゃった。あらあら……二人ともいつも注文するものと今回は交換こなのね」

笑い交じりの揶揄いの言葉に、コングポップとアーティットはお互いの顔を見合わせ、同時に笑い出した。言われた通り、本当にお互い入れ替えたものを注文していたからだ。

……きっと、どちらか一人だけが心に影響を与えているわけではない。彼らは少しずつ、気づかないうちにお互いを受け入れているのだ。

アイスコーヒーができるのを待って、二人は一緒に寮へと帰っていく。

街灯に照らされた夜の街を人々が行き交う。道すがら、アーティットは突然あることを思い出したかのように声を出した。

「そうだ、お前に返すものがあるんだ。ちょっとこれ持って」

コングポップはアイスコーヒーを受け取ると、彼が財布を開けて何かを取り出すのを見ていた。

アーティットは手に何かを持つと、再びアイスコーヒーを持って命令した。

「手を出せ」

わけがわからないままコングポップが空いている手を差し出すと、手のひらの真ん中に何かが落ちる。

……学科のギア。

コングポップの心は砕け散りそうになった。アーティットが、自分のあげたギアを返してきたと思ったのだ。しかし、街灯の光に照らしてよく見てみると、それはコングポップの代の銀色のギアではなく、褐色をしていた。そしてそのギアの数字は、彼の二つ上の代を示している。

……アーティット先輩のギアだ。

コングポップはすぐに顔を上げ、ギアを渡してきた人物を見る。目が合うと、彼は真剣な顔でただ一言、重要な命令だけを伝えた。

「俺のために大事にしろよ」

学科の旗を預けられた時にも聞いた命令――今この瞬間、それが最も価値のある意味で語られた。そしてもちろん、彼は大きな笑顔で約束の言葉を返した。

「心を込めて、大事にします」

これからの日々……。

どんな未来が待っているのかはわからない。だが、それでも構わない。二人の関係に名前をつけられなくても、心の深い場所に互いを想う気持ちが存在している限り、その関係をどう定義するかなど些末《さまつ》な問題でしかないからだ。

しかし、あえてアーティットとコングポップの関係に名前をつけるのならば、彼らの物語、それはきっと……。

SOTUS——Story《ストーリー》 Of《オブ》 True《トゥルー》 love《ラブ》 between《ビットウィーン》 US《アス》

〝悪魔のワーガーと一年生くん〟の愛の物語。

番外編
初めて出会った日

高校生活は瞬く間に過ぎ去っていった。そして再び目を開けた時……僕は大学生になろうとしていた。


「面接が終わったら電話するのよ、コング」

「自分で帰れるよ、母さん。工場は今忙しいでしょ？」

大学入試のための面接を控えた僕は母と話していた。家から大学まではそう遠くないが、母がわざわざ車で僕を送ってくれたのだ。

迎えは必要ないと伝えても、母は譲らなかった。

「いいのよ、コングは寮に入るんでしょ？　これからは送り迎えする機会もなくなるんだから」

「わかった」

僕は母に甘え、迎えに来てもらうことにした。

大学は自宅から通えなくはないものの、実家を出て一人暮らしをしてみたいという希望に母は応じてくれた。母の手を離れ、この大きな世界へと踏み出す。それは、小鳥が空を飛ぶ練習をして巣から飛び立つ時のようだ。母鳥が飛び立つ小鳥を心配するのは当然で、僕もそのことはよく理解している。

「じゃあ面接が終わったら電話するね」

目的地に到着し、ドアを開けながら言う。母は僕を励ますように小さく微笑みかけ、僕がドアを閉めると車で帰っていった。車が見えなくなるまで僕は目で追う。

……僕が大学に入学する歳になっても、母の目にはいつまでも幼い子供なのだ。多分末っ子で、加えて一人息子だからかもしれない。二人の姉はすでに大学を卒業したが、僕の大学生活はこれからだ。だから母は、工場の仕事がどんなに忙しくても僕の世話を焼いてくれている。

僕の家族はプラスチックペレットを製造する工場を経営している。大企業ではないが業績は安定していて、受注量は毎年増え、将来有望な会社なのだ。工場を発展させ続けるためには当然後継者が必要である。それが僕が工学部で学ぶ理由だ。

各学部の校舎を通り抜け、工学部の面接会場に向かう。近づくにつれて、目的地である建物の下から太鼓の音や大きな歌声が聞こえてきた。それらが何をしているのかはすぐにわかった。

十人近くの先輩たちが白いTシャツに赤いズボン姿で、歌を歌いながら受験生を歓迎しているのだ。息を揃え大声で歌っているだけでなく、太鼓の音に合わせて激しく踊っている。息一つ上がっていない元気いっぱいな踊り手たちの周囲には、受験生とその保護者が集まっていて、誘われて一緒に踊りはじめる人もいた。これは各大学で新入生のために計画されるラップノーンの一環のレクリエーションだ。

……正直、僕はこの手の活動に興味はなく、なんの新鮮みも感じなかった。話題にはよく上っているが、テレビや新聞で報道されるのは悪いニュースばかりだからだ。ワーガーが後輩を〝教育〟することについては特に。

僕にはSOTUSの目的がずっと理解できないでいる。SOTUSは先輩たちが後輩を従わせる権力を示すために使うものでしかない。先輩たちから受け継いだ伝統だと謳《うた》っているが誰もその神髄を理解していない。現に、暴力に発展するほどいきすぎることもある。特に工学部の新入生訓練は一番厳しいことで知られていた。

自分も間もなくこのラップノーンの被害者になると考えただけで、うんざりした気持ちになる。僕はレクリエーション活動から目を逸らし、面接の名簿に自分の名前を記入するために受付へ向かう。そして記名を終えるとすぐに背後から声をかけられた。

「あれ、コングじゃん」

「エム、来てたのか」

エムは高校からの同級生で、それほど仲がいいわけではないが、それなりに一緒に行動していてある程度の交流があった。エムは同じ学部に知り合いがいるのを見て笑顔になったが、何かを思い出したかのように突然表情を強張らせ、訝《いぶか》しげに尋ねた。

「本当に工学部でいいのか？　テーはお前が経済学部に行きたがってるって言ってたけど」

今度は僕が強張った。テーやエムだけでなく、行動を共にする友人グループのほとんどは、僕が数学で一番良い成績をとるので数字に関することを学ぶのが好きだと知っている。

物理や化学、生物の成績も平均以上だが、人は大抵、興味のある科目がよくできるものだ。大学受験で学部を選択する際には好きな科目をもとに選ぶのが主流だし、それでも他の学部を選ぶということはよっぽど別の理由があるということだ。僕もそうだった。

「家の仕事を手伝わなきゃいけないんだ。ＩＥ〔産業工学〕を学んだ方が役に立つだろうし」

家族……それは僕にとって大切な理由だ。

プラスチックペレットの製造事業は成長と発展を続けている。家業をより発展させるため、そして両親の負担を減らし、安心して僕に任せてもらうためには、さらなる開発をしなきゃならない。僕は工場内部でのシステムに多少は触れていたが、それは開発のために必要な産業システムの膨大な知識とは比べ物にならない。

でも、心の奥では……夢を諦めるのは思ったよりも難しいことだと認めざるを得なかった。そしてその気持ちは未だに自分の中に燻《くすぶ》っていて、未来の選択についてためらうことがよくあった。

エムは僕の表情からその苦しみを察したのだろう。手を伸ばし、元気づけるように僕の肩を軽く叩いた。

「よく考えた方がいいぞ。好きでもないことを四年間も勉強するなんて長すぎるだろ。お母さんとは話してみたのか？　お前の将来なんだから」

エムの助言に、僕はさらに深く考え込んでしまう。

……なぜなら、もし僕が相談すれば、母も反対することはないだろうとわかっていたからだ。

実際、初めから母が僕に工学部を専攻するように強制したことはない。入学願書には自分自身で志望学科を記入したが、四つの選択肢全てに経済学部と記入することはなかった〔国立大学に進学したい場合、国の共通試験の点数により希望の順番通りに学科に配属される〕。もし経済学部に受かったとしても、自分の夢を追う勇気が出ないからだ。逆にいうとそれは、工学部の学生として四年間を過ごす心の準備ができていないという明らかな証拠かもしれない。

「これから面接を受ける方は受付を済ませたあと、中に入って座って待っていてください」

先輩の声が聞こえてきた。建物の下に立っている受験生たちに呼びかけ、ゴーガイ〔タイでいう五十音〕の順に面接の準備をする。僕の名前は初めの方に呼ばれるはずだ。だが僕は傍に佇むエムの方を向いて言った。

「先に行っててよ、俺はトイレに行ってくる」

「わかった。お前も早く来るんだぞ」

エムは心配そうな顔で僕を見ると、学部棟の別の出口から出ていく僕を横目に階段を上っていった。間に合わなくなることを恐れて慌てて受付を済ませる制服姿の高校生たちとすれ違う。

彼らはトイレに向かってゆっくりと歩いていく僕とは対照的だった。

まるで時間稼ぎをしているかのようだ。人生の岐路に立たされているみたいに、心の中は葛藤《かっとう》と混乱で溢れていた。これからどの道を選ぶべきなのか、自分の将来がわからないでいる。

学部棟の外にあるトイレはとても静かで、手を洗っている人が一人だけいた。僕も蛇口をひねり手を洗ってから、冷たい水で顔を洗って頭をスッキリさせようとする。しかしそれでもまだ雑念は払えず、ついため息をこぼしていると、隣にいた人物が話しかけてきた。

「君、面接に来たの？」

僕は蛇口を閉めている男性に目を向けた。シャープな瞳で目つきこそ悪いが、見たところ髭も生えておらず、僕と同学年のように見える。だが、彼が着ている〝We《ウィー》 are《アー》 Engineer《エンジニア》〟と書かれた緋色のTシャツは工学部の先輩であることを明示していた。おそらく学部棟の下で見たラップノーンに参加していたのだろう。

「はい」

僕が答えると、彼はうなずきながら言った。

「そう緊張するなって。面接って楽しいもんだよ」

僕がため息をついていたのを見て、面接の心配をしていると早とちりしたのだろうか。僕は面接のことなど気にも留めていなかったが、それを説明する暇もなく彼が話しはじめた。

「俺が面接を受けた時なんか、ペットを飼っているかどうか聞かれたんだ。それでゴールデンレトリバーを飼ってると答えたら、教授が『名前はなんですか？』って続けたんだよ。『名前はノックユーン〔孔雀〕です』って答えた。飼いはじめた頃、プラー・ハーン・ノックユーン〔グッピー」のいるたらいに頭を突っ込んで全部食べちゃったからそう名付けたんです、って。教授は笑って『合格だ、外に出て待ってて』って言って……それだけでおしまい」

彼は快く自分の体験談を披露し、最後にアドバイスまでくれた。

「実際、筆記試験を通った時点で合格したようなもんだよ。面接は本当にここでいいのかを確認するためのものだから、そんなに緊張する必要ないさ」

僕は困惑したまま、聞かれてもいないのにあれこれ説明してくれた先輩の話に耳を傾けた。おそらく彼は、僕の緊張を和らげようとしてくれたのだろう。

一見怖い人のように見えたが、思ったより優しい人だ。そしてその優しさのせいだろうか、僕は気になっていたことを尋ねた。

「あの……先輩、質問してもいいですか？　……先輩はどうしてここの工学部で勉強することにしたんですか？」

「まあ、合格したから通ってる」

適当としか思えない答えに、良いアドバイスは期待できそうにないと思い直した。しかし、彼の次の言葉で僕の考えは大きく変化した。

「願書を書く時に適当に選んだんだ。工学を学びたいなんて思ってもいなかったよ。どこで勉強してもどうせ同じだろ、って」

その言葉を聞いて、僕は自分と同じ境遇の人に出会ったと感じ、さらに質問を続けた。

「先輩は工学が好きじゃないんですか?」

しかし彼は、肩をすくめながら首を横に振った。

「どうだろうね。初めは授業についていくのが大変でうんざりしてた。でも、しばらくして慣れたんだ。それに、ここの雰囲気に救われたよ」

「雰囲気?」

「そう。大学の雰囲気、工学部の雰囲気、同級生、教授、先輩と後輩……ここにいると温かさを感じるんだ。うまく言えないけど……まるで自分の家にいるみたいに」

彼の言葉に、改めて考えさせられる。

……先輩の言うことは一理ある。僕はすでに寮に入ることを決めている。これからは、ここが僕の第二の家だ。四年という期間は短くもあり長くもあるが、きっと多くの経験を積むこともできるだろう。

僕もこの工学部の雰囲気が嫌いなわけではなく、むしろ親近感があった。今日手伝いに来ている先輩たちを見てそう感じたのかもしれない。ラップノーンの目的ははっきりとは理解できないものの、面接会場の受付にいた先輩もレクリエーション活動をしている先輩たちも、同じ学部の一員となる後輩を熱烈に歓迎してくれているのは確かに感じとれる。

「……それでわかったんだ。どこで勉強するか、何を勉強するかってのは実際、全部が同じなわけじゃない。だけどそれぞれにいいところがあって、結局は自分の選択次第だって」

より多くの経験を積んできた先輩の出した結論を、僕は否定することができなかった。

……何かを得たいと思うなら、別の何かを失わなければならない。現実を選ぶなら、僕は夢を手放さなければならないだろう。二つを同時に追いかけられるような人もいるかもしれないが、多くの時間を割《さ》く必要がある。そして、僕にそんな時間は残されていない。今、自分がどの道を歩むのか決断を下さなければならないのだ。

ためらいは徐々に心の中に不安を生み出し、僕は戸惑いながら尋ねるしかなかった。

「じゃあ、僕がここで工学を学ぶとしたら、先輩はそれを正しい選択だと思いますか？」

「んー、それはわからないよ。勉強してからやっぱり好きじゃないってなるかもしれないし、誰にも未来はわからないだろ？」

なんの助けにもならず、さらにためらいを生むアドバイスだが……そうだ。誰が未来を知っているっていうんだ。だけど、自分が夢見てきた道を行けば、その先により多くの幸せが待っているのではないだろうか？

僕は気が滅入りため息をついた。気持ちが経済学に傾いていく。しかし、僕が選択肢から工学部を消そうとした瞬間、相手が再び告げた言葉に黙り込んだ。

「でも、もしまた選べるとしても、俺はまたこの工学部を選ぶよ……ここが好きだから」

やはりシンプルな答えだったが、先輩の声のトーンや眼差しがこれまでと違って和らいだ気がした。工学部が好きだという先輩の理由に、それ以上の説明はいらなかった。本当に心の底からそう思っているのが伝わってきたからだ。

TRRRRRR！

着信音が鳴り、先輩は僕から目を逸らして携帯電話を手に取り通話に応じた。どうやら友達が呼んでいるようだ。

「どうした、ノット……なんだよ？　リーダーがいなくてもお前らで先に始めろよ。……は？　タム兄さんが来た？　……わかったわかった、すぐ行く」

先輩は携帯をジーンズのポケットに乱雑に押し込んで急いで走っていこうとしたため、慌てて呼び止めた。

「待ってください、先輩！　ありがとうございました」

礼儀としての言葉しか言えなかったが、少なくともこの先輩はお互い面識がないのにもかかわらず、わざわざ親切にアドバイスをしてくれたのだ。しかし、ドアから出ようとしていた先輩は振り返って眉を上げ、軽い口調で言った。

「お礼なんていいよ。だって君はもうこの学部の後輩だろ、またな！」

最後に軽く微笑むと、相手はトイレから出ていった。一人残された僕は工学部のTシャツの背中を見送った。僕が何に対してお礼を言ったのかを聞こうともせずに、また勝手に結論を出したようだ。

つい小さなため息をつく。ただ不思議なことに今回は疲れたからではなく、何か吹っ切れたような安堵によるものだ。

僕はトイレから出て、捨てようとしていた道へと引き返した。工学部の校舎を上り、面接を待つ学生でいっぱいの部屋へと向かう。エムは僕を見るや否やすぐに近づいてきて、驚きと安堵が混ざったような声で尋ねた。

「コング、長い間どこに行ってたんだよ！　もうお前の番になるぞ。てっきり逃げ帰ったのかと思った」

僕は首を振りながらエムの隣に座り、確かな口調で答えた。

「逃げないよ。俺は工学部で勉強するって決めたから」

「ええ、急にどうしたんだ？」

僕の答えを聞いたエムは驚いた様子で尋ねた……驚いたのはエムだけではない。僕自身でさえ、この迅速《じんそく》な決断に驚いていた。しかし、ためらいや混乱は残っていないことははっきりしている。僕が自分自身に選んだ答えは単純な理由によるものだった。

「いつか……ここが好きになると思うんだ」

結論を出すのに性急すぎるあの先輩の癖が感染《うつ》ったのかどうかはわからない。だが、大学での生活が高校時代のように瞬く間に過ぎ去るのなら、この新しい道で学ぶことを選んでみたい。

……もちろん、経済学という僕の夢の終着点は変わっていない。でも工学部に少しだけ回り道してみてもいいと思っているし、そうしても多分問題ないだろう。それに、回り道をするのもきっとそれほど悪くはない。さっき誰かさんに証明してもらったから。

残念なのは、あの先輩の名前を聞いておくのを忘れていたことだ。この大学には多くの学生が在籍しているし、また会えたとしてもお互いのことを覚えていられるだろうか。でももう少しすると、僕はこの大学の新入生になる。あとをついて、先輩と同じ道を歩み出すことになるんだ。

あの先輩とはいつか、どこかでまた会えると信じている。

そして、その日が来たら……僕の心の中の気持ちははっきりしているかもしれない。

……また会えて〝嬉しい〟と……。

ショップシャツ争奪戦、感謝祭、隣を並んで歩く日

「何を騒いでる！　集合する時のルールをもう全部忘れたのか！」

……いつもの声……いつもの雰囲気。

すでに二学期が始まっていたものの、工学部産業工学科の一年生たちは一学期のラップノーンの時と変わらず、またしてもチアミーティングに呼び出されていた。それが〝元ヘッドワーガー・アーティット〟による招集だったことから、より深刻さが増している。

〝元ヘッドワーガー〟という肩書きだが、彼自身は髪を切って髭を剃り、荒々しく残忍なワーガーのイメージはなくなっていた。しかし、その意志の逞《たくま》しさと後輩に圧力をかける鋭い目つきは変わっていない。彼の情け容赦ない話し方も相まって、皆が口を閉じる。

そして、アーティットは重々しい口調で本題を切り出した。

「二度と言わないからよく聞け。すでに知っていると思うが、二週間後には毎年恒例のエンジニアゲームがある」

〝工学部スポーツ交流会〟という意味のそれは、工学部の学生同士の関係を強化することを目的として行われる、その名の通りスポーツ大会である。同じ工学部といっても多くの学科で構成さ

れており、スポーツ大会を開催することは彼らの団結力を最も簡単に高める方法だった。新入生を中心として、先輩たちはサポートに回る。こうして、先輩と後輩の間にも絆《きずな》が生まれるというものだ。

だが……これらは全て表向きの目的であり、事実とは百八十度異なっていた。

競争である以上、大学で最も血気盛んな学生が集まる工学部において、エンジニアゲームは自分の学科の尊厳を誇示する場であり、親交を結ぶどころかお互いを敵と見なすことになる。

学科の尊厳は学部の尊厳と同じくらい大切なものなのだ。負けることなど考えている者は誰もおらず、各学科の一年生たちは上級生から圧力をかけられていた。現在の状況もまさにそれである。アーティットが厳《おごそ》かに宣言した。

「お前たちは、全ての賞を勝ち取らなければならない！」

……そこにいる全員が唖然とする。口で言うのは簡単だが、実際に成し遂げるのは非常に困難だと誰もがわかっていたからだ。一年生たちの顔は青ざめはじめ、士気が弱まっていく。しかし彼らは、先輩が胸を張って提供する大きな〝ご褒美〟という誘惑に揺れた。

「もし君たちが勝ったら、〝二十五期生〟という刺繍《ししゅう》の施されたショップシャツを着ることを許可する」

ショップシャツは、ギアと同じく工学部の学生たちの名誉であり特別なユニフォームで、身につけることでギアよりも具体的にその品格を示すことができた。

そして、各学科のショップシャツには、どこに属しているかを簡単に見分けることができるようにするための独自の特徴がある。そのほとんどは学科の略称を刺繍する糸の色だ。大学によっては学科ごとにシャツの色を変えることもあった。

この大学の工学部のショップシャツは、色は深紅で統一され、右ポケットに大学の校章が、左胸には学生の名前が刺繍される。そしてポケットのすぐ上には学科の略称と、何期生かを示す数字が色違いで刺繍されているのが特徴だ。産業工学科は濃い赤の絹糸が使用され、〝Industrial《インダストリアル》 Engineering《エンジニアリング》〟の略称である〝ＩＥ〟と、続いて数字が刺繍されている。

制服と同様、ショップシャツにも大学が定めた規定がある。しかし、最近は教授たちの厳しいチェックもあまり行われず、学生たちに自分で管理させているため、学内の仕立てサービスや外部の仕立屋を利用して、期の番号以外は自由にショップシャツを手に入れることができた。しかし、何期生であるかを示す数字の刺繍は、先輩たちの許可を得てからでなければ施す権利がないのだ。

ところが、重要なのはショップシャツではない。この賭けには、それ以上の意味があった……。

「だが、もし君たちが負けたら……私と三十五期生の関係はここまでだ！」

アーティットは冷酷な口調で最後の一言を述べた。一年生たちの腕には鳥肌が立ち、恐怖に怯えながら唾を飲み込む。この脅しは間違いなく冗談ではないと誰もが知っていた。今回は学科の尊厳を守るだけではなく、自分たちの代を受け入れてもらうための証明をしなければならない。

「君たちが私を失望させないことを期待している」

その言葉で最後に聞き手を怯ませると、三年生の元ワーガーたちは出ていった。

いつものように気分をリラックスさせる役のレクリエーション班がいなくても、三年生たちがいなくなっただけで一年生たちは充分安堵し、ため息をついた。一部の一年生たちはすでに話し合いはじめている。友人のぼやき声を耳にしたコングポップも例外ではない。

「はぁ……誰ができるか！　入場行進からスタンドパフォーマンス、チアリーダー、それに全てのスポーツで勝つなんて……先輩は俺たちをスーパーマンの生まれ変わりとでも思っているのか？　じゃあなんで空を飛べって命じなかったんだよ」

うんざりと皮肉をぼやくティウに、同じく心からうんざりとした様子のエムが返す。

「本当に空を飛ぶって競技があったら、先輩は俺たちに〝勝て！〟って命じるだろうな。でも、バスケだけはやばそう。ワードたちと対戦しなきゃならないし。フレッシーゲームの練習でめっちゃ強いの見ただろ。お前も覚えてるよな？　コング」

エムはコングポップに話題を振る。コングポップはバスケットボールチームの一員で、化学科のキャプテン・ワードの凄まじさを目の当たりにしたことがある。簡単に工学部のチームを圧倒的勝利に導けるほど、ワードはとても熟練していた。

「うん、覚えてる。でも俺は今、入場行進とスタンドパフォーマンスとチアリーダーの方が心配」

そう、スポーツだけではなく他の競技についても不安要素はあった。産業工学科は他の学科と比べて学生数が最も多いため、数が多いほどプレッシャーのかかる問題も増える。入場行進の見栄えも、スタンドパフォーマンスで声を揃えることも、練習時間がほとんどないチアリーダーも、その他の細かいこともだ。

「そのへんのことを考えるのは、学年の副代表に任せないとだろうな」

エムは励ましとも慰めともつかない態度で、副代表であるコングポップの肩を叩いた。

（……自分にぶら下がった〝副代表〟とかいう肩書きのせいで、さらに厄介なことになった）

実は、一学期の終わりに行われた投票で、コングポップは圧倒的な差をつけて産業工学科の学年代表に任命されていた。だが、次点だったメイが代わりに引き受けることになった。コングポップは代表になるのを避けようと、彼女がいつも熱心に学科の活動に参加していたことを主張したのだ。

しかしある人物が言っていたように、彼はそのヒーローらしい性格から、ラップノーンの活動を通して多くの傑出《けっしゅつ》した行動をしていたため、副代表になる運命からは逃れることができなかった。

そのある人物を思い出しただけで、鋭い目つきと厳しい声が浮かび上がり、コングポップは笑みをこぼさずにはいられなくなる。先ほど一年生を脅した印象と、コングポップが知っている彼の優しい性格は全くの正反対だったからだ。

（……それとも僕は……交渉する方法を探してみるべきなのかな）

アーティットはカオ・パッガパオ・ガイ・カイダーオ〔目玉焼き載せチキンガパオ〕を待って店の列に並んでいた。メニューはいつも通り適当に選んだものだ。しかしいつもと違うのは、彼が誰からも隠れようとせず堂々とピンクミルクを飲んでいるということだった。

二学期に入ったあとは、ラップノーン期間のように自分のイメージを気にすることはなくなっていた。一年生たちと打ち解けてきたということもあって、アーティット自身もリラックスして本来の生活に戻っている。今日はショップシャツを与える権利を持つ者としての役割があったため、冷酷な表情をしたヘッドワーガーとしての振る舞いに戻らなければならなかったのだ。

彼ははじめ、髭を剃ってしまい自分を野蛮に見せるものがないため、後輩たちが自分の脅しを無視するのではないかとものすごく心配していた。そして、同級生のワーガー仲間たちと一緒にいる時のお馬鹿な本性が、どれだけ周知されてしまっているかも不安だった。

だが、元ヘッドワーガーの力で、まだ後輩たちを少しは緊張させることができただろう。彼らはラップノーンの初日と変わらず怖がっている表情をしていた。彼が今まで行ってきたことが後輩たちの記憶に深く刻まれている証拠だ。

いや……よく考えてみると……全員ではなかった。

彼に対して一度も恐れを示さなかった人物が、たった一人だけいた。出会った瞬間から今日まで、たったの一度も。

「アーティット先輩、ご飯を買いに来たんですか？」

名前の主は驚いて飛び上がった。いきなり声をかけられたうえに、心の中で思っていた人物が突然目の前に現れたからだ。

コングポップは十九時近くなのにもかかわらず、制服を着て今大学を出たばかりのような様子だった。しかし彼に疲れた様子はなく、その表情も目も、アーティットと再会できた喜びで輝いている。加えてその眼差しの奥は妙にきらりと光っていた。アーティットは思わず目を逸らしながら、慌てて質問に答えた。

「うん、おばさんが作るのを待ってるとこ。混んでるからさ」

アーティットが言うまでもなく、見ているだけでお店が満員だとわかる。店の前にも三、四人が待っていた。注文が多すぎて調理が間に合わないのだろう、アーティットは料理を注文してから隣のドリンクスタンドでピンクミルクを買ったが、半分飲み干しても料理はまだ出来上がっていなかった。今から注文するならば、かなりの時間待たなければならない。

（……あぁ……店に来たということは、コングポップは夕食を買いに来たのだろうか？）

「注文しないのか？　早くしないといつまでも待たされるぞ」

アーティットは、じっと立っている相手を親切心から促したが、コングポップは首を振る。

「いいんです、友達と食べてきたんですけど、帰りにコーヒーを買おうと思って」

「あぁ、じゃあ買いに行けば」

アーティットは相手の目的にうなずくも、彼はその場から離れることなく話し続けた。

「ドリンクスタンドも混んでいるんです。並びたくなくて。それに、待つなら……ここで待つ方がいいです」

後半の言葉には明らかに含みがあった。余計な臆測なく、アーティットはその言葉に含まれた意味を感じ取る。

どうしてコングポップが一度もヘッドワーガーという存在に対して恐怖心を示さなかったのか、ようやくわかった。コングポップの関心はずっと、他の気持ちを表すことに向けられていたからだ……とりわけ日ごとに強くなる、ある想いを。

アーティットとコングポップの〝名前のない関係〟は少しずつ築かれていた。しかしアーティットはその遅さが嫌いではなかった。むしろ、一見ありきたりにも思えるやり取りが、急速な進展やあからさまなアプローチよりも彼の心を震えさせた。

……こんな関係を受け入れていくのには、時間がかかるかもしれない。でも、これから共に歩んでいく一歩一歩は揺るがない……と彼は信じている。

アーティットはコングポップと共に料理が出来上がるのを待ち、やがてカオ・パッガパオを片手に、彼と一緒に寮への帰路に就いた。

道中、コングポップが再び話しはじめる。

「アーティット先輩、聞きたいことがあるんですけど」

「ん？　なんのこと？」

アーティットは眉を上げ、ピンクミルクを飲みながらリラックスした様子で応じた。コングポップの方は少しためらった表情をしたが、話を続ける。

「あの……エンジニアゲームで僕たちに全競技で優勝させるっていうのは、あまりにも難しいと思いませんか？」

アーティットはピンクミルクを飲むのをやめるだけでなく、足も止めた。彼にこの件を持ち出す勇気があるとは思わなかったのだ。二人の関係が進展したからといって、コングポップがその繋がりを通して一年生のために簡単に情けを求める権利があるわけではない。

ショップシャツの価値はギアと同じく、彼の代でも先輩たちの代でも大きな困難を乗り越えなければならない。手に入れるためには多大なる努力が欠かせないのだ。

（よくも容赦してほしいなんて頼めるものだな。工学部生としてのプライドが無さすぎだろ）

「それで？　できないとでも言いたいのか？」

その軽蔑したような話し方と冷たい目つきは、二人の雰囲気を一瞬で午後のチアミーティングのように変えた。それどころか、その表情はヘッドワーガーとしての憤りに満ちていて、先ほどよりも緊迫している。

コングポップは余計なことを言ってアーティットを怒らせてしまったことに気づいたが、驚きはしなかった。全て想定内だ。

アーティットと付き合ううちに、コングポップは彼に対する理解を深めていた。アーティットがどれほど優しくても、工学部生の尊厳に関わることでは決して誰にも譲歩しない。

交渉計画は失敗したが問題はない。コングポップには、ピンチをチャンスに変えるためのバックアップ計画があったのだ。

「じゃあ、僕と賭けをしませんか？」

アーティットは顔を上げて真剣な表情で相手と目を合わせた。ふいに、コングポップの目にずるい煌めきがちらつく。続く言葉を聞いて、アーティットはすぐにその意味を悟った。

「もし僕が負けたら、アーティット先輩のお願いを一つ聞きます。でも僕が勝ったら、アーティット先輩が僕のお願いを聞いてください」

フレッシーゲームの時と同じ条件だ。アーティットは一瞬、自分が負けたあの時の賭けのことを持ち出されて馬鹿にされているかのように感じた。だがよく考えてみると、賭けに負けたところでアーティット側にダメージはない。それに重要なのは、今回の難易度は前回とは大きく異なっていることだ。そのためアーティットはうなずいて、その提案を受け入れた。

「よし。でもお前は〝全部〟勝たなきゃならない」

相手が以前と同じ条件で賭けようというなら、アーティットも同じ方法で応戦するまでだ。

その〝全部〟には、スポーツ、入場行進、チアリーダー、スタンドパフォーマンスが含まれることを意味していた。

コングポップが一人で戦ったムーン・コンテストは運が良かったから勝ったかもしれないが、多くの人と共に戦うということにはさまざまな難関がある。しかも今回の敵は全員が工学部の学生で、どの学科も先輩たちに鍛えられた全力を持って挑んでくるだろう。とにかく今回は、以前よりも熾烈《しれつ》な戦いになるに違いない。

だがコングポップには困っている様子はなく、確信を込めて宣言した。

「心配いりません。僕は必ず勝ちます」

その自信に満ちた笑顔はアーティットに前回のことを思い出させ、コングポップが本当に約束通り勝利することを裏付けているようにも思えた。いくら否定しようとしても、心の奥底ではっい彼の勝利を信じてしまう。

なぜなら、何度も証明されてきたコングポップの能力は侮《あなど》れないと認めていたからだ。

（……あぁ……結局のところ俺はこいつを勝たせたいのか、それとも負けさせたいのか！）

アーティットは困惑に眉をひそめる。自分が何を望んでいるかわからなくなり、急にイライラした。全ての原因は隣にいる人物にある。こいつと長時間話すと心が乱されるのだ。

アーティットは足早に歩きはじめ、早く寮に帰ってこの話題を終わらせようとした。しかし歩き出そうとした途端、後ろから呼び止められて同時に手首を掴まれる。

「待ってください、アーティット先輩」

「な、何？」

アーティットはすぐに振り返り、驚いて尋ねた。この通りは薄暗いとはいえ、行き交う人々がいる。こんなふうにいきなり掴まれては、やはり落ち着かない。

しかし、相手は手を離そうとはせず、その瞳は尋ねる声のトーンと同じく真剣にまっすぐ見つめてくる。

「励ましてもらえませんか？」

（はぁ？　……励ましって？　賭けの相手にせがむなんておかしいだろ？　誰がやるか‼）

「ふん！　励ましてもらえるとでも思ってんのか！」

アーティットはおんぶに抱っこを求めてくるコングポップに声を上げて、しっかりと握られた手首を振り払おうとした。だが、コングポップは諦める代わりにすぐに別の要求をしてくる。

「じゃあ言わなくてもいいですよ」

そして、アーティットが気づくより先に、コングポップは掴んでいたアーティットの腕をいきなり引き寄せた。柔らかな感触がほんの一瞬だけ頬に軽く触れ、彼の柔らかな優しさは離れていく。かすかな温もりだけが残されて、だんだんとアーティットの顔に広がった。

今起きたことを必死に理解しようとする……。

（今、コングポップに……）

急いで顔を上げ、煌めく瞳とにっこりと広がるずる賢い笑みを見る。すると彼は手首を解放して、忘れずに短く丁寧なお礼を述べた。

「励ましに感謝します」

「コングポップ！」

アーティットは揶揄われたことに怒って叫んだが、張本人は元ヘッドワーガーに大きな爆弾を投下したまま、すぐに寮に戻ってしまった。果敢にも公共の場で逆鱗《げきりん》に触れてきた相手を、踏みつけてやりたいとさえ思う。

……しかし、実際にそうはできなかった。なぜなら怒りの他に、彼の心臓が高鳴りすぎて疲れ果ててしまうほどの別の感情があったからだ。

アーティットは小さくため息をついた。手を上げて左頬に触れてみてもさっきの感覚は消えず、まるでそれは心に深く沁《し》みていってしまったかのようだった。

結局、コングポップがアーティットを恐れることはない。それはわかっているはずなのに、アーティットはなぜか思ってしまうのだ。

（……コングポップが自分を恐れてなくてよかった）

「じゃあ、アーティット先輩は譲歩しなかったのね」

作戦会議でコングポップからの報告を聞いたあと、産業工学科の一年生代表であるメイが結論を述べた。しかし、それも予想通りだ。悪魔のヘッドワーガーが、いきなり慈悲深い天使になって条件を減らすなんて思えない。

……一方コングポップは、そのあとにした行動がアーティットをさらに怒らせたことを言い出せずにいた。

先輩を揶揄うという悪い癖を直したいとは思っているものの、アーティットの顔を見ると自分を抑えることができないのだ。

日が経つほどに、ますますアーティットに夢中になっていく。しかし、アーティットが同じように考えてくれているかはわからない。だから、機会があるなら少しでも長い時間アーティットと一緒に過ごしたかった。それに彼との賭けに勝てば、二人の時間を作ることができるのだ。

コングポップにとってエンジニアゲームは、ショップシャツをもらうための戦いというだけではなく、他にも重要な意味をもたらした。

（この戦いは……負けるわけにはいかない！）

だからこそコングポップは会議に集中していた。

メイが皆に向けて議題を伝える。

「今、審判からテーマの発表がありました。今回は全学科が共通のテーマで行わなければなりません」

実際のところ、イベントの内容は高校の運動会と大差ない。各学科は知恵を絞って入場行進、スタンドパフォーマンス、チアリーダーなどの内容を考える。異なっているのはスコアをつけやすくし、公平に審査するために、全学科に共通のテーマが定められていることだ。今年のテーマは——。

「Youth Anti-Drugs《ユース アンチドラッグス》〔若者の薬物使用反対運動〕、ストップ！　薬物乱用！」

一年生たちは顔を背けたくなった。これならステージ上でパフォーマンスをするよりも、作文コンクールの方が合っているだろう。このテーマをステージ上で表現するのは容易ではない。産業工学科の勝利への道に大きな壁が立ちはだかった。

とはいえ一年生たちは非常に重要な今回の勝負を、何があっても絶対に乗り越えなければならない。会議では全員が知恵を絞り、神々、インディアン、マヤ文明、古代エジプト、中世ヨーロッパ、軍隊、ヒマパーンの森〔タイに伝わる神話の森〕などさまざまなスタイルが提案され、今回のテーマに合うパフォーマンスを模索する。

約二時間が経過したが、多くの案に対して反対意見が出て却下されていた。メイが提案した人文字という壮大なアイデアも例外ではなかった。

「参加者がたくさんいればメイの案も綺麗にできると思うけど、参加者が少ないと失敗しちゃうよ」

「そうだね、人が来ないのも心配。どうしたらいいかな？　罠《わな》でも仕掛けて練習に引きずり込む？」

それもまた問題である。どれほど創意工夫を凝らしても、参加者が少なければパフォーマンスとしての魅力に欠けてしまう。しかもこの大会は自由参加なので、全ての学生が参加するとは限らない。一学期に行われたラップノーンの時、学科の残忍なチアミーティングでさえ参加せずにサボった学生がいたのだ。こんな運動会に二百十六人全員が参加することは期待できないだろう。

でも……。

「でも、楽しいことをすれば、多分」

発言者に全ての視線が集まった。他でもない、ずっと静かに考え込んでいた学年副代表のコングポップである。静まり返った教室に響いたコングポップの意見に、メイが興味を示した。

「楽しいことって何？　コング」

「みんなに参加したいって思わせるんだ。強制されたからじゃなくて、自発的に参加させた方が、結果的に人は集まると思う」

「何かいいやり方があるの？」

眼鏡の下のメイの目はコングポップと同じくらい希望に満ちていた。提案したコングポップにも確信があったわけではないが、自分の考えを真剣に話しはじめる。

「うまくいくかわからないけど、やってみないとね……」

時は瞬く間に過ぎ去り、二週間後の土曜日、午前八時。ついにエンジニアゲームが始まった。

入場行進は大学の門からグラウンドまで行われる。工学部で最も大きなイベントだけあって、各学科の学生たちはさまざまな仕掛けや小道具を身につけていた。彼らが徹夜して製作した衣装を眺めていると、それぞれが勝利を目指していることが見て取れる。

産業工学科は特に、関係者全員から注目を集めていた。〝産業工学科の一年生にとってこの運動会がショップシャツをかけた戦いであり、全ての試合に勝たなければならない〟という噂が広まっていたからだ。しかも、彼らは他の学科と違って先輩からの協力を得られなかった。そのため、多くの学生たちは産業工学科の入場行進に注目し、どんなサプライズがあるのかと期待を寄せている。

アーティットもその一人だ。一年生にショップシャツを贈る権利を持つ者として、同級生たちと一緒にグラウンドの前方に立ち、最後に入場する自分の後輩たちを待っていた。

時間になり、工学部の八つの学科の入場行進が順番に行われる。いくつかの学科の入場行進は今回のテーマに沿っているとは言いがたいが、どれも華やかで盛大な拍手が沸き起こった。

神輿《みこし》やタイの伝統的な踊りを披露したり、巨大なスフィンクスが運び込まれたり、全身に白い塗料を塗って石膏像になりきったりしている学生もいて、今回の入場行進に全力投球している様子が窺える。

後輩たちが入場すると、その学科の先輩たちはスタンドから熱烈な歓声を上げ、士気を高めた。入場行進が豪華な学科ほど、観客も大歓声を送る。

ついに最後の産業工学科の入場が始まった。学生数が最も多いためかなりの大人数だ。しかし他と比べると驚くほどシンプルな彼らの服装や道具を目にして、観客は驚いた。学部のTシャツに体操服のジャージという、普段と変わらない格好で整然と行進している。手には酒瓶やタバコの形をした段ボールの小道具、そして〝ストップ！　薬物乱用！〟というスローガンが書かれた横断幕を持っており、今回のテーマにぴったりではあった。

唯一目を引くのは、隊列の中央に置かれた巨大な地球儀である。おそらく発泡スチロールで作った球体に色を塗ったのだろう。巨大な地球は台車に乗せられたテーブルの上に置かれ、押して移動できるようになっている。他の学科と比べると地味な演出だ。

「お前の学科、予算なかったのかよ。アーティット」

会場の横で写真を撮るためにカメラを持ち上げたプレームが、隣にいる親友を揶揄う。それを受けて、アーティットはすぐに言い返した。

「あるよ！　一年がお金を集めてるの見たし。でもなんでこれだけで来たのかわからない」

アーティットは眉をひそめてイライラと答えた。自分の学科の演出を恥ずかしく思い、がっかりしてしまう。

（……こんなお遊戯みたいなことをするなんて、一年生たちはショップシャツをかけた戦いの大切さがわかってるのか。これでどうやって勝つつもりなんだ。他の競技を見る必要もないな。始める前から負けが予想できるのに待っていても時間の無駄だ。寝てる方がずっといい）

「もう帰る」

アーティットはつまらなそうに言って背を向け、寮に戻ろうとする。心の中ではあの人物との賭けを思い出していた。どうやら今回は戦うまでもなく、自分が勝利したようだ。しかし彼がグラウンドから立ち去る直前、隣から大きな歓声が聞こえてきた。大勢の観客が産業工学科の学生たちを指さしている。

「おい！　産業工学科は何をしているんだ？」

アーティットは足を止めて元の位置に戻り、グラウンドを見た。彼らのパフォーマンスに起きている現象を見て、目を大きく見開く。

（……静止している？）

まるで凍りついたかのように、全員の動きが止まっている。かがんで靴紐を結んでいる者もいれば、電話をしている者や友達とじゃれ合っている者、何かを指さしている者、水を飲んでいる者などみんな日常の動作をしているが、誰かが停止ボタンを押したかのように全員の動きが静止しているのだ。

「これは……フラッシュモブ」

プレームが興奮気味に言ったものの、多くの観客は目の前で何が起きているのか理解できていないようだ。アーティットも〝フラッシュモブ〟という言葉を聞いたことはあったが、それがどういうものなのかはっきりと知っているわけではなかった。だがカメラマン魂に火が点いたプレームは、そのキーワードを残して写真を撮りに飛んでいった。

アーティットは携帯電話を手に取り、フラッシュモブに関する情報を検索する。

〝……フラッシュモブとは、突如として人が一堂に会することである。短時間の間に、奇妙で一見あてのないようなパフォーマンスを行い、そして解散する。これは通常では娯楽、パロディ、または芸術的表現の目的で行われる……〟

もっと詳しく調べると、フラッシュモブは世界中でさまざまなスタイルがあることがわかった。有名なアーティストの曲でダンスをしたり、街の真ん中で枕投げしたりするおかしなものまである。そして、よく行われるものの一つに〝フリーズ〟というパフォーマンスがあるらしい。公共の場所に集まった人たちが突然動きを止め、道行く人々の注目を集めるやり方だ。

そういえば、アーティットは以前動画サイトでこういったフラッシュモブの映像を見たことがあった。しかし大学のグラウンドでその光景を見ることになるとは想像もしていなかった。

産業工学科の一年生は約五分間フリーズしたあと、ようやく巨大な地球が上昇しはじめ、そして煙が噴き出した。地球はゆっくりと割れ、中から〝ストップ！　薬物をやる前に！〟と書かれた横断幕が現れる。

そのあと産業工学科の学生たちは何事もなかったかのように整然と行進しはじめた。しかし観客たちの誰もが、このパフォーマンスに深い意味が隠されていることを理解した。内容もテーマと完璧に一致している。スタンドから沸き上がる大歓声と拍手が、産業工学科の入場行進の発想の素晴らしさを物語っていた。アーティットのいるところからも皆がパフォーマンスを称《たた》える様子が見える。心ゆくまで写真を撮って、再びアーティットの傍に戻ってきた別の学科のプレームまでもが、称賛の言葉を口にした。

「スゲーな……お前の学科、こんな作戦隠してたんだな。誰が考えたんだ？　アイデアがめっちゃいい」

「俺も知りたいよ」

アーティットはグラウンドにいる大勢の一年生たちの中に、あの人物の姿を捜した。こんな奇抜なアイデアを思いつく人物はそう何人もいないだろう。

コングポップが発案者であるかどうかは確信が持てなかったが、一年生たちがショップシャツのために真剣に取り組んでいることはアーティットにもわかった。とはいえ入場行進はいいスタートだったが、オープニングにすぎない。全ての競技で優勝するにはまだ長い道のりがある。

……そうだ……この戦いは簡単ではない。そして、彼らがそれをどうやって乗り越えるのかを知りたいのだ。

寮に帰って寝ようと思っていたアーティットは、思い直してグラウンドにとどまり、一年生たちの活躍を見守った。彼が座っているのは産業工学科のスタンドではなく反対側の土木工学科のスタンドで、そこからは産業工学科の一年生たちの様子がよく見える。だからアーティットはプレームの連れている友人のような素振りでいた。

もっとも、明確な区分があるわけではないので、多くの上級生たちは自由に席を移動できる。

学部長が開会の言葉を述べたあとにスタンドパフォーマンスがあるため、上級生たちは鑑賞しやすい場所へ各々移動していた。スタンドパフォーマンスは、日差しがまだ弱い午前十時からだ。

今のところ、各学科のパフォーマンスは入場行進と同じスタイルで行われている。化学科のスタンドはエジプト風で、背景にはピラミッドの絵が描かれている。機械工学科のスタンドは陸軍風で、背景には大型戦闘機の絵をくり抜いて作った看板が飾られ、両隣の学科より大分派手だ。材料工学科のスタンドはタイ王国風で、アユタヤ王朝時代に遡《さかのぼ》ったような壮大な装飾が施されていた。

そして、産業工学科は……アーティットはしばらく首を傾げてスタンドをいろんな角度から観察する。しかし、正直なところそれが何をテーマとしているのかわからなかった。まるで、ただ絵の具が塗りたくられているかのようにめちゃくちゃに見える。上部にはカラフルな文字で〝IE〟と記され、その下には長い英語の文字列が書かれているようだが、アーティットのいる場所からは遠すぎてはっきりとは読めない。

そのためプレームから望遠レンズを借りてスローガンを確認しようとする。だがその時、一年生たちがスタンドに集まりはじめ背景が見えなくなってしまった。産業工学科は人数が多く、スタンドにある十段の座席はいっぱいで、数が足りないようだ。

（……ちょっと待てよ。うちの学科の参加人数が多いのは知っていたが、これほどとは。他の学科の座席は普通に座れて、空きもまだあるのに。なんでこんなに多いと感じるんだ……）

「おお、ノット」

プレームが到着したばかりの友人の名前を呼ぶと、アーティットはノットに疑問を投げかける。

「おう、ちょうどいいところに来たな。聞きたいことがあるんだけど、俺たちの学科のスタンドの背景ってなんの模様？」

「手」

「は？」

その答えが聞き間違えなのかどうか判別できず、アーティットは眉をひそめる。しかし、ノットが付け加えた説明に、彼はさらに驚いた。

「スタンドの看板は、一年生全員の手形だよ」

アーティットは鋭い目を大きく見開き、すぐに振り返ってもう一度スタンドの背景に目をやる。じっくり観察すると、背景には大勢の手形がさまざまな色で押されていることに気がつく。白地に押された色とりどりの手形は遠くから見ると美しくはないかもしれないが、近くで見ると一年生たちが力を合わせて作品に取り組んだことが伝わってくるだろう。さらに、ノットの口から驚くべき事実が伝えられた。

「さっきファーンに聞いたんだけど、今日の産業工学科の参加人数を知ってるか？」

「何人？」

「二百十六」

……二百十六人……記憶が正しければ、その数字は産業工学科の一年生の人数だ。それは、このイベントに一年生たちが〝全員〟参加していることを意味している。

「そんなバカな！ 冗談だろ？ チアミーティングでもこんなには来なかったのに」

元ヘッドワーガーは信じられないと言わんばかりの様子でおそるおそる言い返したが、ノットも同意見のようだった。

「俺も信じられなかったからこっち側に来て人数を確認しようと思ったんだよ。でも今は信じてる……本当に全員参加してるんだ」

アーティットは黙り込んだ。一年生が全員参加している証拠が目の前にあったからだ。現にあまりにも人数が多くて、座席に座れずにスタンド付近の床に座っている学生もいる。幸い、背景の板が太陽の光を遮り、日陰を作っていた。まるで一年生たちが全員参加することを予期していたかのように。

（……誰のアイデアなんだ？ ……いったいどうやって思いついたんだ）

その時、電気工学科から大きな声援が上がった。スタンドパフォーマンスが始まったのだ。

数々の応援歌と太鼓の明るいリズムに合わせて、チアリーダーが華麗に登場した。スタンドの雰囲気にぴったりな衣装を身に纏ったチアリーダーは、太鼓のリズムに合わせて踊っている。スタンドに並んでいる学生たちも、裏と表に異なる色が塗られた扇《おうぎ》を取り出し、それでさまざまな模様を表現する。リズムに合わせて変化する模様は息を呑むほどの美しさだ。彼らのパフォーマンスはプレームでも撮影しきれないほど、どの瞬間も美しかった。

各学科が用意した道具や演出に違いはあるもののパフォーマンスの構成はよく似ているので、審査員はダンスや応援歌の完成度に注目していた。どの学科がより多くの時間をかけてパフォーマンスの練習をしたか簡単に見抜くことができてしまう。現にたくさん練習してきた学科ほど、息がぴったり合ってパフォーマンスの完成度が高い。

さらに、このパフォーマンスは一年生たちにとって、学期の初めからチアミーティングで先輩によって厳しく教えられてきた知識を最大限に活かす場でもあった。

ようやく、みんなが注目している産業工学科の番がやってきた。彼らが戦いを勝ち抜くためにどんな作戦を用意してきたのか予想し合う声が聞こえる。残酷なチアミーティングが行われていた学科として知られているとはいえ、今回の主なハードルは参加者の数が多すぎることだ。座席が足りないせいですでにほとんど秩序を失っており、息の合ったパフォーマンスを期待することは難しく、入念に練習をしていなければ間違いなく失敗するだろう。

そのことはアーティットも充分に理解していた。人数が多くなると歌声は大きくなるが、パフォーマンスは声の大きさだけで評価されるわけではなく、全体の調和や秩序が重視される。一年生たちはどうやってこの状況の解決策を見つけるのだろうか。

約三分が経過したが産業工学科に動きはなく、歌を歌いはじめることもない。アーティットは後輩たちに何か緊急事態が起きているのかもしれないと思い込み、焦りはじめた。

そしてアーティットがノットを向こうに行かせて状況を確認させようとしていると、突然一年生が動きはじめた……。

　スタンドの周りにいた一年生たちが道を空け、一人の学生が現れる。だが、注目を集めたのはその学生自身ではなく、彼が手に持つギターだった。

「ギターを使ってもいいのか？」

　プレームは驚いた様子でつぶやいた。実のところ、彼らはパフォーマンスに関する規定をよく知らない。しかしノットはアーティットと顔を見合わせ、常識に照らし合わせて結論を出した。

「いいんじゃないの？　ルールで禁止されてないし」

　アーティットもうなずいて同意を示した。規定に楽器の使用を禁止する項目はない。ただ、これまで使おうと考える人がいなかっただけなのだ。スタンドからはギターの他にベース、ドラム、キーボード、バイオリン、サックス、トランペットが準備されている。

　そして、予想通り数秒後にドラムがリズムを刻みはじめ、産業工学科のパフォーマンスが始まった。生演奏だからか、他の学科よりも軽やかで心地のよい音楽が紡ぎ出されている。レゲエ風にアレンジされた曲がいくつか流れる間に、スタンドにいた人たちは皆立ち上がり、踊り出さずにはいられなかった。他の学科の学生たちも、身体を動かしはじめる。そしてスタンドに立つ一年生たちが英語の書かれたパネルを並べ、あるメッセージを発信した――。

〝Stop《ストップ》 Drugs《ドラッグス》! Start《スタート》 Music《ミュージック》 and《アンド》 Sports《スポーツ》〔薬物をやめて音楽とスポーツを始めよう〕〟

最後の〝Sports〟と書かれたパネルが掲げられるとすぐにチアリーダーを紹介する大きな声が響く。グラウンドに足を踏み入れた彼らはタンクトップにスキニーパンツという格好で、エアロビクスのインストラクターのような雰囲気だ。

次に、チアリーダーの代表がエアロビクスダンスのリズムで「1、2、3、4、5、6、7、8」とカウントをしてスタンドの一年生たちに真似をさせ、周りの笑い声を誘った。

リズムに合わせた手の動きは、不思議なことに他の学科のパフォーマンスに負けないくらい綺麗に見えて、他の学科の観客たちを驚かせた。最後にチアリーダーたちは、チアリーダーらしい優雅で規律正しい動作をしながら学科の歌を歌いはじめた。一年生たちも一緒に大声で歌う。これで産業工学科のパフォーマンスは終了だ。

拍手喝采がいっせいにグラウンド全体に響き渡る。拍手の音だけ聞けば他の学科と大して変わらないように思えるかもしれないが、この拍手は〝既成概念を壊す〟という勇気から創られたアイデアを褒め称えている証しだ。そしてそれは、圧倒的に観客の心を掴んだ。

「ノット、スタンドパフォーマンスのテーマってなんだっけ?」

パフォーマンスが終わったあとアーティットはノットに尋ね、その答えに再び驚く。彼らのテーマは背景に書かれたスローガンと同様に、たった一言でこのパフォーマンスの精神を表していたからだ。

〝Don't《ドント》 do《ドゥ》 drugs《ドラッグス》, Let's《レッツ》 do《ドゥ》 something《サムシング》 fun《ファン》〔薬物をやめて、楽しいことをしよう〕〟

入場行進からスタンドパフォーマンスやチアリーダーまで、華やかな演技で人々を引きつけるのではなく、楽しさに焦点を当てている。それに、原則として設定されているテーマを忘れることなく、芸術や音楽やスポーツといった方法で〝Youth Anti-Drugs、ストップ！　薬物乱用！〟というメッセージを発していた。そして何より、どれも一人ひとりの協力がないと成り立たない。だからこそ二百十六人全員が参加したことは想像に容易かった。

「こんなに立派にやり遂げてたら、お前の学科間違いなく優勝できるだろ。後輩たちは本当にショップシャツを欲しがっているんだろうなって思うぜ。あぁ……で、誰が考えたんだろうな？」

プレームは再び同じ疑問を口にし、ノットは首を横に振った。〝俺も知らないよ、一年生たちが自力で用意したパフォーマンスだから〟と言外に語る。

アーティットはまだ産業工学科のスタンドをまっすぐ見ながら、そっとつぶやいた。

「でも多分……俺知ってる」

「コングポップ！」

その呼びかけで、スタンドの裏で片付けをしていた名前の主は手を止め、エムが入ってくるのを見た。

「先輩がバスケットボールの選手の出席を取るって」

「あぁ、今行くよ……メイ、パネルはこの段ボール箱に入れといたよ」

学年代表に報告し、同級生たちとバスケットボールの試合に向かう。エムは、疲れた様子で手の甲で汗を拭いているコングポップを心配していた。

「お前、大丈夫？」

「うん、大丈夫」

口ではそう言っているが、〝大丈夫〟とは程遠い状態だ。というのもコングポップはこの二週間にわたって、副代長として全てのタスクの全責任を負わなければならなかったからだ。今日のパフォーマンスの完成度をできる限り高めるために、深夜まで打ち合わせを重ねていた。

コングポップ自身が〝楽しさ〟のあるパフォーマンスを提案し、入場行進からスタンドパフォーマンスやチアリーダーの演技にその要素を入れた。同級生たちもそれに同意して、アイデアを広げ、作業を分担し、決定事項をＳＮＳで共有して参加者を募ったのだ。

だが、勝つための最も重要な要素は人数ではないということを彼自身もわかっていた。本気で全ての優勝を狙《ねら》うなら、審査員の目線になって勝利の条件を考える必要がある。だから美しさや創造性だけでなく、大学が定めたテーマを中心に据えて全てのパフォーマンスに落とし込まなければならなかったのだ。

全員で知恵を絞り意見がまとまる頃には、誰もが疲れきっていて思考が停止しかけていた。

それからスタンド上に使う文字パネルを製作し、楽器のできる学生を見つけて、チアリーダーとダンスの振り付けを考えた。結果、彼らが考案した〝Don't do drugs, Let's do something fun〟というパフォーマンスには、予想をはるかに超えた反響があり、勝算がうっすらと見えてきていた。

残る最後の難関は、最大の難関でもある。午前中のパフォーマンスは事前の準備とアイデアと一年生たちの協力関係にかかっていたが、試合は完全に自分たちの実力次第だからだ。

コングポップは毎日パフォーマンスの準備でどれだけ忙しくても、メンバーたちとバスケットボールの練習をするために夜の時間を割いていた。それはまるでオリンピックで金メダルを目指しているかのような非常に厳しい練習だった。

しかし、彼らが目指しているのはメダルではなく一年生の尊厳を証明することだ。サッカー、バレーボール、バドミントン、卓球など全ての競技において、皆が全力で練習していた。

試合が始まると選手たちは全ての試合で百パーセントの力を出しきり、他の学生たちは全力で彼らを応援した。

コングポップもバスケットボールチームの一員として、土木工学科と一回戦を争った。試合はトーナメント形式で、負ければそこで敗退となる。だから、どれだけ疲れていても最後まで全力で戦うしかない。

一回戦は産業工学科が圧勝した。二回戦の相手である機械工学科は強敵でかなりの体力を消耗したが、なんとか勝利を収めた。

休憩中にはさまざまな情報が飛び込んでくる。産業工学科は他の競技でも順調に勝ち進んでいるという嬉しいニュースが知らされたものの、彼らに喜んでいる暇はない。決勝戦は予想通り最強のライバルとの戦いになるからだ。

化学科のバスケットボール選手がコートに足を踏み入れた。チームのキャプテンとセンターのポジションを担うワードが率いて、試合開始前にウォーミングアップをしていた産業工学科の選手に挨拶をした。顔は微笑んでいるが声と目つきは真剣そのもので、挑発するような言葉を投げかけてくる。

「言っとくけど、俺は手加減しないからな」

大学の代表チームメンバーの一人に選ばれたワードの実力が、どれほど恐ろしいものかすでに知っていた産業工学科の選手たちは、その脅威に唾を飲んだ。コートの外では友達であっても、コートの中では容赦はしない。油断したら痛い目に遭うだろう。

メンバーたちは怖気《おじけ》付いてしまったが、コングポップだけは立ち上がってワードと向き合い、落ち着いた口調で言い返した。

「心配いらないよ、こっちも本気でやるから」

コングポップは極めて落ち着いていた。この一戦に全てをかけていて、絶対に勝利するという自信が全身から溢れ出ている。そんな滅多に目にすることのないコングポップの姿は、両チームの戦いの本能を目覚めさせた。

「おう、そうこなくっちゃな」

ワードは満足そうに答えるとウォーミングアップを始め、試合開始を待った。

ホイッスルの音が試合開始の合図を出すとすぐに、大きな歓声の中で産業工学科と化学科によるバスケットボールの決勝戦が始まった。

両チームは点を取っては取り返し、激しい攻防を繰り広げた。戦術が一枚上手だったのか、最後のクォーターの時点で化学科が三点リードしている。コングポップはこの状況を打開するためにスリーポイントシュートを狙い、同点にしようとした。しかし、機会を窺っていたコングポップの身体にワードの肘《ひじ》が当たり、コングポップは痛みで倒れ込んでしまう。

「悪い！　大丈夫か？」

ワードは真っ先に謝り、コングポップを心配した。コングポップはうなずきながら大丈夫だと言ったが、連日の作業と練習で体力が限界に達しているのは、自分でもよくわかっていた。

ワードのファウルによって産業工学科はフリースローの機会を得て、一点差に追いつく。残り時間はわずか二分。一瞬たりとも気が抜けない。化学科の鉄壁のディフェンスを前にして、産業工学科はシュートを打つこともできなかった。コングポップは二人の選手に徹底的にマークされ、ボールに触れる機会さえない。残り十五秒、ようやくエムがチャンスをものにして、ゴールの近くにいたコングポップにボールをパスした。コングポップは最後の力を振り絞り、リングに向かってシュートする。だが、ボールはリングに弾き返され……。

ピピーッ！

ホイッスルの音が響いて試合が終了した。全員がスコアボードに注目している。

〝百十一対百十二〟

……産業工学科は化学科に〝敗北〟した。

コングポップはその場に立ち尽くして、コートの外に転がっていくボールを見つめる。自分がシュートを失敗したせいで……。

（……自分のせいで全ての努力が無駄になってしまった）

「コング」

エムが走ってきて、呆然とするコングポップに声をかけた。コングポップは申し訳なさそうに答える。

「ご、……ごめん」

しかしエムはコングポップを責めることなく、彼の肩を激しく叩きながら言った。

「なんで謝るんだよ！　勝負は時の運だし、ショップシャツがもらえなくたって気にすんな。あとで先輩たちに頼み込んで、再戦のチャンスをもらえばいいよ」

コングポップはチームメイトを見回したが、彼らに落ち込んでいる様子はなく、試合が終了した安堵感に満たされているようだった。

大学の代表チーム並の相手と互角に戦ったこと自体が奇跡のようなもので、ワードですら後半戦で一度は負けを覚悟したらしい。彼は産業工学科の健闘を称え、コングポップに大学の代表チームに入るよう勧めた。さらには、今度は充分に休養をとってからムーガタ〔タイ風焼肉〕を賭けてもう一度勝負しようと持ち掛け、誰も勝ち負けなど気にしていないかのように談笑する。

とはいえ、皆が負けたことを残念に思いつつ体育館をあとにしようとした時、同級生が他のスポーツの試合結果を知らせに来た。サッカーは最後のペナルティーキックで破れ、バドミントンも残念ながら負けたという。こうしてショップシャツに期の番号をつけるという希望は目の前から消え去ってしまったものの、産業工学科の学生たちはスタンドに座って閉会式前の成績発表を待った。

全ての競技で優勝することはできなかったが、産業工学科は入場行進、スタンドパフォーマンス、チアリーダーで優勝した。これまで連日行われた準備は無駄ではなく、他の学科からも大きな拍手を送られた。エンジニアゲームの目的は工学部生同士の友情を深めるためなのだ。

閉会式が終わった二十時頃には空がすでに暗くなっていたものの、産業工学科の一年生たちは別の重要な発表を待つように指示されていた。彼らはすでにその運命を受け入れている。そして、元ヘッドワーガーのアーティットがスタンドの前に現れ、一年生全員が沈黙した。

「今日の大会で君たちは〝全て〟に勝つことはできなかった。つまり、ショップシャツに〝三十五期生〟という刺繍を入れることは許可しない。そして、この件に関してもう一度チャンスを与えることはない！」

一年生の心の中でその言葉が何度も繰り返される。やり直すチャンスさえも与えられなかった。彼らがどれだけ真剣に取り組んでも、目標を達成できなければなんの意味もない。

〝三十五期生〟という刺繍のない、恥ずべき自分のショップシャツを想像して、何人かの学生は涙を流しはじめた。だが、その感情を堪えて元ヘッドワーガーの話を聞くしかない。

「しかし……今日君たちは、どれだけ団結力を持っているのかを我々に証明した」

いきなり褒められ、一年生たちは互いに顔を見合わせる。これがいつもの〝頭を殴ってから、背中を撫でる〟という常套手段なのか、それとも他に隠された意味があるのかわからない。

そして次の言葉は、一年生たちをさらに困惑させた。

「私が調べた限り、産業工学科の第三十五期生の学生数は合計二百十六人だ」

アーティットは間を置いて、スタンドに居並ぶ一年生たちを鋭い目つきで見回した。それから、ゆっくりと重大な決定事項を述べる。

「……そのため、代わりに〝二百十六〟という数字が君たちのショップシャツに刺繍されることになる！」

スタンドは静まり返っていたが、一年生たちが言葉の意味を理解すると、全員から叫び声が上がった。

〝二百十六〟は一年生の数、一緒に頑張ってきた人の数、大イベントの成功を収めるために協力してきた皆の数だ。それゆえ〝三十五〟という数字にも劣らない特別な意味がある。

……それは、彼らが〝友達〟と呼ぶものを表すシンボルなのだ。

一年生の顔は笑顔と涙が溢れていた。だが、すぐにアーティットが手を上げて制し、決定的な命令を叫んだ。

「いい加減にしろ！　喜ぶのはまだ早い。まだ我々との先輩後輩の関係の件がある！」

一年生たちの興奮は瞬く間に冷めた。……ショップシャツを着られるかどうかの他に、先輩たちが一年生との関係を続けるのか、断つのかという重要な決定があることを忘れかけていた。一学期にラップノーンの修了式典を終えたとはいえ、彼らはまだ右も左もわからない一年生で、これからも先輩たちの助けが必要だ。もしここで関係が絶たれれば、今後先輩たちの助けを得ることはできなくなる。

彼らは再び重い空気に包まれた。スタンド前方にいるアーティットを見つめながら、最後の発表を待っている。

「各班のメンバーと相談したところ、皆同じ意見を述べた。それは……」

アーティットはしばらく沈黙する。一年生たちの緊張が極限に達し、心臓が停止しそうになるような時間だった。彼は深呼吸をしてから大声で言った。

「こんな後輩との関係を断つなんてバカげてるだろ！」

この言葉の意味は深く考えるまでもない。一年生たちはこの名誉を賭けた戦いを……突破したのだ。

一年生たちは先ほど以上の盛り上がりを見せ、スタンドが崩れ落ちるほどの大歓声を上げた。自然と学科の歌を歌いはじめ、今回の勝利を心から喜ぶ。一年生の健闘を見守っていた先輩たちも加わり、全員で歌った。

「今日はここまで。解散していいぞ。スタンドの片付けを忘れないように」

アーティットが最後に念を押すと、彼らはパフォーマンスで使った道具や太鼓、コップ、水筒などの荷物を学科の倉庫にしまい、スタンドに設置した背景は明日の朝に片付けることにした。

学年副代表のコングポップは学科の倉庫の鍵を管理している。彼が細々《こまごま》としたチェックを終えると、二十二時になるところだった。ほとんどの学生はすでに帰宅し、残るは学年代表メンバーの六、七人だけだ。

「はぁ〜、やっと終わったね。これからみんなで打ち上げしない？」

駐車場に向かって歩いていると、メイが提案した。彼らは学科をまとめる存在としてあらゆる準備を一緒に整えてきたメンバーであり、最も働いた一年生でもある。今回のイベントが無事に終了し、ほっと一息つきながら食事をしてリラックスしたかった。

コングポップもその言葉にうなずいた。とはいえ体力はすでに限界を超え、早く寮に帰って休みたい気持ちもある。さらに一年生たちは今回の試練を乗り越えて喜んでいるが、彼の心の中ではもう一つの賭けが気にかかっていた。他の一年生とは違い、彼の賭けはまだ終わっていないのだ。

考え込んでいると、暗闇と街灯の光の中で、そう遠くないところに誰かが自転車に寄りかかっている影が見えた。街灯のかすかな反射だけだと細かくは判別できなかったが、いくつかの特徴をはっきりと見て取った彼は、足を止めて同級生たちに言った。

「ごめん、急用ができて行けなくなった」

友人の多くはコングポップの態度の変化に戸惑い、引き止めてしつこく打ち上げに連れていこうとしたが、彼は誘いを頑なに断った。同級生たちは仕方なくコングポップと別れ、車に乗り込んで解散した。コングポップは一人その場に残り、振り返ってまだ待っている人物に向かって歩いていく。

「アーティット先輩」

アーティットは驚いた様子もなくスマホのゲームから顔を上げて答えた。

「片付けは終わったのか？」

「はい」

コングポップはうなずいて、すぐに本題に入った。

「僕は負けました。アーティット先輩は僕に何をしてほしいですか？　なんでもします」

コングポップはアーティットがここで待っている理由を知っていた。以前行われたムーン・コンテストの時も舞台裏で待っていたからだ。だが今回、コングポップは賭けに負けてしまった。……これまでアーティットの前で勝利を確信していた自分が恥ずかしかった。コングポップの心には、バスケットボールの試合で放った最後のシュートがリングに当たって弾き返される映像が焼きついている。誰からも責められなかったが、もっと努力していれば勝てたかもしれないと自分自身を責めずにはいられなかった。

それに試合に勝っていたら、アーティットと一緒にいる時間を作ることもできたのだ。

情けなさが濃い霧《きり》のように心の中で立ち込めているが、コングポップはしっかりと前を見据えてアーティットに向き合い、相手の言葉を待った。

「また今度にする」

アーティットは答えを留保した。ムーン・コンテストの時のコングポップと同じだ。もちろんコングポップに断る権利はない。

「はい」

ただ、アーティットが今何を考えているのかわからない。……自分を憐《あわ》れんでいるのか？　それとも失望しているのだろうか。コングポップはアーティットの顔を見ることができなかった。

沈黙が続き、二人の間に気まずい雰囲気が漂う。しかしその時、落ち込んでいたコングポップに……頭を優しく撫でる手の感触と、短い言葉が聞こえてきた。

「今日はよく頑張ったな」

コングポップはすぐに頭を上げてアーティットを見た。彼の目はコングポップを責める様子も軽蔑《けいべつ》する様子もなく誠実で、その声も同じく柔らかいものだった。

「疲れただろ？　帰ってしっかりと休めよ。それと、あんまり落ち込むなよ。わかった？」

……少しの言葉だけでコングポップの心の霧を吹き飛ばしてくれる風のようだ。

頑張れば頑張るほどプレッシャーが大きくなり、目標を達成できずに落ち込んでしまっていた。コングポップ自身ですらそんな自分の気持ちに気づかなかったにもかかわらず、アーティットはそれを見抜き、さらに彼を慰めてくれた。

（……アーティット先輩の優しさは相変わらずだ）

気がつくと、コングポップは両腕でアーティットの身体を抱きしめていた。アーティットは突然感じた温もりに飛び上がるほど驚いたものの、コングポップの疲れきった様子を見て、背中を優しく撫でてやる。

実のところ、バスケットボールの試合が終わった時点でコングポップが疲れきっていることに、アーティットは気づいていた。自分の学科が試合に負けたことは残念だが、勝負を決めたのがコングポップの放った最後のシュートだということが気になった。

何をするにも全力で取り組む彼の性格を考えたら、コングポップが自分を責めていることもアーティットには予想できた。だから彼を心配して、ここで待っていたのだ。予想通り悲しい子犬のような顔をしたコングポップを見て、元気づけるために抱きしめられるがままでいた。

（でも……うう……これは抱きしめすぎじゃないか？）

「コングポップ、もう放せ！」

「あと一時間くらいこのままでいさせてください」

（……バカか！）

アーティットはその図々しいお願いに、顔が真っ赤になりそうになる。夜遅くに男同士が抱き合っているなんておかしい。しかも長い間くっついているせいで、心臓の鼓動がめちゃくちゃになってしまっている。そこで彼は力いっぱいにもがきながら、コングポップを脅してやめさせようとした。

「放せって言ってるだろ！　放さないとガチで蹴っ飛ばすぞ！」

「へぇ……アーティット先輩は僕にご褒美をくれないんですか？」

「絶対やらない！」

大声で拒否した言葉は、コングポップを少しも怖がらせなかった。それどころか彼は残念そうに腕を緩めて、そっと笑った。

「じゃあ、今日は一緒に帰りましょう」

そう言った彼の笑顔は元の明るさを取り戻したようだ。アーティットはその表情を見て、うんざりしたようにため息をついた。コングポップのずるさにうんざりしたわけではない。彼を許してしまうこの理由を、心の奥底でアーティットは知っていたからだ。

賭けに勝ったとしても……。

……結局彼は、００６２に負けるのだ。

エンジニアゲームが終了して二週間が経とうとしている。産業工学科の一年生は〝三十五〟という数字の代わりに〝二百十六〟という数字が刺繍されたオーダーメイドのショップシャツを発注しはじめていた。

〝二百十六〟という奇妙な数字は、見かけた者全員に好奇心を抱かせた。そしてその数字の本当の意味を知ると、彼らは皆感銘を受け、その噂は工学部中に広まった。

ショップシャツに刺繍されるのは単なる数字にすぎない。重要なのは産業工学科の先輩と後輩の間に築かれた絆で、それは決して変わることなく、一年生は先輩を尊敬し、先輩たちもあれこれと一年生の面倒を見ている。

ある日の昼休みに起きた出来事も、その絆を物語っていた。コングポップたちは食堂で昼食を買おうとしていたのだが、人がいっぱいで座るテーブルが見つからなかった。彼らが困っていると学科の先輩たちに手招きされた。

「このテーブルに座っていいよ！　俺たちはもう行くから」

「あ、ヌ先輩だ」

エムはこの優しい先輩の名前をぼそりとつぶやいた。ヌはエムと同じコードナンバーの三年生で、七、八人の馴染みのある顔の仲間たちと一緒に座っていた。確かに大きなテーブルの上には空になった皿が置かれていたが、まだ何人かは食事中で席を譲る様子はない。エムは机の傍まで行くと、申し訳なさそうに言った。

「先輩たちはもう食べ終わったんですか？」

「うん、終わったよ。アーティット早く食べろ！」

勝手に終わったことにしたヌは食器を片付けながら、隣でラッドナー〔あんかけ麺〕を口にしようとしているアーティットを急かした。いきなり急かされた彼は苛つきながら反発する。

「おい！　俺とは関係ないだろ、ヌ！　急に後輩たちに優しくして、何か企《たくら》んでるならはっきり言え！」

計画を見透かしたようなその言葉はヌをビクッとさせたが、彼はすぐに甲高い声で否定した。

「ちげーよ！　何も企んでなんかない。俺は純粋だよ」

「信じるもんか。今月末に感謝祭があるから、自分のコードナンバーの後輩にプレゼントを買ってもらおうとしてるんだろ？」

アーティットの推測は、彼らに間もなく開催される重要なイベントを思い出させた。

〝感謝祭〟とは文字通り〝同じコードナンバーの先輩に感謝の気持ちを表すイベント〟で、学期末に開催される。ラップノーンに似ているが今回は逆で、先輩が後輩をお世話する代わりに、一年生たちはこの一年間の支援に感謝の気持ちを表すためにプレゼントを贈るのだ。

特に高価なプレゼントが強要されているわけではなく、ほとんどの場合そのボリュームは親密さに比例している。要は純粋に気持ちの問題なのだ。したがって自分の計画を漏らされて友人を呪っているヌのように、急いで後輩にアピールする者がいるのも不思議ではない。

「くそーっ！　何バラしてるんだよアーティット。でもエムは忘れないでくれよ。俺には高級チョコレート、大箱二つ分で！」

最後にはプレゼントを指定するボケをかまし、ヌは周囲を爆笑させた。それから三年生たちは、だいぶ待たされてしまった一年生たちに席を譲るため本当に立ち上がり、食器を片付けてくれる。

コングポップは三年生たちのために道を空けた。特に、席を譲るために大急ぎで食事を済ませ、飲み物を飲み干した先輩のためだ。コングポップは大人しくアーティットを見つめることしかせず、挨拶もしなかった。彼の傍にいるとついいじわるしたくなるが、二人きりの時でもかなり怒られるのに、公共の場でそんなことをすれば取り返しのつかないことになってしまうだろう。

だからコングポップは静かに立ったまま三年生たちを見送ることにした。しかし席を取るために背を向けてリュックを下ろすと、何かに引っ張られて振り返る。それが、あえて話しかけなかった相手であることにコングポップは驚いた。

「あの……土曜日は空いてるか？」

アーティットはごく普通のことのように自然な態度で聞いてきたが、その口調にはおぼつかなさが混ざっていた。特に予定がなかったコングポップはうなずく。

「はい」

「その……買いたいものがあるんだ。だからなんていうか……もし空いてるなら、つ……付き合いで一緒に行ってくれないか?」

表情は相変わらず真顔だったが、その閊《つか》えたような話し方はいつものイメージと違い、照れている様子が見て取れる。コングポップは微笑んでしまわないように我慢しながら返事をした。

「行きます!」

「じゃあ、十一時にこの前と同じモールで会おう」

「待ってください……」

用件が終わったアーティットがその場を去る前に、今度はコングポップが引き留める。彼は耳元で囁かれたいじわるな言葉に、顔を真っ赤にした。

「これって、デートの誘いってやつですか?」

「ちげぇよ!」

揶揄われ、先ほどまで取り繕っていたクールな態度は一瞬で消えてしまう。怒ったアーティットは大声で叫び、食堂にいた学生たちの注意を引いた。

アーティットはあとで罰を与えてやるとでもいうように鋭い目でコングポップを睨みつけるとすぐに踵を返し、混乱している友人たちを追いかけた。こっそりと微笑んだコングポップを除く誰もが状況を理解しておらず、ただの先輩と後輩の喧嘩だと思っているようだ。

(……まあ、余計なことを言わないでおくこともできたけど、あんな姿を見て誰が我慢できるんだ)

自分が幼稚なことをしているとわかっていたが、ちょっとでもアーティットに近づきたいという衝動を抑えることができなかった。

可能なら……少しでも長くアーティットと一緒にいたいと思っていた。


土曜日の朝、コングポップは約束の十一時前に待ち合わせ場所に着いた。

大学のムーンである若い彼は、その肩書きに違わず服を着こなしている。淡い色のシャツと濃い色のジーンズというシンプルな格好であるにもかかわらず、行き交う女性たちの視線を集めていて、デート待ちのイケメンを射止めた幸運な人は誰なんだろうかと想像させた。

しかし実際には、コングポップは〝付き合い〟として買い物に行く相手を待っているだけだ。さらにこれはデートではないと本気で否定されている。それでも彼にとっては心の奥深くで幸せを感じずにはいられない。

誘ってくれた相手が現れるのに、そう長くはかからなかった。まだ十一時になる前にコングポップに向かってまっすぐ歩いてくるのが見えたからだ。

アーティットはエナジードリンクのロゴがプリントされたTシャツを着ていて、まるで若いアーティストのようないでたちだった。膝に穴の空いたジーンズ、キャンバス地のスニーカーという、いつもの彼のスタイルだ。だが、髭と髪を乱雑に伸ばしていないため、アーティストというよりは清潔感があってナチュラルな魅力を持ったミュージシャンといったところだろうか。

アーティットは不満そうな顔で言った。

「なんだよ！　早めに来たのに、俺より先に着いてたのか」

「僕も今着いたところですよ。それで……アーティット先輩は何を買いたいんですか？」

コングポップは正直に答えるとすぐに本題に入った。なぜならここに立っていると、自分だけではなく隣にいる人までもが多くの女性たちの注目を集めてしまい、早くこの場から離れたかったのだ。しかし、無頓着なアーティットはそのことに全く気づいていない様子で短く命じた。

「ついてこい」

コングポップは大人しく従い、アーティットの後ろについてエスカレーターへ向かう。すると彼が話しはじめた。

「昨日タム兄さんから電話があったんだ。フォン姉さんが妊娠二カ月なんだって」

「本当ですか？」

喜ばしいニュースにコングポップは興奮して笑顔をこぼす。先輩の結婚披露宴に参加してから三カ月近くが経ったが、ついに0062と0206ファミリーに愛の結晶が誕生するのだ。二つのファミリーの絆がより親密になるだろう。

間もなく誕生する一人目の赤ちゃんに、アーティットはファミリーの先輩としてプレゼントを贈りたかった。

「うん。だから、何かプレゼントを買おうと思って」

「メッセージカードはどうですか?」

同じアイデアを再び提案され、アーティットは顔をしかめてすぐに却下した。

「やだよ！　前もそうだったろ。結婚式の時、タム兄さんにめちゃくちゃ揶揄われたんだからな」

文句を言ったアーティットは、コングポップの提案を信じてロマンチックだとかいうくだらない理由でカードを送ったことを思い出した。同じやり方で祝おうものなら、穴があったら入りたくなるほど恥ずかしい思いをするだろう。今回は同じ轍《てつ》を踏まないよう、頭を使ってもう一度アイデアをひねり出さなければならない。

「俺はおもちゃか服がいいと思うんだけど、お前はどう思う?」

そう言って、アーティットは辺りを見渡しながらモール内の子供用品売り場へ向かった。しかしプレゼントを見繕う前に、コングポップの引き止めるような言葉に足を止める。

「待ってくださいよ、アーティット先輩。まだ男の子か女の子かわからないじゃないですか。それに妊娠二カ月ですよね?　具体的なものを買うのは早すぎるんじゃないですか?」

(……確かにその通りだ。よく考えれば、赤ちゃんが生まれるまであと七カ月もある。興奮して先走ってしまった……これじゃあメッセージカードを贈るよりも恥ずかしい。かといって、そうでしたと認めるわけにもいかないじゃないか)

「まあ……これは……ちょっと早めのサプライズってことだよ。性別にかかわらないものを選べばいいし。男の子でも女の子でも使えるようなものをさ、わかった？」

わかりやすい言い訳に、コングポップは思わずかすかに笑みをこぼしてしまった。アーティットも笑われたことを察し、話題を変える。

「お前には姪っ子がいるだろ？　アドバイスしてくれよ」

三歳になるコングポップの姪の誕生日プレゼントを買うのに付き合った時のことを思い出し、後輩の意見を参考にしようと考えたらしい。

コングポップは考えながら、落ち着いた口調で話した。

「僕の姪は女の子なので、ほとんどはぬいぐるみのような可愛いものを買ってあげていますよ。でも男の子だったら違うものがいいと思います。実際、僕も子供がいたら男の子がいいなって考えたことがあります」

（子供がいたら、か……）

〝子供〟という言葉はアーティットを固まらせ、隣にいるコングポップを初めてじっくりと観察した。

（……そうだ……なんで俺は今更コングポップが男だってことに気づいたんだろう。こう見えて頑固な性格で苛つかせてくるところもあるけど、ルックス、大学での地位、学歴、全て完璧に思える。誰もが友達になりたいと思うようなやつで、大勢の女性からアプローチされたとしても不思議じゃない）

そしてコングポップのような男性にとって、理想の相手と結婚して一人や二人の子供をもうけるのはそう難しくないことだろう。タムとフォンのように温かい家庭を築いて可愛い子供たちと幸せな人生を送れるに違いない、とアーティットは思った。

彼自身も自分の将来について考えたことがある。コングポップのような、男として完璧な人物とはいえないところもあるが、しばらく働いてある程度の貯金ができたら、落ち着いて良い家庭を築き、子供の成長を見届け、老後は孫の面倒を見ながら過ごすという人生を夢見ていた。

……でも、それはコングポップとの関係を歩むことを選ぶ前の考えだ。

さまざまな制限に縛られる社会の中で男と男の関係を保つのは簡単なことではない。アーティットは心の繋がりを感じていながらも、二人で一緒に未来に進んでいこうと心に決めたことは本当に良かったのだろうかとどうしても考えてしまった。なぜなら、いつかはアーティットとコングポップの関係も、きっと終わりを迎えると思っていたのだ。

……遅かれ早かれ。

「アーティット先輩はどう思いますか？　アーティット先輩……アーティット先輩」

声をかけられて初めて、アーティットは自分が足を止めていたことに気づいた。コングポップは返事を待っているかのように顔をこちらに向けていたが、話を全く聞いていなかったので、もう一度聞き直すしかなかった。

「えっと、なんの話だっけ？」

「フォン先輩に栄養補助食品とかはどうですか？　妊婦さんの間は充分な栄養を摂らなきゃいけないし、赤ちゃんも丈夫になると思いますし。どうですか？」

「う……うん。いいと思う」

アーティットは不自然にうなずいた。コングポップはその態度を見て不思議そうにしたが、それ以上何も聞かず話を続ける。

「栄養補助食品なら、寮の近くで買いましょう。荷物にもならないし」

「あぁ、そうしよう」

アーティットはアドバイスに賛成した。粉ミルクやオレンジ、バナナ、マンゴーなどの果物をかごに入れて綺麗にラッピングすれば、実用的なプレゼントになるはずだ。しかしそうなるとプレゼントを選ぶという今日の任務は三十分もかからずに終わってしまい、二人ともやることがなくなってしまった。

「時間があるので、一緒に映画を観ませんか？　まだこれからやる映画があるはずなので」

コングポップはそう誘いながら、左腕を上げて時間を確認した。昼食を食べるには早すぎるが、このまま寮に帰るのももったいないと思ったのだ。しかしアーティットは答える代わりに鋭い目で何かをじっと見た。

「そのお守り、もう外せよ。汚くなってるだろ」

アーティットに指摘され、コングポップは腕時計の上で結ばれているものを見下ろした。

白い紐でできたお守りは灰色になっている。数カ月前、学科の旗の争奪戦の夜からずっと身につけているのだから当然だ。汚さないように注意していても、時間の経過と共に汚れていってしまう。それでも、コングポップはお守りを外そうと考えたことなどなかった。

「アーティット先輩が結んでくれたものだから、このままつけていたいんです」

……二人を結び合わせる絆を表しているからだ。

アーティットは、コングポップの自分に対する真剣さに照れるべきなのか、喜ぶべきなのか、動揺すべきなのか……どう感じたらいいのかわからなかった。

混乱した彼は沈黙を選び、映画鑑賞に同意することで逃げた。二人はエスカレーターで最上階に行き、壁に貼られたポスターやモニターに映し出される予告編を眺める。

コングポップはもう一度意見を求めた。

「何か観たい映画はありますか？」

「特にないな、お前が決めて」

アーティットは映画に詳しい相手に選ばせることにする。そう言われたコングポップもうなずいた。

「じゃあ、アーティット先輩はここで待っててくださいね」

コングポップは紳士らしく行動しようと、何を観るか選ぶために予告編を眺めながらチケット売り場の列に並んだ。アーティットがこんなふうに二人で出かけようと誘うことなど滅多にないのだ。自分自身が必死になっているのかはわからない。でも、コングポップは……。

アーティットと過ごす時間を一時間でも延ばせたらいい、そう思っていた。

彼はアーティットが気に入りそうな映画を懸命に選び、快適に観られる座席を確保した。戻ってきたコングポップがチケットを手渡すと、アーティットは財布を出す。

「いくらだ?」

「僕が払います」

太っ腹なコングポップは笑顔で答えたが、先輩として簡単に後輩の厚意を受け入れるわけにはいかない。アーティットは百バーツ紙幣を財布から取り出し、強制的に渡した。

「そんなことしなくていい、いくらだよ?」

「払わせてください。これはデートですから」

その理由に、アーティットは固まる。だが誰も何も言わずにいたその時、後ろから可愛らしい声が聞こえた。

「コングポップ」

二人が声の方を見ると、ワンピースを着て美しい金色の髪をカールさせた、色白でとても可愛い女性・プレーパイリンが立っていた。今年の大学のスターにふさわしい彼女が、ムーンであるコングポップの隣に立つと、多くの人の存在感を消してしまうほどの美男美女が揃う。アーティットさえも二人の眩しさにほとんど消えてしまうところだったが、幸いこの大きな目の美女は後ろにいる彼の存在に気づいたようだ。

「あ！　こ、……こんにちは、アーティット先輩！」

プレーパイリンはアーティットを怖がりながらも、工学部で有名な悪魔のヘッドワーガーにワイをした。サイン集めの時〝アーティット先輩が好きです〟と大声で言わされたという思い出も、彼女が彼を恐れるあまりにも大きな理由だった。

しかしコングポップが愛称を交えて親しげに話しかけてくれたことで、彼女は恐怖から解放された。

「プレーは映画を観に来たの？」

彼女はうなずき、コングポップの方を向いて答える。

「うん、友達と一緒に来たの。コングはどの映画を観るの？」

コングポップが言ったタイトルは、アーティットが聞いたことのないものだった。一方、プレーパイリンは大きな目を輝かせて反応した。

「あら、私たちも同じよ。あのね、この映画が公開されたらすぐに観に来ようと思ってたの。あの主演女優が大好きで、彼女の出ている作品は全部観てるわ。演技が上手よね」

「そうそう、僕も彼女の内面描写の深いシーンの演技が好きだよ。目に力があって、感情がすごく伝わってくるんだ」

「わかるわかる！　この映画の原作は小説なんだけど、監督の手腕が素晴らしくて原作に負けないほどの出来らしいよ」

「その小説なら読んだことあるよ」

「え、ほんと？　私も読んだよ。とても分厚くて読み終えるのに時間がかかったけど、すごく素敵な内容だったわ――」

馴染みのない内容に、アーティットはただ静かに立って盛り上がる二人の様子を見ていた。すると、プレーパイリンが突然何かを思い出したかのように尋ねる。

「えっと……今日は一人で映画を観に来たの？　それとも……アーティット先輩と二人で？」

彼女はもう一度アーティットをちらりと見る。コングポップが正直にうなずくよりも先にアーティットが口を開いた。

「いやいや、俺は一人で来たんだけど、さっき偶然会って」

コングポップは慌ててアーティットの方を振り向く。アーティットの表情はいつも通りで嘘をついているようには見えず、プレーパイリンが全く疑わないほどだった。

「ああ、そうなんですか。世間は狭いですね。私……チケットを買いに行かなきゃ、友達が待ってるの。またねコング。アーティット先輩、さようなら」

大学のスターは忘れずに先輩に敬意を示して別れを告げてから、友人のもとへ戻っていった。

彼らは元通り二人きりになったが、彼女が現れる前とは一変、沈黙が流れた。

アーティットはスクリーンシアターに入って、チケットに記されている番号の座席を探した。その後ろをコングポップがついてくる。二人は上映開始の数分前には席に着き、映画が始まるとそれぞれ物語に集中した。次々に刺激的なストーリー展開や特殊効果が映し出されたが、コングポップは映画の世界に入り込むことができなかった。

どうしても隣に座っている人物に目がいき、その彼が先ほどはっきりと否定した言葉――そこに含まれた意味を考えてしまうのだ。

まるで〝俺たちの間には何もない〟とでもいうかのようだった。

アーティットがプレーパイリンに嘘をついただけなのは理解している。それに、今の段階では二人の関係を公にすることも難しい。でももしかしたら、自分の一方的な感情なのかもしれない……傍にいる時間が幸せで、アーティットが同じように思っているかどうかを確認せずにデートだと思い込んでしまった。

（……期待しすぎたのかもしれない）

あっという間に二時間半が経ち、映画が終わって照明が明るくなると人々は席を離れはじめた。コングポップが時計を見ると十四時前になっていて、ランチタイムにはかなり遅い。なので隣の人物の意見も聞こうと声をかけた。

「アーティット先輩、お腹空いてませんか？」

「ちょっと」

「またあのクイッティアオ屋さんに行きませんか?」

「いいよ」

彼の言葉には投げやりな感情が潜んでいて、コングポップは指摘しようかと思いかけたが、それ以上のことは求めなかった。ただアーティットについてバスを待ち、三駅先で降りてからクイッティアオ屋のある路地へと進んでいく。ランチタイムを過ぎているので客はいつもより少なく、二人は空いている席に着いて店員を呼んだ。

コングポップはいつものセンレック・ナムサイ・ルックチンではなく、スペシャルのバミー・トムヤム・ムートゥンを注文した。前回来た時に、誰かがわざと料理を取り替えてまで強制的に勧めてきた特別なメニューだ。当時コングポップの注文に〝クッソつまんねぇ〟と笑いを堪えていたアーティットは、今回は料理が運ばれてくると何も言わずに食べはじめる。二人の間には異様な静けさが漂い、ついにコングポップは耐えられなくなって尋ねた。

「アーティット先輩、体調でも悪いんですか?」

「別に、元気だよ」

「じゃあ、僕が選んだ映画が面白くなかったですか?」

「よかったよ」

アーティットは聞かれた質問に答えるだけなので、コングポップは会話を続けることができなかった。

（先輩は疲れてしまって、今は話したくないのだろうか？）

コングポップが黙ってヌードルを食べ続けていると、向かいの彼が会話を始めた。

「お前、プレーパイリンは可愛いと思うか？」

短い質問にコングポップは箸を止めた。頭の中ではアーティットがどうしてこんなことを聞くのだろうか、と訝しむ思考が止まらなかったが、なんとか返答する。

「思いますよ。大学のスターですしね」

アーティットは鋭い目を曇らせたが、一瞬のことだったため、コングポップはその変化に気づかなかった。

「そうだな。あんなに可愛いから、もう恋人はいるかな」

「まだいないらしいですよ」

「そうなの？　俺、電話番号を持ってるんだよね。サインを頼まれた時にもらったんだ」

その言葉に、コングポップの心臓は危うく地に落ちそうになった。

（……そうだ。プレーパイリンは見た目も性格もよくて工学部生にとって高嶺の花のような存在だから、彼女に憧れている人はたくさんいる。でも先輩もその中の一人になるとは考えたことがなかった）

しかしアーティットが誰を好きになろうと、コングポップには口出しをする権利はない。

(……アーティット先輩が誰を好きになっても、それを隣で見ているしかないんだ)

「そうなんですか、いいですね」

「うん」

アーティットは小さくうなずいて会話を終わらせた。二人は再び静かにクイッティアオを食べ続ける。しかし不思議なことに、初めて食べた時ほど美味しいとは感じない。それでも無理やりお腹を満たして、会計を済ませて店を出た。

「アーティット先輩、どこか行きたいところはありますか?」

「ないな」

「じゃあ、帰りますか?」

「うん」

バスに乗って寮に帰る途中、アーティットはぼんやりと窓の外を見つめ続けていた。コングポップは彼に尋ねたいことがたくさんあったが、どのように切り出せばいいかわからないまま、結局静かにやり過ごすしかなかった。

大学の近くのバス停に停まり、一緒に寮へ歩いていく。二人の住んでいる寮が隣り合っているので、コングポップはアーティットを送っていくことができるのだ。

そして二人が路地に差しかかった瞬間、突然逆走してきたモーターバイクが車を避けようと歩道に飛び出し、アーティットとぶつかりそうになった。

「アーティット先輩、危ない！」

コングポップはとっさにアーティットの手を掴み、引き上げて歩道の端に避難した。振り返り、慌てて相手の様子を確かめる。

「大丈夫ですか？」

「大丈夫だ、心配いらない」

アーティットは手を振り払いながら小声でつぶやくと、彼から距離を取った。そして後ろに立っているコングポップの存在を気に留めることなく、そのまま寮の方へと歩いていく。

……アーティットは身体に触れられることを嫌がる。だからコングポップが彼に近づいていじわるをするたびに腹を立てていることはわかっていた。でも、今回は……これまでとは違い、二人の距離が遠くなっているのをコングポップは感じた。

それともアーティットは自分の幼すぎる行動に悩まされ、相手をすることに疲れてうんざりしているのだろうか。優しすぎる故にはっきりと拒絶できないのだろうか。

コングポップは少しずつ遠くなっていくアーティットの後ろ姿を目で追いかけてから、手首にある古くて汚れたお守りをちらりと見た。

アーティットはきっとこのお守りを外させたいのだろう。コングポップは頑なに外そうとしなかったが、心の底では本当は恐れていて、それ以上踏み込めなかったのだ……。

（……預けてくれたあのギアも……アーティット先輩は返してほしいと思っているのだろうか）

ランチタイムの食堂はいつものように混み合っている。

今日は運良く一年生の授業が早く終わった。そのため、彼らは他の学部生に取られる前に大きなテーブルを確保でき、快適に食事を楽しむことができた。さらには、おやつまで食べて満腹状態だ。その証拠にテーブルの上にはルックチン・トード〔揚げ肉団子〕の載っていた皿が十枚ほど並んでいる。

「金払えよ、奢《おご》りじゃないからな」

エムは同級生たちに手を差し出した。購入したルックチン・トードをほとんど同級生たちに食べられてしまったのだ。しかし彼らは諦めることなく奢らせようと駄々をこねる。

「なぁ？　……ちょっとは情けをかけてくれよ。もうすぐ感謝祭があるから金欠なんだよ」

ティウは感謝祭での出費を理由に同情を買おうとしたが、エムに反撃された。

「情けをかけるなら俺だろ！　ヌ先輩に高級チョコ二箱を要求されてるんだぜ？　無一文になるわ。あぁ……でもこいつとは比べ物にならないな。なぁお前って二つのファミリーにプレゼントを贈らなきゃならないんだろ？」

エムがコングポップに尋ねるのを耳にして、好奇心に駆られたティウが質問した。

「ファミリーが二つもあるのか？」

「そう、去年卒業した同じコードの先輩が別のコードの先輩と結婚したから。そういう場合、二つのコードナンバーを一緒にするのが伝統なんだ」

そう答えるコングポップに、同級生たちは同情を示した。感謝祭のプレゼントは同じコードナンバーの先輩たちだけではなく、学科関係なくクジ引きで割り当てられるお世話係の先輩や、姉妹校の先輩たちにも贈らなければならないからだ。感謝祭の目的は学科の先輩後輩間の絆を強くすることなので、どんなプレゼントを贈るかは基本的に自分で決めなければならない。

コングポップも例外ではない。それほど親しいわけではなかったが、いつもたくさん助けてもらってきた。プルはよく食べ物を持ってきてくれて、ヌムヌンやパークも会うたびに声をかけてくれる。もう一つのファミリーの二年生と四年生の先輩は挨拶する程度の付き合いしかないが、コードナンバー0206の三年生は……より特別な存在だった。

コングポップはアーティットに恩を返すために何か準備しようと思ったが、彼が何を欲しがるのかわからなかった。正しくは、アーティットが何も教えたことがなかったのだ。

アーティットの好きなことや彼がどんな人なのかなど、それは全てコングポップ自身による観察の結果でしかない。二人の距離は以前よりも近くなったとはいえ、実際にはコングポップがアーティットを当てもなく追いかけ続けることしかできないのだ。それに、ついこの間の出来事を思い出す度に、コングポップの心の中の何かが揺らぎはじめていた。

これまでアーティットのために捧げてきた好意を負担に思ったことはなかったが、そんな彼でも心の奥深くでは認めざるを得なかった……。

……心が折れてしまうと。

考えれば考えるほど、心にナイフが突き刺さるような痛みを感じる。余計なことを考えないように、コングポップは友人たちからお金を回収していたエムを見ると、立ち上がってポケットから財布を取り出そうとした。

だがその行動は傍にいたある学生に、彼がすでに食事を終えて立ち去るところだという誤解を招いてしまったようだ。

「すみません、このテーブルはもう空きますか？」

近くの同級生にそう尋ねた声の主を後ろから見て、馴染みのある人物だったことにコングポップは驚いた。

「プレー」

「あら、コングじゃない。誰かと思ったわ」

プレーパイリンは偶然の再会に笑顔を見せると、彼らのテーブルをちらりと見てからもう一度確認した。

「食べ終わった？　ここに座ってもいいかしら？」

「もう行くところだよ」

エムがすぐに口を挟む。美女にお願いされたら、工学部の紳士として拒否できるはずがない。

彼らは急いで食器を片付けた。布巾《ふきん》があればテーブルを拭いて、少しでも良い印象を与えようとしていただろう。

コングポップは席を空けて言った。

「プレー、座れるよ」

「ありがとね。今友達が昼食を買っているから、私はここで待ってるわ！」

そう言って、プレーパイリンは人がたくさん並んでいる店に視線を向けた。食堂には学生たちが次から次へと入ってきて、中には今さっき入ってきたらしい三年生のグループもいる。だが、あまりの人の多さに尻込みしているようだ。

「だから外で食べようって言ったじゃないか！」

アーティットが何やらぼやきながら、同級生たちと一緒に入ってきた。この時間の食堂は全学生で行う椅子取りゲームのような状態だ。三年生たちは混雑ぶりにうんざりとしたものの、やはりここで手軽く昼食をとることにした。午後からの重要なプロジェクトのための頭の準備に、彼らは急いで食べたかったのだ。

「あ、アーティット、ペンを返すよ」

ノットは、記録とレポートの進捗をメモするために借りていたボールペンをアーティットに返す。

「アンパワーの工場に電話しておいたから」

重要なプロジェクトとは、学生たちに実務経験を積ませるための必須科目の一つである、工場での実習のことだ。インターンシップと同様に二カ月の夏休み中に予定されているが、事前に承認を得るため、教授に計画書を提出しなければならない。

彼らが実習先に選んだのはアンパワーにある工場だった。大学から遠くないうえ、何よりノットの家族がその地の周辺で民宿を経営しているので、宿泊費を浮かすことができるのだ。しかも人気の水上マーケットに遊びに行くこともでき、一石〝数〟鳥だった。

「工場にはいつ行くの？」

「来週土曜日の朝八時」

スケジュールを聞いたアーティットは唇をゆがめ、後悔したくなった。

（いつもなら休日は昼まで寝ていられるが、また早起きしなきゃいけないのか。コングポップとの約束があった先週の土曜日のように……）

彼のことを考えるだけで胸がざわめく。どんなに脳内から振り払おうとしても、思い出してしまうのだ……。

……コングポップとプレーパイリンが楽しそうに話していたことを。

アーティットは自分がのけ者にされているように感じたから気分を害したのではない。逆に二人がとてもお似合いのカップルだと思ったのだ。アーティットは自分の心の奥深くに、言葉では説明できない複雑な感情があるのを認めていた。

「質問のリストを準備しておけよ。計画書を書く時にそれを参考に資料を集めるから」

ノットが実習のことを確認しながら席を探していると、何かを思い出したかのようにアーティットが尋ねてきた。

「なぁ、一個聞きたいことがあるんだけど」

「何？」

「たとえばの話、全てが完璧な二人がいて……心ではお似合いだと感じる一方で、その二人が一緒にいるのを見るとイライラもする。これって羨んでるってことだよな？」

ノットは表情をゆがめた。今まで話していた工場での実習のこととはなんの関係もない。アーティットの質問はまさに、ラジオの恋愛相談番組で取り上げられるどろどろした恋愛の一場面のようだった。

ノットはラジオの名物パーソナリティほどではないが、アーティットの話し方や表情から全てを察した。これはただ羨ましいのではなく、どちらかというと……。

「あっ、うちの後輩のテーブルが空きそうだぞ」

ヌがいきなり大声を出して、荷物を持って机を片付けている一年生たちに近づいていく。都合のいいことに、そこには一人の美女がいた。

「あぁ、今年のスターの子じゃん。めっちゃ可愛いな」

アーティットは彼女を見やり、一瞬固まってしまった。

そこにはスターだけではなく今年のムーンも立っていて、二人はとても親しげに話していたのだ。アーティットは何も見なかったふりをしてヌに別の場所を探させようとしたが、もう手遅れだった。ヌはすぐさま彼らのところへまっすぐに向かい、同じコードナンバーの後輩に命令したのだ。

「おいエム、食べ終わったならさっさと立てよ……えっと、お嬢さんはもう食べ終わったのかな？　まだなら先輩と一緒に食べましょ」

プレイボーイの見え見えの魂胆に一年生からブーイングが起きる。特に追い払われたエムは、コードナンバーの繋がりは女の子一人のためにこうもあっさりと切れてしまうものなのかとブツブツ文句を言っていて、ヌはシーっと宥《なだ》めなければならなかった。

「ほら、高級チョコを一箱に減らしてやるから頼むよ……じゃあ、いいよね？　お嬢さん」

最後に一押しされ、彼女は困った表情で必死に断る口実を考えていた。

「えっと……あの……」

「プレーは友達のために席を取りに来たんです。先輩たちも一緒に座るなら、席が足りなくなっちゃいますよ」

コングポップがプレーパイリンの代わりに声を上げるのを、アーティットはただ見つめた。彼女の隣で先輩に立ち向かう様子は、まさに小説に出てくるヒーローがヒロインを守っているかのようだ。本物のヒーローのオーラに撃退されたヌは立つ瀬もなく引き下がったが、一年生を揶揄うことを忘れなかった。

「ほほぉ、さては妬《や》いてるな？　実はデキてんだろ？　はいはい、いいよ。プレーちゃんはここに座って。俺たちは別の席を探すから」

プレイボーイはすぐに身を引き、お邪魔にならないようにスマートにその場を去る。

同じく三年生たちがその場を離れようとすると、コングポップはある人物のポケットから何かが落ちたことに気がついた。彼は背を向けた持ち主に声をかける前に身をかがめ、無意識のうちに手を伸ばして相手の腕を掴んでいた。

「待ってください、アーティッ――」

「離せっ！」

大きな叫び声と腕を強く引いて避ける様子に、コングポップはすぐに手を放す。アーティットの目を覗き込むと彼自身も非常に驚いた顔をしていたため、コングポップは慌てて状況を説明した。

「ペンが落ちたので、拾おうとしただけです」

「あぁ……ありがと」

彼は小声でつぶやきペンを受け取ると、すぐに背を向けて同級生のあとを追いかけていった。

突然の衝撃的な出来事に、その場にいた一年生たちは困惑する。

「アーティット先輩、どうかしたの？　怒ることないじゃない」

プレーパイリンはアーティットの過剰な反応に驚いていた。他の学生たちも同様だ。彼らにとっては些細なことにすぎないかもしれないが、コングポップにとっては違う……。

アーティットの明らかな拒絶反応が、ただ自分に触られるのが嫌だったからなのかはわからない。それとも、その様子をプレーパイリンに見られたくなかったのだろうか？　いずれにしろ、彼の言動はコングポップの心に深く傷を残した。

前にこんな話を聞いたことがある——誰かを愛することはほんの始まりにすぎず、そこから発生するさまざまな感情を負わなければならない。相手に近づくほどその人の言葉に影響を受けやすくなり、それが積もり積もって亀裂が生じることもあると。

……どれほど手に入れようとしても、そのたびに遠くへ離れていってしまう。

時々……忘れてしまっていたのかもしれない。〝太陽と月〟は同じ空に浮かんではいるが、その軌道が交わることはない。

……そして、一緒に並ぶこともないのだ。


金曜日の夜、アンパワーでは水上マーケットが開催されていた。

夜になるとさまざまな店が営業を始め、食べ物、日用品、衣料品やアクセサリーだけでなく、記念品や手土産に買って帰りたくなるようなアイデアグッズも数多く揃えられていて、買い物客で賑わっている。それに可愛い女の子もたくさんいて、彼女のいない工学部の男子たちにとっては目の保養であり、こっそり品評会を開いて盛り上がっていた。そんな中、真逆の振る舞いをする裏切り者がいた。

「おいアーティット！　今日は口を忘れてきたのか？」

せっかく遊びに来たのに、楽しもうとせず黙り込んでいる友人をノットは揶揄った。アーティットは露店で売られている装飾品に目をやることもなく、どこか苦しそうな表情をしている。まるで失恋でもしたかのように見え、ノットは思わずもう一度尋ねた。

「彼女と喧嘩でもしたのか？」

彼の仮説に驚いたアーティットは慌てて口を開く。

「おい！　彼女なんていないぞ」

しかし、そう答えるとなぜか胸に痛みを感じた。

（……だってそうだろ？　コングポップとの関係は、自分ですらうまく説明することができない。特に自分がしたことのせいで、よりあやふやになってしまった）

あの時アーティットがコングポップの手を振り払ったのは、彼を嫌っているからではなく、とっさに気持ちを制御できなかっただけなのだ。……コングポップとプレーパイリンが一緒にいるのを見た時、なんとも割りきれない複雑な感情に襲われた。そして、その理由を考えようとすればするほど、アーティットの心は千々に乱れてしまう。

「……ちょっと頭痛がするだけ」

アーティットは適当に誤魔化した。それから友人たちは彼を哀れんでか満喫しきったのか、ノットの家族が営むリゾートホテルにいったん戻ることにした。

そのホテルは、川辺にある非常に美しい庭付きの一戸建てだった。美しい景色には酒が合う。彼らは翌日の実習のために早起きしなければならないことも気にせず、乾杯して酒を飲みはじめた。

それでもアーティットは皆と話をする気にはなれなくて、黙って聞き手に徹する。それからトイレに行ったついでに近くを散歩していると、川辺にベンチとテーブルを見つけた。そこで休憩しながら、静かな中で自分自身を振り返りたいと考える。しかしそれは、あとを追ってきた人の声に遮られてしまった。

「頭痛は治ったか？　薬を持ってきてやったぞ」

先ほど揶揄って質問してきたのと同一人物である。その優しい同級生に目を向けると、ノットが手にしていたのは頭痛薬ではなく、一本の冷えたビールだった。さすがはアーティットの親友だ。アーティットはためらうことなくビールを受け取る。アルコールは心の病によく効く百薬の長だ。

彼らは一緒にビールを開け、それぞれ一口飲んで川辺の夜景を見つめた。少しの沈黙のあとノットが口を開く。

「悩みがあるなら俺に相談してみろよ」

長い付き合いなので、お互いの性格はよく理解している。アーティットは友人が自分を心配していることはわかっていた。誰かに相談すれば何かいい解決策が見つかるかもしれない。少なくとも一人で悩んでいるよりはましだろう。

「笑うんじゃないぞ」

アーティットは全てを話すことにした。初めからコングポップに対してなんらかの感情を持っていたこと、その感情が徐々にただの先輩と後輩という関係を超えたこと……そして二人の間で起こったたくさんの出来事を伝える。

ノットはそれを間違っていると気味悪がったり驚いたりすることもなく、アーティットの話に静かに耳を傾けた。アーティットは全てを話し終えると、一つ疑問を口にした。

「……あまり考えすぎないようにしてるんだけど、それでもつい考えてしまうんだ。男と男の関係だと制限がありすぎる。家族や社会、それに子供の問題もある。どうせ俺たちの関係に未来がないなら、この関係をさっさと終わらせて、コングポップに俺よりふさわしい相手を探しに行かせるべきじゃないか？」

……いずれ苦しむことになるなら、今のうちに断ち切った方がいいに決まっている。初めは幸せでも、二、三年もすれば状況が変化してくるだろう。今自分と一緒にいて時間を無駄にするよりも女性と交際を始める方がいいに違いない。自分たちの感情が膨らみすぎて後戻りできなくなる前にそうすべきだ……とアーティットは思っていた。

しかしノットはビールを一口飲んで、考えをまとめてから言った。

「じゃあ、コングポップと一緒になったことを後悔しているのか？」

アーティットは隣にいるアドバイザーの顔を見ながら首を振る。

「してないよ。でも、コングポップが俺と一緒になったことを後悔するんじゃないかって心配なんだ」

「それで、お前はあいつに聞いたのか？」

（……いや……聞いたことなんてない。こんなこと本人に聞けるはずがないじゃないか。聞けないからこそ一人で悩んでいるんだ。こんなの全然自分らしくないのに）

「コングポップの考えはまだ聞いてないんだな。お前は占い師なのか？　聞いてもないのにあいつが何を考えているのかわかるとでも？」

「そうじゃないけど、コングポップの将来が心配なんだ」

「お前は目の前にいる相手よりも、何が起こるかもわからない将来を心配しているのか？」

その言葉が胸の真ん中に直撃したかのように、アーティットは黙り込んだ。ノットは何かを考え込む親友を見つめる。

……アーティットがこうなるのも理解できる、とノットは思った。好きな相手のことを心配するのは当然だ。そして相手が大切であるほど、無意識のうちに相手の立場のことばかり考えてしまうものだ。だが、時には一歩引いて客観的に自分の問題を見つめ直せば、問題の本質が見えてくることもある。

ノットはさらに一言を付け加え、彼の覚醒を促した。

「それから！　コングポップが他の人間と一緒にいるのを見てイライラするのは、羨ましいからじゃない。俗にいう〝ヤキモチ〟ってやつだよ」

この言葉には効果があったようだ。さっきまで黙っていたアーティットは目を見開いてすぐに叫ぶ。

「おいノット！　俺はヤキモチなんて妬いてない！」

ようやく彼が知っているアーティットに戻った。ノットは笑いを堪えきれずに言う。

「はいはい。とにかく一人で悩んでないで、ちゃんとコングポップと話してみろよ。二人とも黙ったままじゃ永遠にわかり合えないぞ」

即席恋愛アドバイザーは結論を述べると立ち上がった。

「ビールを取ってくる」

「俺も行くよ」

「ここで待ってろよ、お前の分も持ってきてやるから」

「ビールじゃなくてマーケットに行くんだ」

ノットにはアーティットの行動が理解できなかった。さっきアンパワーのマーケットに行った時の彼はゾンビのようだったからだ。時計を見ると、すでに二十四時を過ぎている。

「マーケットはもう閉まってるよ」

「どうしても行きたいんだ！」

アーティットはそれだけではない何か別の意味を含んだような、断固とした目で再度主張した。

案内人であるノットもアーティットの希望を断ることはできず、小さくため息をつく。

「じゃあ……車で送っていくよ」

「ありがとな」

ノットは彼からのお礼にうなずいて返す。正直、アーティットがどうしてマーケットに行きたくなったのかはわからなかったが、その様子を見る限り、どうやら〝何を選ぶべきなのか〟を決断できたのだろう……。

……自分が気にかけるべきことがなんなのかを。


産業工学科の感謝祭は土曜日の十八時から行われる。

パーティは温かい雰囲気で、学生たちは各学年全員この大型イベントに集まっていた。彼らは自由に話したり写真を撮ったりしながら、用意していたプレゼントを先輩に渡している。一年生たちはこうして、自分たちを可愛がり力になってくれた先輩たちの優しさに感謝を示すのだ。一部の先輩たちも後輩のためにプレゼントを用意していて、こうしたやり取りによって学科やコードナンバーファミリーの絆が強くなっていく。

００６２ファミリーは全員集合しており、コングポップも先輩たちそれぞれへのプレゼントを用意していた。決して高価なものではないが、心を込めて選んだ贈り物だ。それに、コングポップ自身も三人の先輩たちからお菓子やお土産を受け取った。０２０６ファミリーも集まっていたため、コングポップは彼らにも挨拶をする。二つのコードナンバーが集結すると、人数の多いビッグファミリーになった。

しかし、パーティが始まって三十分が経過しても、未だに姿を現さないメンバーが一人いた。コングポップと同じコードナンバーで二年生の先輩であるプルが尋ねる。

「あれ？　アーティット先輩は来てないの？」

「そうでした、アーティット先輩は今日アンパワーの工場に実習に行っていて、帰りが遅くなるって電話があったんです。多分パーティには間に合わないと思います」

０２０６番の一年生であるリンが説明して初めて、コングポップはアーティットがパーティに来ないことを知った。どうやら彼のために心を込めて用意したプレゼントは、今日は直接手渡すことができないようだ。

（……そして僕の気持ちも伝えられない）

そもそもアーティットは普段から、誰とどこへ行くかをコングポップに話したりしない。ましてやアーティットと最後に会った時の状況を考えると、彼にとって自分はまだ大切な存在であるのかどうか、確信が持てなかった。

このあやふやな関係は時には胸をときめかせるが、逆に些細なことで深く傷つくこともある。

曖昧であるがゆえに、相手が何を考えているのかわからなくなってしまうのだ。

（でも、だったら……頑張ってアーティット先輩と直接話した方がいいんじゃないか？　先輩がこの関係に未来はないと思っているのなら、自分もそれを受け入れよう。だからこんなふうに冷たくしたり、黙って姿を消したりするようなことはしないでほしい。せめて戻ってきて、心に引っかかっている疑問にはっきりと答えてほしい……結局、僕たちは何になるのかを）

「あっ！　アーティット先輩だ」

プルの驚いた声にコングポップは思考を止め、顔を上げる。視線を向けると、パーティ会場に向かって歩いてくるアーティットたちの姿が見えた。コングポップだけではなく、0062と0206ファミリーの全員が驚きながらアーティットのもとへ向かう。道すがら、近くにいたアーティットの同級生の声が聞こえた。

「お前は来ないんじゃなかったのか？」

ヌが揶揄うように言う。彼らが実習に行っていることを知っていて、工場から帰ってくる頃にはパーティはすでに終わっていると思っていたのだ。

車を運転してきたノットは困ったものだと言わんばかりに、疲れきった様子で答えた。

「俺は来るつもりなかったってば。なのにアーティットに死ぬほど急かされたんだよ。スピード違反で捕まるところだった」

「はぁ？　そんなに後輩のプレゼントが欲しかったのかよ」

ヌはいつも通り仲間を揶揄い続けている。アーティットはそんな彼を睨んでから答えた。

「お前は黙ってろ！　俺はコードナンバーの後輩たちにプレゼントを渡すために来たんだよ」

ちょうどファミリーのメンバーたちも集まってきたので、アーティットは紙袋からプレゼントを取り出す。

「ほら、お土産だ」

アンパワーのシンボルである蛍《ほたる》の形をしたキーホルダーを、後輩たちや二つのファミリーのメンバー全員に手渡した。

最後にプレゼントを受け取ったのはコングポップだった。二人は一瞬目が合ったが、アーティットはすぐにその場を離れようとする。しかし背を向けたその時、コングポップに呼び止められた。

「アーティット先輩、待ってください。渡したいものがあります」

アーティットが振り返ると、コングポップはリュックからシンプルな白いカードを取り出した。特になんの装飾もついていない、ごく一般的なグリーティングカードのようだ。これが感謝祭のプレゼントだろうか？　受け取ったアーティットは中身を読みはじめた……。

小さな文字がぎっしりと書き込まれている。

そして、その一言一言が彼の心を震わせた……。

アーティット先輩へ

アーティット先輩、僕は以前先輩にラブレターを書いてほしいと言いましたね。でも今日は僕からあなたへ書いてみようと思います。鬱陶しいって怒らないでくださいね。

本当は、アーティット先輩には伝えたいことがたくさんあります。でもこの手紙だけではとても書ききれそうにありません。それに、どんな言葉を使えば自分の気持ちを伝えられるのかわかりません。心からの感謝、それ以外何もないのだと思います。

ＳＯＴＵＳ活動全体を通しての教えに感謝したいです。

僕がこれまで気づけなかったことを理解させてくれました。

先輩の優しさに感謝したいです。

いつも僕を気にかけて、僕のためにたくさんのことをしてくれました。

先輩の笑顔と笑い声に感謝したいです。

僕のありきたりな毎日を特別なものへと変えてくれました。

そして……僕にアーティット先輩を〝愛する〟許可を与えてくれたことに感謝しています。

あなたの傍にいられるたびに僕がどんなに幸せか、アーティット先輩は知っていますか？

僕は愚かなことをするかもしれません。あなたにいじわるばかりしてしまうし、頑固で我が儘です。きっと、先輩がうんざりするほどに。だから、僕があなたを愛するのと同じように先輩にも僕を愛してほしいとは望みません。

だけど、たとえ何が変わったとしても、僕にとって一番大切な、たった一人の存在……それはあなたです、アーティット先輩。

あなたは僕の唯一の太陽です。そして、それがいつまでも変わらないことを誓います。

コングポップより

アーティットは、コングポップが以前、誰かにカードを送ることをロマンチックだと言っていたことを思い出した。

〝カードそのものではなく、書いてあるメッセージが重要なんです〟と。

今この瞬間、その意味を理解した。

一つひとつのメッセージから、コングポップの心よりの気持ちが伝わってくる。次は、アーティットが自分の思いを正直に伝える番だ。

「手を出せ」

アーティットからの唐突な命令はコングポップを混乱させたが、彼は言われた通りに右腕を差し出した。

「違う！　そっちじゃない」

コングポップはわけがわからないまま、お守りの結ばれている左腕を差し出す。次の瞬間、心臓が止まりそうになった。

アーティットがコングポップの腕に結ばれているお守りを解きはじめたからだ。それは、二人の関係を切り離すようなものだ。

（……それとも、これがアーティット先輩の答えなのだろうか？）

しかしそれだけではなかったようで、アーティットはズボンのポケットから丈夫そうな褐色の紐のブレスレットを二本取り出し、一本をコングポップの腕に結んだ。そして、こう頼んだのだ。

「俺の腕に結んでくれ」

その瞬間、コングポップの心は再び高鳴った。アーティットの答えは、二人の関係を切り離すことではない。

……二人の関係をより固く結びつけようとしているのだ。

コングポップはアーティットの左腕にブレスレットをしっかりと結びつけた。するとその様子を見ていた目敏《めざと》い人物に気づかれてしまう。

「おっ！　お前ら、お揃いのブレスレットなんて結んじゃって、付き合ってんのかよ」

ヌの言葉に二人は固まった。近くにいた学生たちの注目を集めてしまい、好奇の目で見られる。

アーティットがまた怒り出すことを恐れコングポップは必死に言い訳を探した。しかし突然、代わりに別の声が聞こえた。

「ああ……悪いかよ？　俺たち付き合ってんだよ」

……コングポップだけではなく、同級生たちも唖然とする。一年生から四年生までのファミリーたちも同様だった。

一瞬の沈黙のあと、大きな歓声が上がった。大胆にもアーティットが皆の前で二人の関係を公表したのだ。大学のムーンに恋人がいることへの文句や、二人がいつから付き合っていたのかと興味津々に尋ねる声、残忍な元ヘッドワーガーは男が好きなのかと洗いざらい吐かせようとする声もあった。

しかしアーティットは彼らの反応を気にすることもなく、コングポップの手を握って人だかりから離れた。学部棟の裏にある静かな場所まで歩き、やっと手を放す。それからアーティットはゆっくりと顔を上げ、初めてコングポップと向き合って話しはじめた。

「お前に一つお願いしていいってこと、覚えてるか？」

アーティットはエンジニアゲームの賭けを持ち出した。もちろんコングポップが忘れるはずはない。

「覚えてます。アーティット先輩のお願いはなんですか？」

アーティットは考えを整理するかのように黙り込んだ。それから、覚悟を決めて頭を上げ、静かに話しはじめる。

「俺たち二人の将来がどうなるのか俺にはわからない。でも、一つだけお願いしたいことがある……」

鋭い目がコングポップの目を覗き込む。その眼差しは、これから伝える心からの言葉と同じくらい真剣なものだった。

「お前に知っておいてほしいんだ……今この時、この瞬間、お前が俺にとって誰よりも特別な存在なんだってこと……お前だけが俺の愛する人なんだってこと」

……愛。

たった一言のその言葉には、あらゆる感情が含まれている。そしてこの一文字が、何よりも強い二人の関係をはっきりと表していた。全ての不安が打ち消され、コングポップの心は喜びで満たされる。

コングポップはアーティットの腕を引き、彼を両腕の中に抱きしめた。いつものように抵抗されることを恐れたりはしない。たとえアーティットが逃げ出したとしても、コングポップはためらうことなく追いかけるだろう。その理由はただ一つ。

「はい、わかりました。僕もアーティット先輩に知ってほしいことがあります……今この時、アーティット先輩だけが僕の愛するたった一人の人だってこと」

耳元で囁かれた言葉は、アーティットの心を大きく震わせた。

彼は逃げ出そうとはしなかった。もしこの物語を終えなければならない未来が来たとしても、今この瞬間の幸せを求めたいと気づいたからだ。少なくとも、今一番想っている人と一緒に過ごすという、彼にとって幸せな思い出を作ることを選んだ。

……そして、一番に想っている相手とは、コングポップだ。

温かな吐息が近づいてくる……アーティットは彼のキラキラと輝く瞳を覗いた。その瞳には、満ち溢れる幸せを表しているかのような無数の星が煌めいている。そしてアーティットはゆっくりと目を閉じ、柔らかな唇を受け入れようと自ら顔を傾けた。

……彼らの二度目のキスは、〝愛〟によって生まれたものだった。

コングポップはアーティットからゆっくりと手を離した。その時アーティットは突然、自分が公共の場で何をしてしまったのかと我に返り、そしてここは工学部の校舎の裏だということを思い出した。もし誰かに見られていたらどうするのか。皆の前で二人の関係を公にしたとはいえ、彼はそこまで面の皮が厚いわけではない。間違いなく明日、死ぬほど揶揄われることになるだろう。

顔が羞恥《しゅうち》に染まり、どうすればいいのかと気まずくなっていると、コングポップの口から出た言葉でその気まずさは霧散した。

「そうだ、アーティット先輩にもう一つ聞きたいことがあるんです」

「な……なんだ？」

「アーティット先輩は……プレーが好きなんですか？」

アーティットは驚いて顔を上げ、慌てて否定した。

「はぁ？　好きじゃないけど。プレーを好きなのはお前だろ？」

質問に質問で返す。二人が仲良くしているところを見たからだ。だが、コングポップも否定し、その理由を説明した。

「違いますよ。どうして僕が好きになるんですか？　しかもプレーは女性が好きなんですよ！」

「えっ？　なんだって？」

衝撃の事実に混乱しているアーティットに、コングポップは説明を続けた。

「一緒にコンテストに参加した時に教えてくれたんです」

「それならなんで早く教えてくれなかったんだ？」

「秘密にしてほしいと頼まれているので言わなかったんです。でも、どうして僕にこんなことを聞くんですか？　もしかしてアーティット先輩……ヤキモチ妬いてるんですか？」

「妬いてなんかない！」

アーティットは二度目の指摘に怒鳴り声を上げた。それからすぐに踵を返し、いつものようにイライラしながら立ち去る。しかし今度は、コングポップは彼を捉えることができた気がした。

今まで、アーティットが自分に近づきたくないかのように振る舞う理由をずっと探していたが、実のところ、アーティットはただ……拗ねているだけなのだ。

そういうことなら、自分が彼を宥める人にならなければならない。

コングポップが急いで追いかけようとすると、アーティットは何かを思い出したのか、いきなり止まって振り返った。

「来週の土曜日、空いてるか？」

このタイミングでそんな質問を投げかけられて少し奇妙に思ったが、コングポップはうなずいて答える。

「空いてますよ。アーティット先輩、また買い物に行きたいんですか？」

しかしアーティットは首を振り、コングポップを唖然とさせた。

「違うよ、デートに誘ってるんだ」

その言葉だけで……コングポップはこの数日間で一番の笑顔になった。

明日……同級生たちになんと言われるだろう？　将来はどうなるだろう？　どちらも大した問題ではない。月と太陽が同じ空にある限り、あるものに導かれるまま、幸せなひと時を過ごしたいと願う。

それは〝コングポップ《月》〟と〝アーティット《太陽》〟が心から感じているもの……。

……〝愛〟だ。

アーティットが一年生の時

アーティット・ロードチャナパットはどこにでもいるごく普通の一年生だ。平凡な見た目に、平凡な明るい性格、平凡で楽しい大学生活を送り、そして連日参加しているラップノーンでも……超平凡だった。

「今年の一年は絶望的だな！」

チアルームの真ん中に突然大きな怒鳴り声が響き渡った。工学部ではよくある一コマだ。中でも産業工学科のラップノーンの厳しさは大学内でも有名なので、なおさらである。その証拠に、小さな目の眼鏡をかけたヘッドワーガーが、今まさに一年生たちに罵声《ばせい》を浴びせているところだった。

タムという名の彼は、通称〃塩顔の悪魔〃と呼ばれている。早口に言うと〃先輩〃が悪い意味の言葉に聞こえるためだ。このニックネームがつけられたのは、タムの口の汚さとキレやすい性格のせいであり、一年生たちは今もなお罵声を浴びせられていた。

「お前らのような一年は見たことがないぞ！　昨日聞いたんだが、ある一年生が挨拶もせずに私の友人の前を素通りしたそうだ。我々をなんだと思っているんだ？　君たちの先輩じゃないのか！」

一年生たちは顔面蒼白になり、うつむいて何一つ言い返せないでいる。ラップノーンが始まって二週間が経ったが、彼らは毎日のように怒鳴られて、だんだんと麻痺《まひ》してしまったのかもしれない。このいつもと変わらない雰囲気は、まるで同じ映画が繰り返し再生されているかのようだ。

ワーガーたちはまず一年生の粗探しをしては怒鳴りつけ、彼らに恐怖心を植えつける。それから公正のかけらもない罰を命じ、それに反抗的であったり協力的でなかったりする学生がいると先輩たちから目をつけられる。そのため多くの一年生たちは、余計な発言をして事を大きくしたりはせず、沈黙を選んだ。

アーティットもその中の一人だったが、こういったラップノーンに参加する心の準備はできていた。しかし、彼にもどうしても耐えられないことが一つだけある。それは、チアミーティングの場に出る大量の〝蚊《か》〟だ。

素早く飛び回る大きなヤブ蚊は、刺されるとかなり痛い。チアルームに座っている一年生たちは、ブッフェのようにやつらに捧げられている。

ラップノーンでは、両手を膝の上に置いて動かさないというのが基本的な姿勢だ。だが、飛び回る蚊に刺されるがままではいられない。アーティットも、蚊という小さな生き物の命を尊ぶほど優しい人間ではないので、親指に止まった蚊を追い払うために指先を動かした。ところが、ヘッドワーガーであるタムの鋭い目は、その小さな動きも見逃さなかった。

「なぜ動いた？」

目をつけられたアーティットは飛び上がった。ラップノーンが始まって以来ずっと目立たないようにしてきたのに、突然チアルームに集まった学生全員の注目の的《まと》となってしまった。アーティットは規則に従って立ち上がり、閊《つか》えながら答える。

「え、えっと……蚊を追い払いました」

「我々の大学にいる蚊だ。お前に触る権利はない！」

（……はぁ？　俺が間違ってるのか？）

この支離滅裂な言いがかりは、まさに〝塩顔の悪魔〟の名に恥じない言動だ。そしてこれだけにとどまらず、さらに難癖をつけながらネチネチと後輩をいびる引き金となった。

「俺は話をしている途中だった。先輩への礼儀を教えていたんだ。それとも君もマナーを知らないのか？　なら俺が教えてやる。学部棟の前にあるガジュマルの木に両手を合わせてワイをしてこい！　三時間だ！　そうすれば礼儀も身につくだろう！」

目を大きく見開いたのはアーティットだけではない。チアミーティングに集まった一年生全員が、この命令に唖然とした。木に向かって三時間手を合わせるとマナーが身につくのだろうか？いや、タムは一年生たちを困らせたいだけなのだろう。

アーティットが自分の考えを述べるよりも先に、彼の心の声が別の学生によって代弁された。

「そんな罰し方はバカげてる！　そんなことをして後輩が尊敬すると思いますか？」

アーティットの隣に座っている〝ノット〟と書かれたネームタグをかけた同級生が大声で意見を述べた。ヘッドワーガーは体の向きを変え、厳しく尋ねる。

「なんと言った?」

「どうして僕たちが先輩に挨拶しなかったのかわからないんですか? 僕たちは大学に勉強しに来たんです! 命令に従うことを強いてくる誰かの奴隷になるためじゃない! SOTUS制度は権力を振りかざすための口実にすぎない! 違いますか?」

新入生の列から上がった抗議の声は、チアルーム全体を重苦しい空気に変えた。全員が黙り込んで二人を見つめる中、タムは大胆にも権威に逆らった不届き者のところまでやってきて、彼の真正面に立った。

「君は〝尊敬〟という言葉を知っているか? 私は先輩で、君は後輩なんだ。君は先輩を尊敬しなければならない! ここには勉強しに来たと言ったが、勉強だけをしに来たのか? 友達も作らず、社会勉強もせず、独り舞台を演じたいとでも? それで生きていけると思うのか?」

「それで生きるかどうかは僕の問題です! 先輩たちには関係がありません!」

「関係ある! どこに行ってもルールというものがある。お前がここのルールを受け入れられないなら、出ていけ!」

「あぁ、出ていってやるよ!」

ノットは立ち上がって、本当に出ていくつもりで一歩を踏み出そうとした。その瞬間、ヘッドワーガーが冷めた口調でつぶやいた。

「弱虫め……」

そして一年生の周囲に立っていたワーガーたちも、示し合わせたかのように口を揃えて〝弱虫〟と言いはじめる。まるでその場から出ていこうとする一年生を立ち止まらせるためにわざと皮肉っているかのようだ。ノットが振り返ると、タムは挑発的な表情で眉を上げて尋ねた。

「どうした？　なぜ立ち止まっている？　独り舞台はもう終わりか？　まだチアルームすらも出ていないぞ！」

タムの煽《あお》るかのような言葉に理性を失い、ノットは拳を握りしめながら彼の方へ突っ込んでいく。

しかし幸い、すぐ隣で事態を見守っていたアーティットがノットを制止して叫んだ。

「ノット、落ち着くんだ！」

「落ち着いていられるか！　あいつがお前にしたことを考えろよ！」

普段は穏やかなノットが我を忘れて怒っている。友達が傷つけられたり、尊厳を踏みにじられたりすると我慢できない性格なのだ。それを知っているアーティットは必死に宥めようとした。

「タム先輩はわざと言ってるんだよ！　お前がキレたら相手の思うつぼだろ？」

「でも……」

「お前もここで勉強したいんだろ？　だったら面倒を起こすな。最後まで俺たちと一緒に勉強するんだ」

真剣な表情で真摯《しんし》に説得した甲斐《かい》があり、ノットも徐々に落ち着きを取り戻した。

（……アーティットの言う通りだ）

もしワーガーたちと喧嘩でも始めたら、間違いなくもっと大きな罰を課されるだろう。それだけじゃなく先輩全員を敵に回し、大学から休学を命じられてしまうかもしれない。ここで手を出すのは自分にとって自殺行為のため、今は身を引かなければならなかった。

「わかった」

一方、ヘッドワーガーは事の成り行きを静かに観察していた。

（……おかしいな。一年生に殴られるかと思ったが、あてが外れたようだ。せっかく対応策まで考えていたのに……）

一年生をわざと怒らせたのは全てワーガーの台本によるものだ。だが、突然どこからともなくやってきた一人の学生が全ての計画を変えてしまった。

……平凡そうに見える普通の一年生が、同級生の怒りを簡単に二言で鎮めたのだ。そこでタムはもう一度彼を試すためにわざと挑発してみることにした。

「こいつを止める必要はない。言ったはずだ！　ここのルールを受け入れられないやつは出ていけ！」

今度こそ目標に命中するだろうと思って投げた爆弾は、想定外にもアーティットによってガードされてしまった。

「僕がタム先輩の言う通りにすれば、ここにいてもいいですよね？」

アーティットの口調や態度からは先輩に対する敬意が感じられたものの、その鋭い目には怒りが秘められていて、負けず嫌いな性格であることが窺える。

この一年生を甘く見ていたらしい。今も、うなずくしかないように煽られているみたいだ。

「ああ」

「わかりました」

アーティットはヘッドワーガーの顔色を顧みることもなくそこから出ていこうとしたため、タムは急いで大声で怒鳴らなければならなかった。

「どこに行くつもりだ！」

「外の木にワイしてきます。先輩がそう罰を命じましたよね？」

その説明を聞いてタムは困惑した。自分が命じた罰を忘れかけていたのだ。アーティットが自ら進んで罰を受け入れる理由がわからない。当て付けなのか、なんなのか。しかしこれでヘッドワーガーの残忍さを誇示するための見せしめ行為は無駄にならないだろうと、タムはその行動を許可した。

「いいだろう、行ってこい！　連帯責任として全員に罰を与える。一年、スクワット百回、始め！」

一年生たちは不幸な運命を逃れることはできなかったが、取り返しのつかない事態は回避できた。彼らはヘッドワーガーが満足するまでスクワットを続け、全ての訓練が終了して解散する頃には十九時になっていた。

一年生たちが訓練から解放されて安心する一方で、ワーガーたちの仕事はまだ終わっていない。反省会をしなければならないのだ。

そして一年生から恐れられるヘッドワーガー・タムにも秘密があることを誰が知っていただろうか。彼は、救護班のリーダーのフォンと会うたびに、やりすぎだと叱られていた。

「タム！　あなたバカじゃないの？　収拾がつかなくなったらどうするつもり？　全ての責任を負うのは私たち先輩であって、後輩ではないのよ！　また同じようなことが起きたら、学長に報告するから！」

「おい、あんまり細かいことを言うなよフォン。せっかく美人なのにそんなに口うるさいんじゃ誰も嫁にしたがらないぞ！」

「タム！　そんなことばっかり言ってるから後輩から尊敬してもらえないのよ！　彼らが挨拶をしたとしても、それはあなたに罰せられるのを恐れているからよ！　それを誇れるっていうの？」

心にぐさりと突き刺さる言葉だったが、タムにも彼なりの理由がある。

……相手に向かって両手を合わせ、敬意を込めて挨拶をするワイという習慣は、タイの美しい伝統だと考えているからだ。後輩たちが謙虚さを学び、この習慣をしっかり身につけたら、どこに行っても先輩たちに可愛がられるだろう。すると学科の先輩たちからも目をかけてもらえるようになり、彼らが困難に直面した時に手を差し伸べてくれるような、良い関係を築くことができる。だから、先輩を見かけても素通りするような無礼な後輩を放置するよりずっといいはずだ。

だいたい、両手を合わせて挨拶するという簡単な動作だけで数えきれない効果が得られるというのに、フォンがどうして異論を唱えるのかタムには全く理解できなかった。

しかし説明するのが面倒だと感じ、タムはフォンの考えに同意を示して今後同じような問題を起こさないことを約束した。反省会で話さなければならない議題はまだたくさんあり、全てを終える頃には二十一時になっていた。

タムは疲れた様子でため息をつきながら、工学部の校舎を出て駐輪場に向かう。早く寮に帰ってシャワーを浴び、休みたかった。

外は真っ暗で、風が木の枝を揺らすかすかな音だけが聞こえ、不気味なほどの静けさが漂っている。タムはポケットからモーターバイクのキーを取り出すと、小銭を落としてしまった。大きなガジュマルの根っこに入り込んでしまったようだ。

仕方なく小銭を拾ってからタムは顔を上げると、それほど遠くない場所に人影が見え、驚きのあまり叫び声を上げた。

「うわぁ！　ここで何してる？　心臓が止まるかと思ったぞ！」

急いでずり落ちた眼鏡を直してじっくり確認すると、そこには確かに人が立っていた。しかも、自分の後輩ではないか。

「塩……あ、いや！　タム先輩、こんばんは！」

　アーティットはうっかり同級生が憎しみを込めてつけたニックネームを口にしそうになった。そして元から合わせていた両手をタムに向き直し、敬意を込めてワイをする。その動作がタムにあることを思い出させた……。

「まさかお前、本当に三時間も木にワイしてたのか？」

　ヘッドワーガーは信じられないとばかりに言った。今日のチアミーティングが終了して一年生が解散した時、自分が罰を命じたアーティットも一緒に帰ったと思っていたのに。まさか本当に三時間も突っ立っている馬鹿がいたなんて。

　しかし、アーティットの身体中には蚊に刺された痕があり、木に向かって合わせていた手は震えている。どうやら本当に命令に従っていたようだ。しかも、その返答も至ってシンプルなものだった。

「ここに残りたければ命令に従えと言われたので……タム先輩の命令に従っていました」

　タムはこめかみを押さえる。どこまで正直なやつなんだ？　それとも頭がおかしいのか？　そんな疑問を抱えながら、タムは言った。

「あぁ、言ったよ。だけど疲れないのか？」

「疲れました。でも、命じられたことなのでやります。やりたいわけではないですが」

その言葉に、タムははたと気づく。それはフォンに言われた言葉とよく似ていた。

そうだ……後輩たちにワイを強要するということは、木にさせるのとなんら変わりない。無理やりやらせたところで、心がこもっていなければ無意味なのだ。

「それに……やると言ったからには、やり遂げます」

アーティットの責任感ある態度がヘッドワーガーの注意を引いた。タムは改めて目の前にいる後輩を観察する。そして彼の首にかかるネームタグに書かれた名前とコードナンバーに目が留まった。

タムは少し考えてから、降参したかのように息を吐き、穏やかな口調で尋ねる。

「お前、名前は？」

「アーティットです」

先輩からいきなり親しい雰囲気で問いかけられたアーティットは、困惑しながら答えた。名前はネームタグにすでにはっきりと書かれている。それでもなお再び尋ねられた。

「チューレンはある？」

「アイウンです」

本名と大して長さが変わらないし、ちっとも男らしくない名前だ。だが〝アーティット〟という名前よりは呼びやすい気がして、タムは後輩の名前を脳みそに刻みながら話を終わらせた。

「いいよ、今日はもう帰って休め。薬も塗っておけよ。それと、これからは俺のことを兄さんと呼んでいいぞ。気にしないから」

アーティットは目を見開いて驚いた。残りの罰を免除してくれただけでなく、優しい表情で気遣ってくれたからだ。塩顔の悪魔と呼ばれるヘッドワーガーのイメージとはまるで別人だ。薬を飲み間違えでもしたのだろうか。だが、アーティットはすぐにうなずいて受け入れる。

「ありがとうございます、兄さん。それでは失礼します。さようなら」

アーティットは規則通りにワイをし、立ちっぱなしで固まった足を引きずりながら帰った。

後輩の後ろ姿を見つめていたタムの脳裏に、ある考えがよぎる。

……なんでこれほど簡単に残忍なヘッドワーガーの仮面を外してしまったのかはわからないが、後輩に心から尊敬されてみたいと思ったのだ。そのためにはキレやすい性格を直して、役立つアドバイスをしたり、良い先輩としてお手本になったりしなくてはならない。特にあの後輩に対しては……彼には無限の可能性があった。

アーティットは尊厳、責任感、根性など全ての特質を備えている。彼を知れば知るほど、〝平凡さを兼ね備えている非凡〟という魅力を発見した。なかなか見つけることはできない、希少な能力だ。

「どうやらまたコードナンバー０２０６からヘッドワーガーが誕生しそうだな」

タムは笑みを浮かべながら自分自身に言った。これから何が起きるかはわからないが、期待通りのことが実現するなら……。

……〝ヘッドワーガー・アーティット〟は間違いなく良いヘッドワーガーになるだろう。

コングポップがヘッドワーガーになった時

　ワーガーとは、新入生同士の団結力を高める訓練をさせるために、真面目な表情をして非常に厳しい態度を取り、明確に命令を叫ぶ必要がある。皮肉な言葉を巧みに使い、至るところに監視の目を配置して後輩たちの一挙一動を探り、そして適切な罰を与える。

　……これがワーガーに必要な資質であり、一年生たちが噂に聞いていたワーガーのイメージだった。しかし、今目の前に立っている人物は百八十度違っていた。

　ショップシャツを着た高身長のヘッドワーガーは、野蛮という言葉とははるかにかけ離れている。百八十センチを超える高身長、抜群のスタイル、甘いマスク、いかにも今どきのイケメンだ。

　かつて人気投票とムーンを同時に獲得したと噂され、魅力的な男子のイメージそのものであり、成績優秀で学年副代表という肩書きを持つ伝説の人物である。

　……ヘッドワーガーのコングポップ。

　このパーフェクトな男が今年のラップノーンで最大の権力を握っている。それ故、多くの女子学生たちが彼に憧れ、魅了されてしまうのも当然だった。これまでの何倍もの女子学生がラップノーンに参加しているのはこのことが理由とも考えられる。

とはいえ、ヘッドワーガーは世代が変わってもヘッドワーガーである。そしてコングポップにとって最も重要な役割は、工学部の尊厳を保つために妥協することなく、年々伝統的に引き継がれてきたSOTUS制度を維持するというものだ。

そのため、一年生が歌う学部の歌を聴き終えると、コングポップは小さくため息をつきながら短く告げた。

「不合格だ」

ヘッドワーガーの判決に、産業工学科の二百人近い一年生たちは肩を落とした。すでに三日間も歌を練習しているというのに、先輩たちに満足してもらえなかったのだ。それでもコングポップは非難する代わりに励ましの言葉をかけた。

「君たちを責めているわけじゃない。もしかしたら全員で歌えと言ったのがよくなかったのかもしれないな。じゃあ他の方法を提案しよう。今から一人ずつ歌唱テストを受けてもらう。そうすれば合格するだろう？　それとも、他に提案はあるかな？」

ヘッドワーガーが一年生に相談しながら何かを決めるなんて、これまでのラップノーンではなかったことだ。しかし後輩たちにとっては、この温厚で丁寧なやり方は大声で叱られるよりも緊張感を高める効果があったようで、手を挙げて意見を述べる者はいなかった。そのためコングポップはこのまま結論を出すことにした。

「反対意見はないようだな。じゃあ、全員同意ということで……君から始めよう」

最前列に座っていた男子学生が立ち上がり、一年生たちの前に立って歌いはじめる。ワーガーたちはその様子を観察していた。彼は歌い終えると、緊張した面持ちで厳しくチェックしていたヘッドワーガーからの評価を待った。

「声が小さすぎる。それじゃあ、後列にいる先輩まで聞こえない。もう一度、もっと大きな声で歌って」

改善を求めるコメントは、同時に後輩にもう一度歌うよう命じていた。一年生は指示に従ってもう一度歌ったが、それでもコングポップを満足させることはできない。

「テンポがまだ少し速すぎる。次はもっとゆっくり歌って。もう一度」

一部の一年生たちは、ヘッドワーガーの提案が思ったほど簡単ではないことに気づきはじめていた。一人ずつ歌うというやり方は、素人が出場する歌唱コンクールの予選よりも厳しいかもしれない。しかしコンクールと違って、彼らは棄権することも敗退することもできず、どんどん重くなっていく空気の中で同級生が歌う様子を黙って見ていることしかできなかった。

そして当然のように、三度目の歌もコングポップの高い基準を満たせなかった。

「最後のパートの音程がまだずれている。高音に注意しながらもう一度」

四回連続大声で歌ったことで喉が痛くなりはじめても、それが命令である以上合格するまで従わなければならない。そのため男子学生は声ががらがらになりながら歌い続けた。しかしコングポップはそれを気にも留めず、落ち着いた表情で歌を批評する。

「まだ活舌《かつぜつ》が悪い。もう一度歌うんだ」

歌っている一年生の顔色が青ざめる。他の一年生たちも緊張しはじめ、喉が潰れかけた同級生を心配している。彼は掠れていく声にもめげずに、力を込めて歌い続けた。

すると一部の一年生たちは耐えられなくなり、彼と一緒に歌いはじめた。そして、気がつくとチアミーティングに集まった一年生全員が声を揃えて学部の歌を歌っていた。一年生たちは歌い終わると、全員がコングポップに注目した。今回の評価は……。

「合格だ」

誇り高き学部の歌の試験に合格した喜びに一年生たちは満面の笑みを浮かべ、大歓声を上げた。コングポップは今日の計画がシナリオ通りに進んだことを喜ばしく見届けた。

……実は、全ては意図的なものだったのだ。今日の訓練の目的は一年生たちの精神を試し、団結力を強化することだった。これはSOTUS制度に基づいて計画された活動の一つなのである。SOTUSの目的は、一年生が今後の大学生活で必要となる人間関係を築き、一致団結するための能力を身につけることだ。

今日の目的が達成されたので、コングポップは一年生たちに解散を命じて後輩たちを帰らせた。すでに十九時近くになっていたが、ワーガーたちは反省会を開いて新たな計画を練るためにとどまらなければならない。

なぜならコングポップは後輩を支配する立場でありながら、一年生を単純に怒鳴ったり脅したりすることなく、より練られたアプローチに切り替え、彼らの心に直接訴えかけるような活動に拘《こだわ》ろうと提案したからだ。彼が一年生の時、誰かさんにネームタグを破かれたのと同じ方法で。

思い返せば、あの日々もなかなか懐かしいものだ。当時、彼は友達を守りたいという理由でヒーローのように振る舞い、たくさん罰せられた。そして自分が先輩たちのストレスのはけ口にされているのだと自己完結していた。しかし今、当時の先輩と同じ立場に立ち、ヘッドワーガーの目線で一年生を見ることで、その目的を少しずつ理解しはじめている。それに、あの言葉も――。


「どうだ？　疲れたか？」

ぼんやりと昔のことを考えていた矢先、その一言によって一気に現実に呼び戻される。顔を上げ、チアルームに足を踏み入れた人物が誰なのかを見て、コングポップは驚いた。

「アーティット先輩、来るならなんで教えてくれなかったんですか？　僕が迎えに行ったのに」

コングポップは急いで、シャツとスラックスを着たアーティットの方へ向かった。彼はいかにも会社員といった雰囲気で、やんちゃな工学部生のイメージは微塵《みじん》もない。とはいえ、卒業してすでに半年ほど経っていたが、幼い顔立ちなので大学生の中に紛れてもなんの違和感もなかった。

「成績証明書をもらいに来ただけだから。すぐ帰るよ」

アーティットは将来デスクワークをするとは思っていなかった。だが、産業工学科を卒業したおかげで多くの分野で活躍できる可能性が広がった。そこで彼は、国内最大級の電子機器企業の購買部門に就職できたのだ。そのうえ、同級生のグループの誰よりも早く就職が決まっていた。成績証明書は就職面接の時に提出していたが、まだ最終学期の分が出来上がっておらず、三カ月の試用期間を終えたあと、正式な成績証明書を会社に提出する必要があるのだ。

そのためアーティットは仕事が終わってから大学に来て、成績証明書を受け取ったついでに教授や後輩と少し話していた。そのあと足が自然とチアルームの前で止まってしまった。

元ヘッドワーガーとして、どうしても今年のラップノーンの雰囲気を見ておきたい気持ちを抑えられなかったのだ。見たところ、今の担当者もなかなか悪くないようだ。

コングポップは彼自身の訓練のスタイルを従来のものから考え直していた。野蛮で荒々しい手法を使うことなく、訓練の中に道理を織り込ませ、一年生たちに自然と気づかせるようにしている。ディアがコングポップにヘッドワーガーになるよう勧めたのも、そのアイデアや独創性を買ってのことだと聞いていた。コングポップならポジティブで創造性のある訓練方法を見いだし、一年生たちの興味を引くような活動を行ってくれると信じていたからだ。

そしてアーティットも今日の訓練を見て、彼なら安心してあとを任せられると改めて確信した。

「このあと反省会があるんだろ？」

アーティットは、チアミーティングのあとにワーガーによる反省会が行われ、さらには翌日の訓練の計画を立てなければならないことを知っていた。自分の用事も済んだことだし、これ以上ここにいる理由はないと帰り際に声をかけたのだった。

「じゃあ、行ってこいよ。俺は帰るから」

アーティットはチアルームから出ていこうと踵を返す。しかし一歩進もうとした瞬間、後ろから手首を掴まれた。

「本当にもう帰っちゃうんですか?」

質問のように聞こえるが、何かをねだるような口調だった。コングポップのこんな話し方を一年生たちは絶対に聞くことはないだろう。一年生から尊敬の眼差しを集めるコングポップは今、大きな子犬になってアーティットが耐えられなくなるほどの煌めく瞳で彼を見つめた。

「えっと……まあ……正直そんなに急いでないし……もう少しここにいられるけど」

コングポップは大きく笑みを浮かべ、自分も予定を急遽《きゅうきょ》変更した。

「じゃあアーティット先輩はここで少し待っててください。みんなに言ってきます」

「おい！　言わなくていい。反省会に出ろよ、お前はヘッドワーガーなんだから」

アーティットはコングポップに、〝ヘッドワーガーとして最も大切なのは責任感である〟という重要な役割を思い出させようとした。しかし相手はそれを拒否し、アーティットを唖然とさせる。

「僕にはヘッドワーガーとしての役割があります……でも、アーティット先輩の〝彼氏〟としての義務もありますから」

(……こんなふうに言われて、誰が言い返せるんだよ)

二人が感謝祭で付き合っていることを公にして以来、友人たちから質問が殺到し、工学部内で妙な噂まで広がっていた。しかし二人は依然としてこれまで通りの態度を維持していて、再度明らかにすることはなかった。

誰かがアーティットに真相を確かめようとしても、鋭い目で睨まれるとそれ以上何も穿鑿《せんさく》することができなかったのだ。そしてコングポップの方はというと、ひたすら笑顔で質問を躱《かわ》していた。そして幸いにも、仲のいい同級生たちが皆、同性同士の交際を受け入れたので、二人とも平穏な大学生活を楽しみながら恋人関係を続けることができた。

そうしてアーティットは〝彼氏〟に自分を甘やかす役割を果たさせるしかなかった。工学部の校舎の外で相手が用事を済ませるのを待っていると、しばらくして姿を現した。

「すみません。アーティット先輩、待たせちゃいましたよね。お腹空いてますか?」

コングポップは同級生たちに大事な急用があると言ってミーティングを抜けてきたのだが、時計を見るとすでに十九時半を回っていた。おそらくアーティットは夕方から何も食べていないだろう。

ところが、相手は質問に答える代わりに聞き返してきた。

「お前こそちゃんと食べてるのか?　ちょっと痩《や》せたように見えるけど」

アーティットは射抜くような視線でコングポップを見て言った。ワーガーになるための訓練の厳しさは、彼もよく知っている。二人は互いに仕事や学業で忙しく、頻繁に会うことはない。今回も顔を合わせるのは二カ月ぶりのことだった。

だが、コングポップはいつものようにいじわるを言わずにいられなかった。

「アーティット先輩は僕のことを心配してくれてるんですか？」

その短い返事にアーティットはドキッとし、顔にほのかに熱が集まるのを感じた。話題を変えるために怒ったふりをする。

「話を逸らすな！　で、何が食べたいんだ？」

「カイジアオ・ムーサップです」

コングポップはいつものように幼稚園児の好きそうなメニューを選んだが、アーティットは反対しなかった。なぜなら自分も頭を使いたくなくて、よくカオ・パッガパオを注文しているからだ。そして、大学の近くで美味しいカイジアオ・ムーサップとカオ・パッガパオを食べられる店は一つしかない。コングポップはモーターバイクの後ろにアーティットを乗せて馴染みのおばさんのお店に向かった。もちろん、ピンクミルクとアイスコーヒーを買うことも忘れずに。

二人は慣れ親しんだ雰囲気の中で、食べながら近況を報告し合った。

「訓練で困ってることはあるか？」

「ないですよ。今年の一年生はしっかりしているし、ほとんど全員が参加しています」

アーティットは、コングポップの順調な様子に密かに苛ついた。特に、ほとんど全員が参加しているという部分が気に入らない。どうせヘッドワーガーの顔立ちに影響されているのだろう。

アーティットがヘッドワーガーを担当していた時代は、必死に脅迫したり罰を与えたりしても五十人以上が欠席していた。しかも毎回、ある人物に計画をぶち壊されたのだ。それらを思い起こしていると、嫌みを言わざるを得なかった。

「お前らの代と同じような問題児がいるかと思ってたよ」

その問題児が誰であるかは言うまでもない。コングポップの代でヘッドワーガーと戦う勇気がある人物は一人しかいなかったからだ。だが、当の本人は相変わらず涼しい顔のまま、わざと聞き返した。

「問題ってどんなふうに？　初日に〝ヘッドワーガーを妻にする〟なんて言うみたいな？」

「コングポップ！」

つい大声を出し、周囲の客たちの視線を集めてしまう。アーティットは急いで頭を下げて静かに食事をしているふりをして、馬鹿なことをした気恥ずかしさと、別の理由による心の震えを隠さなければならなかった。

……あの宣言を聞いてから、二年が経過した。あの時は尊厳を傷つけられたと感じ怒りを爆発させてしまったが、今となっては彼との関係もずいぶん先まで進んだものだ。

お互い男なのだから、交際中の二人が一緒にいると親密な行為に発展するのも自然なことである。しかし、コングポップの宣言が現実になるとは誰も思わなかっただろう。それでもアーティットは流れに任せることにした。なぜなら二人の間のことは情欲からではなく、愛によって起きたものなのだから。

　二人がカイジアオ・ムーサップとカオ・パッガパオを食べ終える頃には、アーティットが帰らなければならない時刻になっていた。彼の職場は大学からかなり離れた場所にあり、会社の寮に戻るには時間がかかるのだ。コングポップはモーターバイクでアーティットをバス停まで送り、彼を気遣う言葉をかけることも忘れなかった。

「アーティット先輩、気をつけて帰ってくださいね」

「お前もな。自分を大事にするんだぞ。疲れた時はしっかり休め」

　アーティットもコングポップへの気遣いを忘れない。三年生の学業はただでさえ大変なのに、ヘッドワーガーという役割も担っている。コングポップが弱音を吐くことはなかったが、表情からは疲れた様子が見て取れた。それでも彼は、笑いながらお願いをした。

「もし今アーティット先輩が会いたかったたって言ってくれたら、疲れも一気に吹き飛びます」

（……まただ……こちらが少し油断すると、すぐ調子に乗ってくる）

　コングポップは何をすればアーティットが恥ずかしがって照れるかコツを掴んでいるようで、最近ますますこういうことが増えていた。そして、彼も簡単に罠にはまってしまうのだ。

「バカじゃないのか！　誰が言うかよ！」

　怒鳴り声は予想通りの反応だ。それでもあえて言ったのは、アーティットの照れる顔が見たかっただけだった。コングポップは、彼のその表情にとても魅力を感じる。だから、幼稚な悪い癖だとわかっていても毎回我慢ができないのだ。

プップー！

バスがクラクションを鳴らしながら近づいてくる。アーティットの寮の前を通る路線のバスが来たようだ。コングポップは少し下がり、アーティットを見送ったら自分もモーターバイクにまたがって寮に帰るつもりでいた。

しかしその時、シャツの後ろの裾が隣に立つ人に引っ張られる。

「待って……」

呼ばれたコングポップが驚いて見ると、相手は顔を近づけるようにと彼を指で呼んだ。戸惑いながらその方へ頭を傾けると、アーティットは手を添えて、彼の耳元で囁いた。

「コング、会いたかった《キットゥン》よ」

……小さな声だったが、その言葉はコングポップの心の一番深いところに大きく響き渡った。

願いが叶ったことが信じられず、思わず目を見開く。本当に疲れが吹き飛び、温かな気持ちに包まれた。

「じゃあ行くな」

アーティットは急いで引き返し、頭を下げてバスに乗り込もうとしたが、今度はコングポップが引き止めるために手を握ろうとしてきた。

「待ってください、アーティット先輩。まだ帰らないで」

「ダメだよ、明日も朝から仕事があるし」

「明日の朝、送ります。絶対に遅刻させませんから、今は僕と一緒にいてください……お願い……」

懇願する口調と煌めく瞳は、彼にバスに乗るのをためらわせた。するとバスの運転手が大きな声で彼を急かしてくる。

「お兄さん、乗るんですか？　乗らないんですか？」

結局アーティットはコングポップに負けて、走り去るバスを見送った。そして、忘れずにその原因の張本人である彼を非難する。

「もし明日仕事に遅れたら、絶対お前に一年生の前で百回腕立て伏せをするように命じるからな！」

ヘッドワーガーを思い起こさせる命令も、コングポップにはなんの効果もないようだ。彼は笑いながら答える。

「先輩の命令ならグラウンド百周だってできますよ」

コングポップはヘッドワーガーという立場にいる限り、どんな困難にも恐れずに立ち向かう覚悟でいた。なぜなら、いつもすぐ隣に誰かがいてくれることを知っていたからだ。

加えてコングポップは、あることを理解していた。

何年経ったとしても……後輩たちを一番気にかけてくれるのは〝ヘッドワーガー〟だということを。

ある日の思い出

コングポップはモーターバイクを持っている。

古くはないが新しくもなく、高校生の頃から乗っているものだ。本当は母親から家の車を使ってもいいと言われているのだが、コングポップはモーターバイクの方が便利だと感じていた。駐輪場所を探すのに苦労しないし、急いでいる時に渋滞にも巻き込まれないので、モーターバイクが彼にとっての愛車だ。

今日もいつものようにモーターバイクに乗って寮から大学へ向かう。実をいうと、これは本日二度目の移動だった。レポートを忘れたせいで、取りに戻らなければならなかったのだ。授業がもうすぐ始まるのでスピードを上げようとしたが、神様のいたずらか、校門には長蛇の列ができていた。

コングポップは減速しながら、何が起きたのだろうと前方を確認する。よくわからないが、どうやら門に設置された車用のゲートに問題があり、車とモーターバイクは大学内に入ることができないようだ。

五分後には授業が始まり、それまでに教授の机の上にレポートを置いておく必要がある。コングポップは頭の回転を速めると、工学部の校舎に入るための最速ルートは裏門だと思いついた。

だが、ルートを変更して別の道に入ったところで、突然車輪にトラブルが起きてしまった。車体はコントロールを失い、まっすぐに走ることができない。コングポップはブレーキをかけて支え、路肩に停車する。

（くそっ……パンクしてる）

タイヤに釘が刺さっているのが原因だった。急ぐあまり注意を怠《おこた》り、路上に落ちていた釘に気がつかなかったのだ。

どうすればいいのだろう。近くにバイクタクシー乗り場もないし、ここから歩けば確実に遅刻してレポートの提出期限に間に合わない。

コングポップはため息をつきながら、授業をサボってモーターバイクを修理屋まで押していき、タイヤを修理してもらうべきかと考える。

そしてかがみ込んで状態を確認していると、誰かに声をかけられた。

「どうした？」

短い言葉に顔を上げると、自転車に乗って停まっているアーティットの姿に、目を大きく見開いた。不幸中の幸いだ。これは彼の幸運の一つと見なす必要がある。

「パンクしちゃったみたいで」

彼の愛車である自転車を漕《こ》いで通学していたアーティットは、慌てた様子の誰かが目に入ったので追いかけてきたのだ。そして釘の刺さったタイヤを見て親切に尋ねた。

「手伝おうか？」

「大丈夫です、自分で修理屋まで押していきます」

「授業はないのか？」

「あります」

「じゃあ、先に授業に行けよ。バイクはそこに置いておいて、あとで修理しに行けばいいだろ」

アーティットは本人に代わって予定を立ててくれた。

コングポップは、彼が何よりも学業を重視していることを知っていた。それに期末試験も近づいているため、このタイミングで欠席するのは確かによくないだろう。レポートも提出しなければならないし、少し遅刻したとしても欠席するよりはましだ。アーティットの言う通りモーターバイクをここに置いておき、早歩きで学校に行くしかないかもしれない。

コングポップが踵を返し校門の方へ歩き出そうとすると、アーティットは自転車の上から急かしてきた。

「何してるんだ？　乗れよ。送ってやるから」

コングポップは驚いた。というのも、自分の体格を考えると……。

「僕を乗せて走れますか？」

「いいから乗れよ、それとも先に腕立て伏せを命じられたいのか？」

元ヘッドワーガーらしい、苛立ちに満ちた脅しが返ってくる。

優秀な元新入生としては、先輩の命令に逆らうことは許されない。

クラシカルな黒い自転車の後ろにまたがると、アーティットの背中と腰しか見えなくなり、思わず尋ねる。

「アーティット先輩の腰に腕を回してもいいですか？」

彼は驚いて振り返り、短いがはっきりとした声で叱りつけた。

「じゃあ降りろ！」

アーティットに容赦なく拒絶され、コングポップはなぜか笑いを堪えることができなかった。

それからアーティットはハンドルを握って、ゆっくりと自転車を漕ぎはじめる。

自転車の速度はモーターバイクとは比べものにならないが、意外にもコングポップは心地よさを感じていた。モーターバイクで通学していた時には周りの景色を見る余裕もなかったが、今は路肩に植えられた木、大学生の活気溢れる笑い声、髪を揺らす爽やかな風、そして愛を感じさせる人の背中を眺めることができる。

「アーティット先輩は自転車が好きなんですか？」

「うん。エコだし、運動にもなるからな」

「それじゃあ、毎日乗せてくれませんか？」

「ダメだ！」

アーティットの二度目の拒絶に、コングポップはまたしてもそっと笑いをこぼしてしまう。

（アーティット先輩が自転車に乗せてくれないなら、いっそのこと自分で自転車を買うことにしようか？）

そんなことをのんびりと考えているうちに、気がつくとすでに工学部の校舎に着いていた。授業にはぎりぎり間に合いそうだ。

「ありがとうございます、アーティット先輩」

コングポップは自転車から降りると、口は悪いがとても親切な先輩に手を合わせ敬意を示すことを忘れなかった。そしてコングポップが校舎に入ろうとすると、彼から呼び止められた。

「待て！　……授業は何時に終わるんだ？」

コングポップは困惑して眉を上げたが、正直に答える。

「四時に終わります」

「わかった、じゃあ迎えに来るよ」

アーティットはそれだけ言い残すと、自転車に乗って去っていった。コングポップは笑みを浮かべて見送る。

（どうやら自転車を買う必要はないみたいだ。乗せてくれる人がいる限りは）

……一生誰かの後ろに乗せてもらって幸せを感じていたい、とコングポップは願った。

恋しい気持ち《キットゥン》　一

……アーティット先輩は忙しい。

コングポップはよくわかっていた——アーティットは四年生で、インターンシップや卒業論文など、単位が増えた分だけやることも増える。でも、ただでさえあまり会えないのに最近は特に顔を合わせることがなくなった。向かいの寮に住んでいるというのに。

本当は電話で話すこともできるのだが、コングポップは頻繁に通話することで彼を煩わせる勇気がなかった。その理由の一つ目は、アーティットに遠慮しているから。二つ目は……子供のような、我が儘なことをしたくはなかったからだ。

だって、電話をしたいのは声が聞きたい、ただそれだけなのだ。そんな自分勝手な理由で電話をしたら、きっとアーティットは鬱陶しがるだろう。それどころか怒らせてしまう可能性すらある。

〝好きになればなるほど構いたい〟

コングポップはそれがどういうことなのか、今初めて理解している。しかも好きになった相手は自分よりも年上で、プライドが高い人だ。だからコングポップは、頼られる存在になりたかった。アーティットと並んで立つことができるような大人であることを示したいと思っているのだ。だから、ほぼ一カ月は顔を合わせていないけれど大丈夫だ、と何度も自分に言い聞かせていた。

いつものように授業に出席し、エムたちとご飯を食べ、夕方には借りてきた映画を観る。そして暗くなるとベランダに出て、明かりの消えた向かいの一室をぼーっと眺めるのだ。

最近、アーティットはノットの部屋に泊まり込んで卒業論文を書いている。最後に電話で話した一週間前、アーティットはアンパワーに数日間泊まり込まなければならないと愚痴をこぼしていた。夏休みにインターンシップに行った工場に聞き取り調査を行い、そこでの経験を卒論に反映させるためだそうだ。

電話を切る前、参考資料を探して騒いでいるノットの声が聞こえてきた。

（……アーティット先輩は忙しい。わかってる……よくわかってる）

そんな状況でも、コングポップは誰かさんの好物であるカオ・パッガパオ・ガイ・カイダーオとピンクミルクを買わずにはいられず、寮で一人食べるのだった。

部屋の中が静かにならないようにテレビを点けたが、目はつい窓の外へ向いてしまう。すると雨が降り出したことに気がついた。

雨が降る時はいつも、コングポップは向かいの部屋のベランダに干してある洗濯物を気にかけるようにしていた。深夜に洗濯をすることの多いアーティットに電話をして、洗濯物を取り込むように伝えると、アーティットは急いで取り込むのだ。

そして、思い通りにならない雨に悪態をついているその愛くるしい姿に思わず笑ってしまい、アーティットに〝人が困っている姿がそんなにおかしいのか！〟と怒られ、彼の怒りが鎮まるまでしばらく機嫌を取らなくてはならないのだった。

そんなことを思い出しながら……向かいの部屋に洗濯物もなく、電話をする必要もなく、イライラしている姿を見て笑いを堪える必要もなく、元ヘッドワーガーの怒声も聞こえない、そんな中で降りしきる雨を眺めていると……。

……全てが生気を失って見えた。

心の中にある何かが、我慢できないほどの力で押さえつけられているようだ。

コングポップは向かいの部屋を眺めるのをやめ、部屋に戻ると鍵を手に取り電気を消し、ドアを施錠してエレベーターで一番下の階まで降りた。

二十一時、隣にあるロムルディ寮まで雨の中を駆け抜けようと足を早める。すると、ちょうど運良く寮の入り口から出てきた人とすれ違ったため、カードキーを使わずにオートロックの扉を通過できた。エレベーターに乗って六一八号室までスムーズに向かう。

思った通り部屋には鍵がかかっていた。

なんてバカなんだ、こんなところに何をしに来たんだ、アーティット先輩が見たらどう思うだろう、とコングポップは自分を罵《ののし》った。きっと、こんな意味のないことをするなんて我慢が足りない子供みたいなやつだと責められるだろう。

部屋の前に来たら会いたい人に会えるなんて奇跡が起こるとでも思ったのだろうか……。

「コングポップ！」

大きな声で背後から名前を呼ばれ、ビクッとしたコングポップは急いで振り返った。名前を呼んだのが誰かわかると大きく目を開き、彼の口からは信じられないとでもいうように声が漏れる。

「……アーティット先輩」

「どうしてお前がここにいるんだ？」

相手も同じくらい不思議そうにしている。しかし、コングポップは答える代わりに質問を返した。

「アーティット先輩は？　アンパワーに行ってたんじゃなかったんですか？」

「ノットのせいだよ。あいつ、図書館の返却期限が一週間だけっていうことを忘れてたんだ。明日貸出延長の手続きをしなきゃ罰則の対象になるから、あいつの車に一緒に乗って、ついでに寮に着替えを取りに帰ってきた」

相手はうんざりした様子で愚痴をこぼしているが、コングポップはノットの忘れっぽさに感謝した。アーティットはまだ疑わしく思っているようで、話を元に戻すようにもう一度同じ質問をする。

「で、結局お前はここで何をしてるんだ？」

それはそうだ……誰だって主人が不在の部屋の前で後輩がこっそり何かをしているのを見たら、

不審に思うだろう。

コングポップは必死になってデタラメな言い訳を並べようとした。

「あの……僕の友達がここに住んでいて、それで、会いに来たんです……それから……えーっと……」

言い訳を考えようとすればするほど言葉が続かなくなり、最後にはしどろもどろになってしまった。突っ立ったままの彼に苛立ちを覚えたのか、アーティットは近づいてくる。

「そこどけ、鍵を開けるから」

コングポップは反射的に道を空け、アーティットが鍵を差し込んでドアを開けて部屋に入るのを待ち、あとに続いた。

六一八号室に入るのは久しぶりだった。部屋の様子は記憶に残っているものとそれほど変わっていなかったが、部屋の主人があまり掃除をしに帰ってこないため埃《ほこり》が積もりつつある。だが、彼の性格からしてそんなことは気にならないのだろう。

アーティットはスニーカーを脱いでエアコンのスイッチを入れた。そして忙しそうにショルダーバッグを開け、ノートパソコンを取り出して机の上に置き、コンセントにプラグを挿すことに集中している。それを見てコングポップは思わず尋ねた。

「まだ作業をしなければならないんですか？」

「あぁ、急ぎのがあるんだ」

アーティットはパソコンの画面から目を離すことなく、疲れた様子でぶつくさ言った。それを見ていたコングポップは、自分が邪魔な存在に思えてくる。

「じゃあ、僕は……」

……帰ります。

本当はそう言うべきだった。ここにいてもアーティットの迷惑になるだけだ。しかし、口は逆にしっかりと結ばれたままで、その言葉を発することはできなかった。

黙って立っていることしかできないコングポップの姿に、言葉の続きを待っていたアーティットはため息をつきながらクロゼットを開けて、何かを投げて寄越した。

「ここにいるならシャワーを浴びてこいよ。雨でびしょ濡れじゃないか」

コングポップは投げられたバスタオルとTシャツに目をやり、そこで初めて自分が着ている服が雨の中を駆け抜けたせいで濡れていることに気がついた。何も説明していなかったのに。

（……アーティット先輩の優しさは、少しも変わっていない）

それだけではない。彼がシャワーを浴びて服を着替えて出てきた時も、アーティットは部屋の主らしい気遣いをしてくれた。

「テレビ観ててもいいからな」

「大丈夫です。アーティット先輩の邪魔になるだけですから」

コングポップは遠慮する気持ちから慌てて断ったが、次に続いた言葉に彼は固まった。

「それなら、眠かったら先に寝てていいよ」

「アーティット先輩、僕を泊めてくれるんですか?」

自分にそこまでの許可をもらえるなど考えたこともなかったので驚いて聞き返すと、パソコンに注がれていた視線がこちらを向いた。

「それとも泊まりたくないのか?」

断ることなんてできるはずがない。コングポップは慌てて首を横に振った。

「いいえ、泊まりたいです、泊めてください」

まるで子供のように高揚した気持ちを顔に出しながら、懇願するような声で伝える。コングポップは自分でもそれがおかしく恥ずかしかったが、アーティットは気にする様子もなく短く答えた。

「うん」

そしてまたパソコン作業に戻り、コングポップは久しぶりに会う人の姿をこっそり眺めながら、しばし放っておかれた。

(……アーティット先輩、髪が伸びてうなじまで届いてる)

コングポップはふと、ワーガーの後輩だった頃を思い出した。

もう一年が経過したというのに、彼らの関係はほとんど進んでいない。コングポップはそんな進展の遅さにもどかしさを抱いているわけではないが、心の底ではもっと甘い時間を過ごしたいと考えることもあった。

彼はアーティットの漫画を借りて読むことにした。しかし、本当の目的は作業に集中している人の姿を盗み見るためだ。

いつの間にか深夜二十四時になり、アーティットは凝り固まった身体をほぐすように少しずつ動かすと振り返る。すると後輩がベッドの上で目をぱっちり開けていることに気がついた。

「まだ寝ないのか？」

「まだあまり眠たくないんです。アーティット先輩、作業は終わったんですか？」

「もう限界。続きは明日やる」

彼は疲れきった様子で言った。きっとアンパワーから長時間車に乗ってきたあと、休む間もなくパソコン作業をしていたからだろう。顔に疲労の色が浮かぶのも当然だ。

「それなら僕が肩を揉みましょうか？」

コングポップは親切心からそう言ったが、呆気なく断られてしまった。

「必要ない。シャワーを浴びれば治る」

そしてアーティットはバスタオルを掴み取ってバスルームに入っていってしまった。その様子は、何も助けなど必要としていないかのようだ。

コングポップは、本当は彼が抱えている負担を少しでも減らしてあげたいと思っていた。しかしまだ二年生で、四年生が取り組んでいる卒論など手に負えるはずがない。コングポップはそこでまた自分と相手の年齢差を実感するのだった。

（……結局、僕はアーティット先輩にとって頼れる存在ではないんだ）

バスルームからサッカーチームのシャツと短パンという格好で出てきたアーティットは、洗いたての髪をタオルで拭き、ベランダに衣類を干しに出た。そして部屋に戻ると、まだ漫画を持ったままでいるコングポップの方を向いて言った。

「まだ読むか？　それなら電気を点けておくけど」

「もう読みません、アーティット先輩。電気を消しても大丈夫です」

コングポップは急いで漫画を元の場所に戻す。アーティットの迷惑になる真似をして、これ以上疲れさせてはいけない。

部屋の主は電気のスイッチを全て消し、自分のベッドに戻ってくる。コングポップは身体をベッドの端に寄せて、アーティットのために場所を空けた。

ベッドは二人で寝られるほどには広かったが、二人とも男性の体格である。隣にいる人のまだ濡れているであろう髪から、シャンプーの匂いをほのかに感じるほどには近かった。

こうして一緒にベッドで寝ていると、ある光景がよみがえってくる。部屋の水道管が壊れてアーティットが自分の部屋に泊まり、コングポップが心の奥底で彼にどんな想いを抱いているのか、という重要な質問をされた時のことだ。

あの時、コングポップは勇気がなくて答えるのを避け、アーティットが眠ったあとに想いを吐《と》露《ろ》することしかできなかった。

だけど、今回はどうなるだろうか。

彼が心の中にしまい込んでいる想いを、アーティットに伝えたとしたら……。

「コングポップ」

覚悟を決めて口に出すより先に、こちらに背を向けている彼から声が聞こえ、コングポップは代わりに返事をした。

「はい」

「結局お前は、何をしに俺の部屋の前まで来てたんだ？」

コングポップは、アーティットがまだそのことを不審がっているのを知っていた。だけど今度はもう、さっきのように誤魔化すための嘘を並べようとはしなかった。

「夕方、カオ・パッガパオとピンクミルクを買って帰って部屋で食べていたら、たまたま雨が降ってきたのが目に入って、アーティット先輩がよくベランダに洗濯物を干しっぱなしにしていたことを思い出したんです。でも、ベランダを見てもいつもみたいに洗濯物が見当たらなくて。それで……気づいたら先輩の部屋の前に来ていました」

一気に事の顛末《てんまつ》を伝えたが、アーティットははっきりとはわからないとでもいうように質問を繰り返す。

「それだけか？」

「それだけじゃありません」

　コングポップは手をついてマットレスを押し、身体の向きを変えて両腕でアーティットをしっかりと抱きしめた。そして、たった一つの大切な理由を囁く。

「僕、アーティット先輩が恋しかったんです」

　いつもならアーティットは抵抗して抜け出し、許可なく身体に触れたことに対して非難の声を浴びせていただろう。しかしこの時は小さくつぶやくだけだった。

「それならどうして電話してこなかったんだ？」

「しょっちゅう電話したらアーティット先輩が煩わしく思うんじゃないかと怖かったんです」

「勝手に決めつけるな。お前が電話してきた時、俺はいつも出てるだろ」

「声を聞くだけじゃ足りないんです。カオ・パッガパオを食べても、ピンクミルクを飲んでも、足りないんです。毎日先輩の部屋のベランダを眺めていても、それでもやっぱり足りないんです」

「おかしくなったのか？　そんな子供みたいなことして」

　結局、最後には責められてしまった。しかも年下である彼の心にぐさりと刺さる言い方で。

　……確かに、彼がしたことに筋の通った理由なんて一つもない。いつまでも子供のまま成長しようとせず駄々をこねているような振る舞いを見て苛立ちを覚えたのだろうか、アーティットは腕の中から抜け出そうとした。

「もう離せよ、苦しい」

コングポップは申し訳なく思い、身体に回していた腕を素直に離した。アーティットは避けるように離れ、こちらに背を向けたままぶつぶつとつぶやく。

「アンパワーに戻る前にお前に会いに行こうと思っていたんだ。だからノットの車に便乗して帰ってきた。でもここでお前と会って計画が台無しだ。しかも、言おうとしてたことまで先に言われるし……」

最後の言葉に耳を疑ったコングポップは、顔を上げて思わず尋ねる。

「言うってなんですか？」

身体がこちらを向いて、彼と正面から向き合う形になった。明かりのない暗い部屋でも、コングポップにはアーティットが照れた表情をしているのがはっきりと想像できる。

……何を言おうとしていたか、彼にはすでにわかっていた。

……アーティットが口に出すのを待たずとも。

コングポップはにっこり笑うと腕を伸ばし、隣にいる人の温かい身体をもう一度しっかりと抱きしめて、心の中にしまい込んでいた言葉を口にした。

「アーティット先輩。僕、先輩が恋しかった……恋しくて……。僕……ずっと先輩に会いたかったんです」

「わかったってば！　なんで何度も言うんだよ、今すぐ離せ！」

抱きしめられていたアーティットはもがくように身体を動かしたが、まるでスチール製のペンチのように強い腕の力からは簡単に逃れることはできない。しかも、また同じ言葉を繰り返し伝えられる。

「恋しかったです……僕、アーティット先輩が恋しかった……めちゃくちゃに恋しかったんです」

耳元で囁かれる彼の言葉は、まるでアーティットの心の中に隠されていた想いを代弁しているかのようだ。

アイスコーヒーを飲んでも、カオ・カイジアオを食べても、しょっちゅうギアを取り出して眺めてみても……愛する人と顔を合わせ、笑顔を見た時ほど満たされた気持ちになることはない。

コングポップも同じ気持ちでいたことを知ったなら、なおさらだ。

……甘くて温かい気持ちが心の底まで広がる。

「俺もお前が恋しかったよ」

恋《キ》し《ッ》い《ト》気《ウ》持《ン》ち　二

……二人のデートの場所は六〇八号室。

雨の降る日の午後、窓を開けるだけでベランダから冷たい風が入ってきて、かすかに雨の匂いを感じる。まさに、昼寝に最適だ。

コングポップはテレビの音量を下げた。さっきまで映画を観ていた大切な客人が、今度は逆に映画に観られている状態だからだ。

つるんとした肌で、実際の年齢よりも幼く見えるアーティットが抱き枕にもたれかかっている。普段の鋭い目つきも今は閉じたまぶたに隠され、以前は首まであった長い髪も、うなじが見えるほどに短く整えられている。

コングポップは黒いTシャツから覗く鎖骨まで目で追った。ゆっくりとした穏やかな呼吸は、彼が深い眠りについたことを示している。

（……よかった）

コングポップはこの部屋を、相手にとって安心かつリラックスできる空間にしたかったのだ。

アーティットと付き合い始めて二年が経っていた。さまざまなことが少しずつ変化していった……コングポップは三年生のヘッドワーガーになり、アーティットは大学から遠く離れた会社で働きはじめた。彼らは互いに忙しく会う機会も減り、一カ月に三、四回しか顔を合わすことができない。

今日は二週間ぶりのデートだ。しかも、誘ってきたのはアーティットだった。五日間の出張の帰りにチェンマイからお土産を持ってくると電話があったのだ。

そして十三時になると、ドアをノックする音が聞こえた。アーティットはコングポップの部屋に着くなり、ナム・プリック・ヌム〔タイ北部でよく食べられる青唐辛子のディップ〕、ケープムー〔豚の皮の素揚げ〕、サイウア〔タイ北部のソーセージ〕、カオニャオ〔もち米〕を手渡してきた。それからスーツケースを部屋の中に入れ、イライラした様子で空港での出来事をぼやきはじめる。預けた荷物を受け取るのに時間がかかったこと、何度か乗車拒否をされて大学まで乗せてくれるタクシーを見つけるのに苦労したこと、タクシーに遠回りをされて雨の中渋滞に巻き込まれたこと……。

コングポップはどうして先に会社の寮に帰らなかったのかと尋ねた。別の日にお土産を持ってきてもよかったのではないかと思ったのだ。空港からはコングポップの寮よりもアーティットの社員寮の方がはるかに近い。

するとただでさえ不機嫌だったアーティットは、さらに不機嫌になってぶつけるように手短に告げた。

「食べ物が傷まないようにだよ！」

ナム・プリック・ヌムの瓶に記載してある製造日を確認すると、確かに今日の日付だった。今朝市場で買ったばかりだろうから、そんなにすぐに傷むことなどないはずだが、アーティットがそう言うのであれば、彼の考えを尊重するしかない。

コングポップはお土産を皿に並べた。空港から直行してきたのなら、彼はまだ昼食をとっていないだろうと思ったのだ。そうして、タイ北部からのお土産が二人の胃袋に消えるのにはわずか三十分しかかからなかった。

外は雨が降っていて、渋滞で時間を無駄にしたくなかったアーティットに、コングポップは雨がやむまで時間潰しに映画を観ることを提案したのだった。それは古いアクション映画で、以前アーティットが観たいと言っていた作品なのだが、三分の一程度しか進まない間にお腹いっぱい食べた彼はぐっすりと眠りに落ちてしまった。

コングポップはリモコンを手に取り、テレビを消すことにした。今、彼の意識はもはや映画には注がれていない。ゆっくりとベッドの上に移動して、隣で横になっている人の邪魔にならないようにマットレスに体重を預けた。

……出張を終えたばかりで疲れているはずなのに、急いで会いに来てくれたとわかっている。我が儘になってはいけないが、滅多に会うことができない人の顔を見ていると、自分を抑えられなかった。

コングポップは身をかがめて唇を重ねる。アーティットは穏やかな呼吸を続けていて、無意識のうちに唇を盗まれたことに全く気づいていないようだ。だんだん大胆になっていき、ついにアーティットの鬱陶しそうな呻《うめ》き声が聞こえたが、眠気に攫《さら》われたそのまぶたは依然固く閉じられたままだ。

コングポップは食後のデザートを味わうかのように、アーティットの首筋、耳元、顎、鎖骨にキスをしていった。それから、黒いTシャツの下に手を入れて、その温かくて触り心地のよい肌を感じる。しかしその手を下にずらそうとすると、突然アーティットに腕を掴まれ、容赦なく尋ねられた。

「何してんだ？」

「お土産をいただこうかと」

「もうあげただろ」

「まだ足りません」

「はぁ？　足りない？　いつからそんなに欲張りになったんだよ」

コングポップは訴えかけるように彼の鋭い目を見つめ、自分の貪欲さを認めてこう答えた。

「……初めてアーティット先輩に出会った時から、先輩からの全ての気持ちが欲しいという思いがなくなったことはありません。毎日……もっと、もっとって……その思いは強くなっていくばかりです……」

甘い愛の告白に、ベッドに横になっているアーティットは顔を背けて逃げ、皮肉を返す。

「じゃあまず〝ゲロ甘すぎて吐きそう〟な今の気持ちを受け取っとけよ」

「〝甘くて蕩けそう〟な気持ちに変えましょうか？」

コングポップは言葉巧みに提案する。そしてアーティットが枕に向かってつぶやいた、そのくぐもった声を聞いて、つい微笑んでしまうのだった。

「……できるもんなら、やってみろよ……」


許可を得てから二時間後、二人はベッドの上にぐったりと横たわっていた。出張で疲れているアーティットに禁じられたため最後まではしなかったものの、それでもお互いの距離を埋めるのに充分に満ち足りた時間だった。

……雨がやみ、十八時にもなると空の色も変わりはじめ、アーティットが帰らなければならない時刻になった。しかしコングポップは寮の下で晩御飯にクイッティアオを食べようと誘い、まだ彼を引き止めた。食事を終えると、コングポップはアーティットのスーツケースを引いて手伝い、タクシーまで送っていく。

「着いたら連絡してくださいね」

「うん」

アーティットはそう答えると、それ以上別れの言葉も重ねずに、あっさりとタクシーのドアを閉めた。コングポップは彼を乗せた黄色いタクシーが走り去るのを見つめると、すぐに携帯電話を手に取り電話をかける。

呼び出し音が二回だけ鳴り、通話口から今別れたばかりの人物の混乱した声が聞こえてきた。

「なんだよ？」

「なんでもありません……ただ、恋しくて……」

「バカか！　まだ一分も経ってないのに」

「本当にアーティット先輩が恋しいんです。あの、今晩先輩の寮に泊まりに行ってもいいですか？」

コングポップは落ち着きなくそう告げて手を上げてタクシーを呼ぼうとしたが、タクシーを捕まえる前にアーティットに断られた。

「おい！　明日の朝授業があるのにどうする気だよ？　俺も仕事がある」

「でも……」

「我が儘はやめろ、コングポップ」

その命令はまるで大学一年生の頃に戻ったかのようだった。ヘッドワーガーに叱られ、コングポップはすぐに冷静さを取り戻す。

「ごめんなさい」

コングポップは小声で間違いを認めた。アーティットが目の前から去っていくのを見るだけで、我を忘れてしまう……通話口からは軽くため息を吐く音が聞こえ、少しの間沈黙が続いた。またアーティットを怒らせてしまったとコングポップが思っていると、短い言葉が聞こえてきた。

「来週……来いよ」

たった一言の威力に、コングポップの胸はいっぱいになった。アーティットの優しさは、いつだって変わらない。

「アーティット先輩、僕……」

コングポップはそれ以上言葉を続けることができなかった。今彼の心には、近くにいたいという感情だけではなく……恋しさだけでもなく……愛という言葉で表せる以上の何かが渦巻いている。

自分が欲張りなのはわかっていた。付き合いが長くなればなるほどアーティットの全てと離れがたくなる。彼に迷惑をかけ、苛立たせることがますます怖くなるほどだった。

すると、電話の向こうの相手が話しはじめた。

「コングポップ、急いでお前に会いに行ったのはお土産が傷むからじゃないんだ……飛行機に乗ってる時に、今お前は何してるのかなって急に気になりはじめた。ご飯は食べたのか、出さなきゃならないレポートがあるのか、それとも外に出かけてるのかなって……そんなことがずっと頭の中でぐるぐるしてたんだ。空港に着いたら、自分の寮に戻るんじゃなくてお前の部屋の前に来ちゃってた……もしかしたら、俺はお前より重症かもな」

自分自身の馬鹿げた行動を笑う声のあとに、祈りのような言葉が聞こえた。

「来週が……明日になったらいいのにな……。待ってるよ」

「はい。必ず会いに行きます」

コングポップは心を込めてそう約束した。

……来週であっても、来月であっても、来年であっても、どんな気持ちがどう定義されようと、それは重要なことではないと信じているから。

二人が〝互いを恋しく想っている〟限り。


——END——

原著あとがき

……人生の中で大学の新入生になれるのはたった一年だけです。

私が大学に入学したばかりの頃を覚えています。初めは何もかもが新鮮で、学ぶべきことがたくさんありました。

例えば学部章。最初の二週間はずっと間違った付け方をしていて、同級生に教えてもらうまで違っていることに気づかなかったんです。プリーツスカートをはいたまま全力で自転車を漕げることも、それまで知りませんでした。そして、大学にはＳＯＴＵＳ制度がありました。

正直なことを言うと、私もＳＯＴＵＳ制度についてそこまで詳しいわけではありません。ただ、制度そのものについてなんらかの評価を下さずに、ワーガーと一年生、両方の角度からこの制度を解釈しようと思いました。

私が思うに、制度の良し悪しは運用次第でいくらでも変わるものです。それに、大学によってラップノーンの方法や規則は異なり、大学ごとにＳＯＴＵＳ制度を実施する方法も異なります。私はインターネット上でさまざまなラップノーンの様子や議論を見てきました。非常に残酷なものもあれば、的を射ているものもありました。しかしラップノーンが一年生にとって、多かれ少なかれ忘れがたい思い出を残していることは間違いありません。

私にとって『ＳＯＴＵＳ：悪魔のワーガーと一年生くん』も同じです。ここには四年間の大学生活で起きた出来事や思い出が記録されています。私は大学で恩師、同級生、先輩、後輩たちと出会い、良いことも悪いこともありましたが、今でもよく思い返しています。

『ＳＯＴＵＳ：悪魔のワーガーと一年生くん』の始まりはＳＮＳ上の一つのハッシュタグです。百四十の文字から始まり、長編小説にまで発展しました。学生の日常生活を中心として、時間軸に沿って書いていきました。日常を切り取るように、派手に描くのではなく、シンプルな日常生活を描くことに重きを置いたのです。そして私自身もこれほど大きな反響を呼ぶことになるとは思っていませんでした。

この小説はまるで一つの世界のように、いくつもの青春、夢、苦さ、甘さなど、大学生が経験するさまざまな要素をいつでも新鮮に思い出せる形で描いています。そして、この小さな世界を皆さんに知ってもらえることを願っています。

最初にこのハッシュタグを作った方、メッセージを残した方、読者、ファンアート、同人誌や小説愛読家、ドラマＣＤに投票してくれた方々に感謝します。投稿サイトやＳＮＳなどのフォロワーにも感謝します。それに、本書を出版する機会を与えてくれたＮＡＢＵ出版社に感謝します。そして、皆さんの変わらぬ応援に感謝しています。

これまで一緒に歩んできた一人ひとりに感謝します。

……『SOTUS：悪魔のワーガーと一年生くん』を私たちの共通の美しい思い出にしてくれて、ありがとうございました。

感謝と共に。　BitterSweet

日本版あとがき

日本の読者の皆様、こんにちは。

『ＳＯＴＵＳ』が日本で翻訳出版されることに本当に感謝しています。

実は私は長年日本のＢＬ小説の大ファンで、私の作品が出版されるという夢が叶いました。

大学一年生は、ピンクミルクのようにさわやかで甘いもの。

コングポップとアーティットがゆっくりと一緒に成長していく様子を想像するのが大好きです。

彼らは長い道のりでたくさんのこと――友情や責任、社会性、そして愛を――学んでいきます。

彼らとその過程を共有することを楽しんでもらえたら嬉しいです。

出版社や関係者の皆様、ありがとうございます。

読んでくださった全ての方々、ありがとうございます。

あなた方はあなたが思っているより、私にとってとても大事な存在です。

そして何よりも、私の夢の一部になってくださって、本当にありがとうございます。

愛をこめて。　BitterSweet

-ダリアシリーズ　既刊案内-

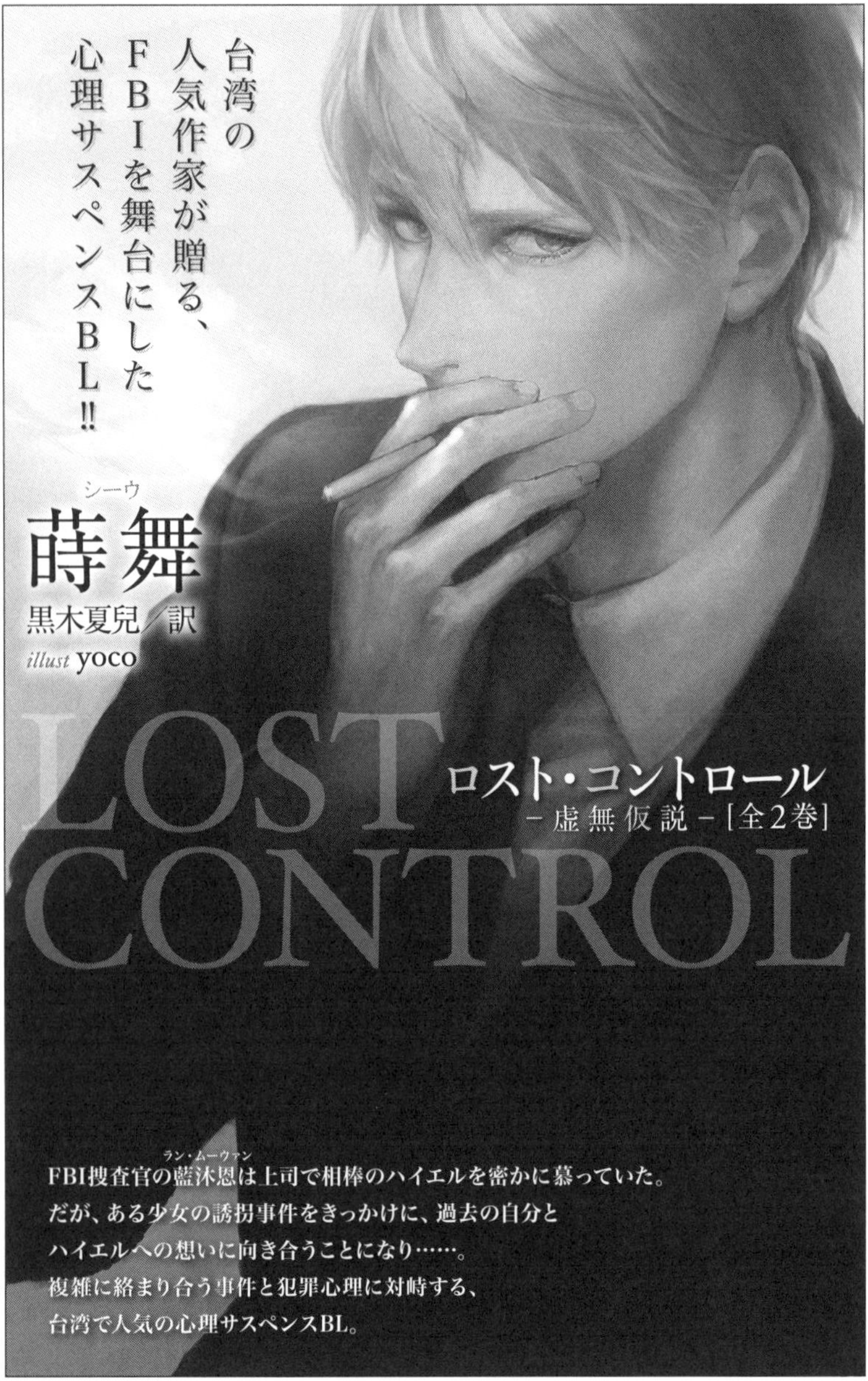

大好評発売中!!

-ダリアシリーズ　既刊案内-

ガーランド
-獣人オメガバース-
[全2巻]
小説
葵居ゆゆ
YUYU AOI
and
HANA HASUMI
原作・イラスト
羽純ハナ
恋をして、本当の自由を知ってしまった──。
ただ苦しくなるだけなのに。
上質なオメガを輩出するミュラー家。
そこで育ったジルはオメガの運命を受け入れられずにいた。
そんな時、名門貴族のディエゴと出会う。
ハーレムに迎えると勝手に決める傲慢なディエゴに
反発するジルだが──。

大好評発売中!!

Daria Series uni

SOTUS 2

2021年11月10日　第一刷発行

著　者 —— BitterSweet

翻　訳 —— 芳野 笑

制作協力 —— ラパン株式会社

発行者 —— 辻 政英

発行所 —— 株式会社フロンティアワークス
〒170-0013 東京都豊島区東池袋3-22-17
東池袋セントラルプレイス5F
[営業] TEL 03-5957-1030
[編集] TEL 03-5957-1044
http://www.fwinc.jp/daria/

印刷所 —— 中央精版印刷株式会社

装　丁 —— Hana.F

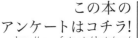